清代名家詞選刊

珂雪詞箋注

［清］曹貞吉◎著　段曉華◎箋注

華東師範大學出版社

目録

附録三 珂雪論詞……三九四

附録四 詞話輯評……三九九

前言

段曉華

有清一代詞壇，乾隆以前，一百年間，作手如雲，但以詞集入《四庫全書》者，惟有曹貞吉，故其詞其人素來爲詞壇屬目。

曹貞吉（一六三四—一六九八），字迪清，又字升六、升階，號實庵，青州府安邱縣（今屬山東）人。出身書香世家，九歲喪父，奮歷苦讀，與弟申吉同負儁聲。其母劉守貞，是順治朝文華殿大學士兼吏部尚書劉正宗之次女。貞吉、申吉兄弟的成長，與其外祖父的教育栽培有著直接之關係，「自藐孤以迄成立，拊育教誨无非外王父之德」（曹申吉《少傅公行狀》）。康熙三年（一六六四），曹貞吉成進士。時三十一歲，因丁祖母憂，居家未赴選，期間「凡兩遊燕市，一至秣陵、宣城間，一至西子湖上，流覽景物，低徊山川，興至情深，多成歌詠」。延至康熙九年（一六七〇），考授秘書院中書。在中書舍人任上，碌碌十六載。康熙二十四年（一六八五），始得外遷，陞徽州府同知，有詩自嘲云：「也知佐郡非吾事，只欠黃山數首詩。」在皖八年後，陞禮部儀制司郎中，條奏奉對，貢舉學政，克勤盡勞，在職三年。康熙三十五年（一六九六），以病解官歸安邱，又二年，卒於鄉。

曹貞吉任内閣中書，只是箇從七品官，爲時卻最久。造成其沉淪下僚的原因，一方面固然是他「爲人介特自許，意所不顧，萬夫不能回。以是多取嫉於人，而亦以是爲清議所重」（張貞《曹公墓誌銘》），另一方面，恐怕也因受其弟曹申吉曾被懷疑爲「附逆」之影響。曹申吉入仕早於其兄，二十歲即中進士，宦途一路亨達。康熙十年（一六七一），申吉官工部右侍郎兼都察院右副御史，巡撫貴州。康熙十二年十一月，吴三桂舉兵反清，是爲「三藩之亂」。貴州提督總兵李本深回應，曹申吉被執，羈留黔中長達七年之久，終被害而死。在此期間，因消息未通，生死未卜，輿情猜疑横生，曹貞吉受牽連，内心飽受折磨，「進退維谷，日夕惟以眼淚洗面」（《曹公墓誌銘》）；「雖著述日富，而心則傷矣」（《行狀》）。直到康熙三十四年（一六九五）夏，吏部選郎，曹貞吉應詔，帝知其爲曹申吉之兄，面諭「好生爲官」，而此時心雖感恩，力已不支，不久即病歸。可知曹貞吉在京的生活，實在蒙上了一片拂之不去的心理陰影。

在吟壇，曹貞吉早以詩名，進士初就有詩集問世。曾自云：「古今詞賦吾家事，剩有風謡入嘯歌。」（《送家弟之黔中》）張貞説他「以歌詩爲性命」，「官雖卑微，意卻超拔，時與諸同僚迭吟遞唱。都下詩家翹楚者，有「金臺十子」之目，王士禎主壇坫，編定《十子詩略》，曹貞吉名列其中。曹氏倚聲填詞，起步晚於詩，而他在詞壇聲譽鵲起，除了箇人的非凡才華，還有詞場的因緣。觀《珂雪詞》中作品，絶大部分創作於在京仕宦時期。（據二卷《珂雪詞》，可考時間最早者爲康熙六年之作，最晚者是《喝馬一枝花・送沈荼星之來賓任》，作於康熙二十三年秋，恰是其出都外任的前一年。）可能有兩件事，作爲外在因素，激發他的旺盛詞興。一是康熙十七年（一六七八）下詔以詩賦徵士，首開博學鴻詞科，一時天下才雋會聚京師，曹貞吉得以把晤陳維崧、朱彝尊、李良年等文苑名流；二是與浙西詞人群體頻繁唱酬。朱、李是浙西詞派代表人物，二人所發起的《樂府補題》與《樂府後補題》

唱和，參與人數衆多，在詞壇形成創作高潮。先是朱彝尊入京師，攜晚宋遺民《樂府補題》五詠之鈔本，遍邀賡和；不久，李良年又有《樂府後補題》五首，是爲首唱，諸家肩隨。這兩次活動曹貞吉皆積極參與，每詠必題。其時龔翔麟刻《浙西六家詞》，曹貞吉爲李良年《秋錦山房詞》作序曰：「予近頗廢詩，以填詞自遣。適秋錦以應詔北至，復時時過從，相與論詞。」當然，與之詞章酬答者遠不限於浙西諸子，還有一大批時彦名士，如王士禛、宋琬、彭孫遹、汪懋麟、宋犖、梁清標、蔣景祁等，皆有交往，與顧貞觀、納蘭性德等人亦有同調同題之作。這不僅透露曹貞吉傾力倚聲的外在動力，也展示出順康詞壇某些具體而微的場景。正是因爲這種翰墨際會，一部《珂雪詞》，我們能看到當時衆多優秀詞人的身影。曹貞吉此後尚有詩集三續，而詞卻再無結集，似乎已將此結束爲一種紀念。

今人説詞，好以派别論，而其世其人，恐怕胸中並無此一段門限在。曹貞吉與陽羡派領袖陳維崧交情甚密，又與浙西諸子歌章往來，其詞學觀念或受到影響，但他不是詞論家，所謂觀念，只有幾篇序跋可供窺斑。從創作實際來看，這種關係主要是倚聲家的一種互動與切磋，不宜作簡單歸類。或有人認爲其詞學南宋，與朱彝尊論詞相近。朱氏主張南宋，推崇姜夔、張炎，而曹貞吉不主一家，從歐陽修至蘇軾、辛棄疾，從周邦彦至姜夔，他都有和韻與擬仿，這也從某箇角度觀察到他學詞的路徑。晚年他在《韓環集序》中云：「詞至今日而盛極矣。顧言《草堂》者，多失之流易，而宗南渡者，又過於雕鎪。二者交譏，蓋迄今未有定論也。」這正可見出他摒卻流易與雕鎪，兼取南北菁華的態度。故陳廷焯《白雨齋詞話》曰：「曹升六《珂雪詞》，在國初諸老中，最爲大雅，才力不逮朱、陳，而取徑較正。」

長期與浙西詞人群體交遊，加之同題唱和甚夥，《珂雪詞》的題材集中以詠物爲主（包括一些題畫詞），約七十多首，長篇麗製，約占全集三分之一，特別引人注目。此外則懷古詞，意興淋漓，奔逸沉雄，王士禎歎爲「奇絶」。陳維崧特爲其詠物詞題序，張潮也將其《詠物十詞》收入《昭代叢書》，足證其詠物詞在當時的影響。陳維崧揭其旨云「以彼流連小物之懷，無非淘洗前朝之恨」，這是説得很中肯的話，蓋曹氏詠物往往與懷古交織，如著名的《臺城路·詠隗囂宫瓷杯》、《瑞鶴仙·詠灌嬰廟瓦硯》、《一寸金·詠長平遺鏃》等，莫不悲涼激越，借題詠故物而湔磨胸中塊壘。比之陳維崧，或遜倜儻，實過蒼穩。而朱彝尊謂其詠物「幽細綿麗」，陳廷焯謂其「綿雅幽細」，都是兼指和宋人《樂府補題》及《樂府後補題》之類，組織縝密，情韻妍雅，的確有南宋風貌。其他贈答賀挽，懷人念舊，紀事賦情，各有表現，證明其才力與淵博。

若論體式，説曹貞吉以「長調之妙，妙絶古今」（聶先《百名家詞鈔》評），未免過譽。所謂「其中有似序者，有似記者，有似賦者，有似書牘者，可謂極詞家之能事」（張潮跋），尚僅言及現象。善於鋪敘生發，迭宕奇逸，情溢於辭，是其長調慢詞居多的原因和特點。試讀其一曲《留客住·鷓鴣》，深哀巨痛，出之以淒婉之辭，入之以迴蕩之境，同時作者，無可企及。在具體詞調的選擇與運用上，他是有明顯區分與取向的。憑覽弔古，喜用《水調歌頭》、《百字令》、《沁園春》、《賀新郎》、《滿江紅》等激亢酣暢之調；詠物懷人，則細擇一些南宋名家的拿手之篇，如《惜紅衣》、《掃花遊》、《疏影》、《雙雙燕》等。而無論何等聲情，何種題材，皆不墮「鹵莽滅裂之道」（《華荊山詞序》），「不爲閨襜靡曼之音」（曹禾《珂雪詞話》），代表了清初以來詞壇新風氣，其詞之卓立不群，顯而易見。

《珂雪詞》的版本淵流情況並不複雜。其最初鋟版，或稱祖本，是康熙年間張潮本。該本分上下兩卷，卷前有陳維崧《詠物詞序》、王士禎等詠物詞評、高念東等懷古詞評、曹禾《珂雪詞話》，以及陳維崧等五人的題辭。作評者共十一人：王士禎（阮亭）、彭孫遹（羨門）、陳維崧（其年）、曹禾（峨眉）、李良年（武曾）、沈爾燝（鳳于）、靳治荆（書樵）、張潮（山來）、宋實穎（既庭）、孫寶侗（仲愚）、顔光敏（修來）。下卷尾有張潮跋語。張潮是安徽黟縣人，諸生，不仕，好刻書，喜結交。據張潮《與曹升六郡丞》尺牘云：「《珂雪詞》校讎再四，應無譌謬。靳父母（按，靳治荆，歙縣知縣）評語俱補刊入，遵命漫綴拙評，以誌嚮慕。」又云：「謹將《珂雪詞》板二束賫送貴署，幸爲照到。其間譌字已經改補。但恐讎校未精，有辜台委耳。」（《尺牘偶存》卷一）則張潮本刊刻時間，當在康熙二十四年（一六八五）至三十一年曹貞吉知徽州府、署黟縣期間。今圖書收藏多據卷前曹禾《珂雪詞話》之落款「康熙歲次丙辰（一六七六年）夏午江上年弟禾具草」而著録《珂雪詞》首刊時間，其實未確。

其後近百年，《安邱曹氏家集》出，其中所收曹貞吉著述，係將曹貞吉多種詩集與《珂雪詞》合刊（共八種），詩詞集諸種，版式、字體皆不同，應是其後人所輯各種單行本，又稱家刻本。全集無總序，惟《十子詩略》卷首有曾孫曹益厚序，作於乾隆三十五年（一七七〇），大致可推斷刊刻時間在乾隆中期。其中《珂雪詞》蓋據張潮本重印，所收詞作内容、順序、諸評，甚至版式，與張潮本一致，惟於卷首新增高珩、王煒序，題辭添加吴陳琰一首，卷尾增補遺九首，删去張潮跋語。考補遺之詞，皆作於曹貞吉仕皖期間，足可證張潮本在先，刊於曹氏仕皖時，故未收在皖之作。今《四庫全書存目叢書》所收《珂雪集》，抽去《十子詩略》，其他與家刻本同。《四庫全書》著録的《珂雪詞》，收詞與家刻本同，有補遺九首目録，然「皆有録無書，殆以附在卷末，裝緝者偶佚之歟？」又有《安邱曹氏家學守待》二十三種（山東省圖書館藏），收録曹貞吉詩詞文稿共十一種，是爲曹氏著述最全者，其中《珂雪词》二卷补遺一卷，標注「新城王士禛等評清康熙刻乾隆增刻本」，表明乃據張潮本增補的家刻本。至於其他單行的《珂雪詞》，所在多有，大都與家刻本同，不一一贅列。

本書箋注，以《四庫全書存目叢書》之《珂雪詞》爲底本，校以張潮本、《四庫全書》本以及清代各大型詞總集，如《今詞初集》、《百名家詞鈔》、《瑶華集》、《昭代詞選》、《國朝詞綜》、《篋中詞》等。箋注以背景、緣起爲主，徵引或著録各家相關詞作，以考本事，並見風會；除較生僻之典故外，一般詞語不注，以免冗瑣。箋注所輯各家補評，附於原評之後。《珂雪詞》上卷一百三十四首，下卷一百〇四首，補遺九首，此番點校箋注，又輯得佚詞十首，是曹貞吉詞共存二百五十七首。關於曹貞吉的傳記序跋、珂雪論詞、詞話輯評，皆附録於書後，以便讀者檢閱，聊資參考。

本書成稿與出版，得到龐堅兄的大力支持；編輯過程中，責編時潤民博士幫助檢索、核實文獻資料，往來推敲商討，使箋注稿不斷完善，在此併致謝忱。

二〇一八年六月　段曉華於洪都穎廬

珂雪詞

卷首

序一

高珩

六義之學，至揚、馬而乃浩瀚，故昔人以能賦爲大手。比來文士，賦殊寥寥，固宜歸之詞曲，明矣。夫聲律始於八闋，此星宿海也，而其氣與天地之氣相通。天地之氣日開，故聲律之道亦日暢，而詞曲中之天地，亦復曠然無盡。三唐可謂四瀆行地，浩淼千秋矣。至滄溟所歸，非宋詞元曲將何屬焉？蓋所貴乎大海者，蛟龍出没，風雨驚飛，天地迴旋，日月隱見，詞曲亦然。於六義中，變賦之體，而得風之用，故非五七言詩之所可盡矣。前人漫有軒輊，矜其所長，文人習氣耳，恐未爲定論也。今日之以詞曲名海内者，指不勝屈，而實庵之詞，則鍠鍠先鳴，跗注之君子，往往壁上觀矣。予每讀實庵之詞，驚魂蕩魄，爣恍不定。初讀弔古諸作，慷慨悲涼，羽聲四起，如逢祖士稚、劉越石諸人。既而讀詠物諸作，入微窮變，五色陸離，又若樹珠幢於谷王之曲，而百寶靡赴也。已乃過實庵所，求諸作，盡讀之，無體不工。而田居世外之音，往往而遇，如聞魚山之梵，兩腋生風，五濁欲洗，又疑非金馬直廬間人也。因復更有請焉。陸海局促，蚊蚋一器，啾啾耳。神遊八極之表，攬化人之袂而上征者，亦有人乎？然而左思、曹唐，尚窘邊幅，玄風未暢，是則吾所深望於實庵者。倘肯走筆贶我，當拍洪厓之肩，瀝酒曼聲而歌之。步虛之音，上薄禹餘、黄曾，天上九華、紫微諸仙子安知不拊雲璈而和之乎？客謂予曰：「實庵生有異徵，蓋自比丘中乘願來者，淡於榮利久矣。今不究粲可之宗，而反抽秦黄之簟，綺語未盡，毋乃爲秀鐵面所呵歟？」予听然而笑曰：是未可執也。夫慧業文人，宿習難淨。迦葉聞琴，固其所也。而義之予奪有殊，實際理地，一字未盡，便成毒鴆。即古德《青龍疏鈔》，亦須付咸陽一炬。至於縱横入妙，能轉法華，則本來寂滅，不礙鶯花，文字性離，無非般若。頻呼小玉，亦可證入圓通有餘矣。實庵方究研《佛頂尊經》，果能鞭心於此，離即離非，能所何礙焉？况區區《花間》、《蘭畹》，遽至仰涴虚空耶？吾將就實庵而叩之。東蒙高珩題。

序二

王 煒

言爲心之聲，凡其言可以垂世傳久者，必其人足以命世，世不能用，而後出於此。上之建立宇宙，綱維世道，如尼山之脩明六藝，次亦特抒卓識，使後世見其心於斯人斯世中，如莊周、屈平之儔，故其言炳然不可磨滅，千萬世誦之弗哀。典謨降而子、史，三百篇降而離騷、樂府，則時會使然，正不必限體於古今常格也。羅近溪有云：「聖諭六語，繼統於虞庭十六字，夫人心道心，危微精一，執中之旨，微矣。」孝順父母之語，愚頑童稚，誰不能言，而謂繼統虞廷，可乎？然非妄也。庸俗之言，皆古聖身體所發，習焉不察，安望其行著。故舜好察邇言，爰稱大智，天道聖教，豈外於庸言庸行哉？子、史、離騷、樂府，皆所謂自見其心者。自樂府變爲近體，近體禪爲詩餘，識者有江河日下之歎，而黄庭堅謂晏殊之詩餘爲《高唐》、《神女》之流，張耒謂賀鑄之詞如屈、宋、蘇、李，此豈無見而漫言？蓋所遇者天機，不復計其形貌，即童謡婦歎，無不有至微寓焉。此亦伯樂相馬之説，運之腕舌，則庖丁之解牛已。二三十年來，詩屢變而下，學士髦俊出其餘勇於詩餘，詩餘則屢進而上。

安邱曹實庵先生，以詠物懷古諸編，爲海内所推。予受《珂雪詞》讀之，真如仰崑崙，泛溟渤，莫測其所際。骯髒磊落，雄渾蒼茫，是其本色，而語多奇氣，惝怳傲睨，有不可一世之意。至其珠圓玉潤，迷離哀怨，於纏綿款至中，自具瀟灑出塵之致。絢爛極而平淡生，不事雕鎪，俱成妙詣。其融篇則如萬頃澄湖，千重巖嶂，長濤細漪，隨風而成，瓌異秀冶，觸目而得；琢句則如鹽金結繡，層剝蕉心，天成於初日芙蓉，不盡於抽絲獨繭；煉字則險麗搖曳，而生香雋逸，蜿蜒而流奕；洵乎此宗之大家，不但於蘇、辛、秦、李、姜、史分其一席而已也。先生命世長才，無心遊藝，即詩文之高妙，不足以概生平，況於詞之末技乎？就詞想其胸次，甚有似於莊周。莊周識高學廣，思密才雄，故其言洸洋縱恣，不可端倪。先生無境不超，有途必入，引之以孤緒，而運之以浩瀚流連。故觀者如温嶠之照牛渚，韓愈之登華山，伯牙之移情海島，非斯世所常聞見，而留與斯人賞奇如莊、屈，誠藝林之奇遘也。蓋先生生於鄒魯之邦，身尼山之教，而於天道人事之氣運，静觀默會於升降之數，苟一旦得時而乘，轉淒婉纖豔之情，爲風雨雲雷之用，驅龍蛇虎豹以御疆圉，使麟鳳接武廟堂。海内之人，因詞而見其心，以《珂雪》比於廣平《梅花》之偶興，則斯詞也其不朽之先聲矣。新安王煒纂。

【校】

按，高、王二序，張潮本不載。

詠物詞序

陳維崧

霜凋魏帳，月中之剩瓦何多；水咽秦關，地上之殘城不少。天若有情，天寧不老；石如無恨，石豈能言。銅駝觳觫，恒逢秋至以偏啼；銀雁鶬沙，慣遇天陰而必出。山當雨後，易結修眉；竹到江邊，都斑細眼。溯夫皇始以來，代有不平之事。千年關塞，來往精靈；萬古河山，憑陵鬼物。縱復人稱恨甚，事奈愁何。江淹工愀愴之辭，鮑照擅蒼涼之賦。正恐世閱世以成川，年復年而作谷。捧黎陽之土，堙此何窮；積函谷之泥，封來不盡。然而劍鋒盡缺，總爲旁觀；壺口新殘，只因細故。青史則幾番劉項，誠然與我何堪；黄河則滿地袁曹，遑曰干卿奚事。或蝦蟆陵上，暮年紅袖所閒談；或鸛雀樓邊，故老白頭之夜話。或武擔過客，曾看石鏡於成都；或盩厔居民，偶得銅盤於渭水。苟非目擊，即屬親聞。事皆磊砢以魁奇，興自顛狂而感激。搥牀叫絶，蛟螭夭矯於胸中；踞案横書，蝌蚪盤旋於腕下。誰能鬱鬱，常束縛於七言四韻之間；對此茫茫，姑放浪於減字偷聲之内。吟成十闋，事足千秋。趙明誠《金石》之録，遜此華文；郭弘農《山海》之編，慚斯麗製。

嗟乎，煙霾天水，囂宫既蔓草千堆；浪打章門，灌廟亦殘陽一片。悲哉季札，劍影徒青；逝矣劉郎，奩痕尚紫。銀槎泛斗，難追博望之勳名；彩筆淩雲，空羡馬卿之詞賦。何況長平繡鏃，恨血全紅；大食冰甆，愁雲半黑。織成魚素，黏海氣以猶腥；掣得龍髯，鼓天風而倍怒。豈非譆譆出出，《諾皋》之所未收；怪怪奇奇，《齊諧》之所不載者哉。僕每怪夫時人，詞則呵爲小道，儻非傑作，疇雪斯言？以彼流連小物之懷，無非淘洗前朝之恨。人言燕市，實悲歌慷慨之場；我識曹君，是文采風流之裔。狂歌颯沓，聊憑鳳紙以填來；老興淋漓，亟命鸞笙爲譜去。陽羨陳維崧題。

詠物詞評

王阮亭先生曰：《拾遺》、《洞冥》、《杜陽雜編》諸書所記，類無事實。實庵先生詠物，皆取其聞見所及耳。而神光離合，望之如蜃氣結成樓閣，每讀一過，覺江風海雨摵摵生齒牙間也。

朱錫鬯先生曰：「詞至南宋始工。」斯言出，未有不大怪者，惟實庵舍人意與予合。今就詠物諸詞觀之，心摹手追，乃在中仙、叔夏、公謹諸子，兼出入天遊、仁近之間，北宋自方回、美成外，慢詞有此幽細綿麗否？若讀者仍謂不如北宋，則舍人亟藏之，俟後世子雲論定可矣。

宋牧仲先生曰：今人論詞動稱辛、柳，不知稼軒詞以「佛狸祠下，一片神鴉社鼓」爲最，過此則頹然放矣。耆卿詞以「關河冷落，殘照當樓」與「楊柳岸、曉風殘月」爲佳，非是則淫以褻矣。迨白石翁崛起南宋，玉田、草窗諸公互相倡和，戛戛乎陳言之務去，所謂如「野雲孤飛，去留無跡」者，此竹垞論詞必以南宋爲宗也。今讀實庵詠物十首，彷彿《樂府補題》諸作，而一種窅渺之思，瑰麗之辭，與夫沉鬱頓挫之氣，直駕諸公而上之。擬諸白石《暗香》、《疏影》之篇，何多讓焉。義山曰：「願書萬本誦萬遍，口角流沫右手胝。」余於此詞亦云。

懷古詞評

高念東先生曰：吾讀諸詞，想見實庵搦管時，必連浮大白，蹋足起舞，高唱梁伯龍「問天涯何事恰才歸」曲數過，然後用葉法善攝魂碑法，令荆卿舞劍，漸離擊筑，紅線捧硯，隱娘濡筆，阮步兵太息之聲，庾子山涕洟之賦，一時並集，乃克有此耳。轉而思之，存亡崇替，此是人間常事，斷不可免者。其不實則乾闥婆城，不久則邯鄲道枕耳。諸公泉下回首，或能莞爾發願，一出頭來，必了因緣大事，另作生活，方是英靈男子。如尚悲思不已，生既猙獰，死復沉滯，再來依然故吾耳。萬劫黑海尚有分在，可憂也。僕學空門，而亦爲之怦怦心動，方知俗心難盡，習氣難空如此，大須懺悔袚除，庶幾不復墮情想濁劫乎？

王阮亭先生曰：填詞小道也。然魯直謂晏叔原樂府爲《高唐》、《洛神》之流，張文潛謂賀方回幽潔如屈、宋，悲壯如蘇、李。夫屈、宋，《三百》之苗裔；蘇、李，五言之鼻祖，而謂晏、賀之詞似之，世亦無疑二公之論爲過情者，然則填詞非小道可知也。實庵舍人久以詩鳴海内，近爲樂府輒至數百首，分其一藝，足自名家。今所刻懷古四闋、詠史五闋，特其淩雲臺之一榱一桷耳，然已可推倒一世，開拓萬古。吾故不敢自擬魯直、文潛，而竊欲躋實庵於宋玉、陳思、屬國、都尉之間，世不乏賞音，其或以吾爲貢諛者，吾亦任之。

張杞園曰：昔人論詞以七郎、清照爲當家，以其纏綿旖旎，動人情思耳。余謂不如東坡、稼軒慷慨雄放爲不失丈夫本色。今觀實庵數闋，意興淋漓，胸懷浩蕩，至其上下千古，則一往情深，低徊欲絶，置之蘇、辛集中，寧易差别邪？實庵詩才奔逸，横絶一世，詞即不足以盡實庵，而兹刻又不足以盡實庵之詞，讀者亦窺其一斑兩斑可矣。

張山來曰：《珂雪詞》縱横變化，不可方物，非辛非柳，非蘇非黄，非周非秦，而辛、柳、蘇、黄、周、秦之美畢備，由其才具閎博，學殖淵邃，舉生平所誦習，子史百家，古文奇書，含咀醖釀而出之。淺陋之士焉能窺其堂奥，測其涯涘哉！

珂雪詞話

曹禾

實庵兄爲人端飭，不苟訾笑。至填詞，乃婉麗纖媚，時或飛揚跋扈，俶詭不羈。此彭澤閒情，廣平梅花，令人不能測識也。

蛟門自負詩歌不可一世，獨以文章讓予，填詞推實庵。三人每酒酣爭勝，氣不能下。近予頗爲長短調，實庵怒罵曰：「汝不思壓倒蛟門，乃闖吾藩籬耶？吾將爲古文辭矣。」予曰：「諾，請屬櫜鞬以從。」時田子綸雯、顔修來光敏在座，爲之捧腹絶倒。

柳生敬亭以評話聞公卿，入都時邀致接踵。一日過石林，許曰：「薄技必得諸君子贈言以不朽。」實庵首贈以二闋，合淝尚書見之扇頭，沉吟歎賞，即援筆和韻，珂雪之詞一時盛傳京邑。學士顧庵叔自江南來，亦連和二章。敬亭名由此增重。

阮亭先生閱實庵懷古《風流子》數闋，拍案稱善。題其稿曰：曹大乃爾奇絶。詞以神氣爲主，取韻者次也，鏤金錯綵其末耳。本朝士大夫詞筆風流，幾上追南唐北宋。彭、王、鄒、董，夙擅孅聲，近來同人中惟錫鬯、蛟門、方虎、實庵，超然並勝。實庵不爲閨襜靡曼之音，我視之更覺嫵媚，其神氣勝也。

寶應陶處士澂入都門，呼予與實庵爲「南曹北曹」，友朋間遂以此爲稱號。今讀《珂雪詞》，予雖十年學不能並驅也。昔人稱衙官屈、宋，實庵衙官我有餘矣。

王元美論詞云：寧爲大雅罪人。予以爲不然。文人之才，何所不寓，大抵比物流連，寄託居多。《國風》、《離騷》，同扶名教，即宋玉賦美人，亦猶主文譎諫之義，良以端言之不得，故長言詠歎，隨所指以託興焉。必欲如柳屯田之「蘭心蕙性」、「枕前言下」等語，不幾風雅掃地乎？實庵詞無一語無寄託者，予之所以服膺也。

雲間諸公論詩宗初盛唐，論詞宗北宋，此其能合而不能離也。夫離而得合，乃爲大家。若優孟衣冠，天壤間只生古人已足，何用有我。實庵也與予意合，其詞寧爲創，不爲述，寧失之粗豪，不甘爲描寫。妍媸好丑，世必有能辨之者。

康熙歲次丙辰夏五江上年弟禾具草

題詞

賀新涼

陽羨　陳維崧其年

滿酌涼州醖。愛佳詞、一編珂雪，雄深蒼穩。萬馬齊喑蒲牢吼，百斛蛟螭囷蠢。算蝶拍、鶯簧休混。多少詞場談文藻，向豪蘇、膩柳尋藍本。吾大笑，比蛙黽。　　爇殘樺燭剛餘寸。歎從來、虞卿坎坷，韓非孤憤。耳熱杯闌無限感，目送塞鴻飛盡。況眼底、群公袞袞。作達放顛無不可，勸臨淄、且傅當筵粉。城柝沸，夜烏緊。

賀新涼

舊山　鄧漢儀孝威

次韻答贈曹舍人京師見寄之作

名士盈東國。更曹家、賦詩橫槊，英豪無敵。珥筆縱隨丞相後，聲價由來赫奕。看落筆、群公動色。日轉宮槐催貰酒，笑停鞭、大道青樓側。如此事，何人得。　昔年也作燕臺客。到於今、攀龍屠狗，人都間隔。萸水西風黃葉下，落得啾啾唧唧。喜雄篇、蒼鷹怒擊。寄到邗溝明月下，快高吟、紅蠟銷三尺。空遠望，西山碧。

霓裳中序第一

桃鄉農　李符耕客

紅絲小硯北。不斷閒情渾似織。東魯詞人第一。勝漂泊周郎，蕢洲漁笛。犀幃夜寂。寫錦箋、都洗香澤。銀釭下，喚來翠袖，記曲譜瑤瑟。　疇昔。酒瓢吟屐。記踏遍、銅駝巷陌。旗亭曾畫素壁。破帽重尋，斷闋空憶。紫薇花下客。更引起、年時賦筆。增惆悵，尊前舊侶，鏡裏鬢絲白。

天香

由拳　沈季友客子

銀沫香邊，翠鬟聲裏，思君風調曾折。燕市重來，鞭絲問處，便有桃鄉人説。紫苔雙破，怪小徑、冷於吹雪。搘擋書籤茗碗，料應此意清絶。　東華幾堆官熱。算爭如、滿毫花屑。笑指池頭鳳影，風流誰奪。我本飄零殘客。儘狂舞、秋山一丸月。願作團光，照人時節。

水調歌頭

舟中作

心齋　張潮山來

買棹故鄉去，冰雪喜隨身。中流鼓枻，欹坐對此陟釐紋。不用紅牙鐵板，且趁曉風殘月，銅斗擊來頻。讀罷兩三闋，齒頰欲生芬。　彼秦黃，與蘇陸，亦何神。雄深蒼穩，陳檢討其年評公詞「雄深蒼穩」。一歎欣賞共奇文。試看高懷弔古，以及閒情詠物，浣筆絶纖塵。願得有心侶，枕秘散氤氲。

畫屏秋色

錢塘　吴陳琰寶崖

曾借菑州住。對二老、念東、豹嵒兩先生。哦盡陳思妍句。翩若驚鴻，飄如迴雪，洛神親賦。簾閣坐焚香，又報道、津亭催鼓。指皂蓋、天都路。想車過黄山，芙蓉疊疊，多少酒痕墨瀋，香雲遮護。懷古。溪村林塢。記任昉、風流遺處。爭如司馬，官閒衙散，頻修簫譜。眉子硯將穿，朝朝傳寫紅牙度。轉笑青衫徒苦。我正倦遊歸，回首齊煙九點，夢斷那時人語。時余方辭濟南太守修志之請。

【校】

按，此首張潮本不載。

卷上

蒼梧謡 二首

團。扇舊猶堪贈所歡。秋風起，戀戀故人難。

寒。澗水粼粼白石間。終難去，滄海作波瀾。

【評】

王阮亭曰：短闋最古，有漢魏樂府遺音。

彭羨門曰：寄託遥深。

沈鳳于曰：彷惜香、片玉體，風致自佳。

【箋注】

《蒼梧謡》，又名《十六字令》、《歸字謡》。二首小令，皆爲詠物。一詠團扇，一詠澗水。刻意於寄託。

唐周濆《山下水》：「背雲衝石出深山，淺碧泠泠一帶寒。不獨有聲流出此，會歸滄海助波瀾。」

烏夜啼

詠水葱用「葱」字韻

琅玕出水玲瓏。鬱葱葱。好伴蓴絲荇葉雨聲中。　竹影織。苔痕濕。顫西風。比似箇人眉黛可相同。

【箋注】

《烏夜啼》，即《相見歡》。又名《上西樓》、《西樓子》、《秋夜月》。

水葱：又名翠菅，水生植物，莖長而中空，可製席、造紙。元胡古愚《樹藝篇·草部》卷二：「水葱蓆出萊州，登亦有之。水葱，草也，中虚似食葱，而長硬，生水濱。」楊慎《丹鉛總録·花木·翠菅》：「水葱生水中，如葱而中空，又名翠菅。王維詩『水驚波兮翠菅靡』是也。此草可以爲席。」赵殿成《王右丞集》箋注，認爲翠菅是青茅。然青茅非中空如葱者。觀詞中「出水玲瓏」、「竹影織」云云，當是製席之水葱。

浣溪紗　二首

步阮亭紅橋韻

幾曲清溪泛畫橈。綠楊深處見紅橋。酒帘歌扇暗香銷。白雨跳波荷冉冉，青山擁髻水迢迢。三生如夢廣陵潮。

【評】

陳其年曰：諷詠結句，令我柔情一往如水。

羨門曰：「三生如夢廣陵潮」比「十年一覺揚州夢」，相去多少。

水過雷塘嗚咽流。繁華人逝幾經秋。二分明月自揚州。玉樹歌來猶有恨，錦帆牽去已無愁。平山堂下是迷樓。

【評】

羨門曰：意在言外，不待人言愁始欲愁也。

【補評】

況周頤：神韻絶佳，與諸名輩抗手。（《蕙風詞話》卷五）

【箋注】

作於康熙六年(一六六七)丁未夏。曹申吉《珂雪詩序》:「丁未,予奉使祭告南嶽,兄亦爲吴越之遊。」張貞《祭曹實庵先生文》:「憶丁未首夏,先生需次里居,結伴南遊,泛棹長淮,艤舟邗上。時四方名士多僑寓其間,投紵贈縞,論交甚衆。相與登紅橋,過竹西,上下平山堂,籃輿畫舫,瓠尊竹杖,歡聚月餘,始各散去。」曹貞吉《珂雪詩集》卷一《過平山堂懷阮亭儀部》:「太息法曹今已去,空餘灌木聚寒鴉。」

紅橋:又名虹橋,揚州名勝,始建於明末崇禎年間,位於瘦西湖南端。吴綺《揚州鼓吹詞序》:「在城西北二里,崇禎間形家設以鎖水口者。朱欄數丈,遠通兩岸,彩虹卧波,丹蛟截水,不足以喻。而荷香柳色,曲檻雕楹,鱗次環繞,綿亘十餘里。春夏之交,繁絃急管,金勒畫船,掩映出没於其間,誠一郡之舊觀也。」(李斗《揚州畫舫録》卷十)

廣陵潮:即廣陵濤。廣陵,揚州。枚乘《七發》:「楚太子有疾,而吴客往問之。」「客曰:『將以八月之望,與諸侯遠方交遊兄弟,並往觀濤乎廣陵之曲江。至則未見濤之形也,徒觀水力之所到,則恤然足以駭矣。』」魏晉樂府《長干曲》:「妾家楊子住,便弄廣陵潮。」

雷塘:地名,在江蘇揚州城北。隋唐時爲風景勝地,隋煬帝葬此。《隋書·煬帝紀下》:「上崩於温室,時年五十。蕭后令宫人撤牀簀爲棺以埋之。化及發後,右御衛將軍陳棱奉梓宫於成象殿,葬吴公臺下。發斂之始,容貌若生,衆咸異之。大唐平江南之後,改葬雷塘。」羅隱

《煬帝陵》：「君王忍把平陳業，只博雷塘數畝田。」

二分明月：徐凝《憶揚州》：「天下三分明月夜，二分無賴是揚州。」

玉樹：即南朝陳後主所作歌曲《玉樹後庭花》。《陳書・皇后列傳》：「後主每引賓客對貴妃等遊宴，則使諸貴人及女學士與狎客共賦新詩，互相贈答，採其尤豔麗者以爲曲詞，被以新聲，選宮女有容色者以千百數，令習而歌之，分部迭進，持以相樂。其曲有《玉樹後庭花》、《臨春樂》等，大指所歸，皆美張貴妃、孔貴嬪之容色也。其略曰：『璧月夜夜滿，瓊樹朝朝新。』」許渾《金陵懷古》：「玉樹歌殘王氣終，景陽兵合戍樓空。」

錦帆：錦制的船帆。顏師古《大業拾遺記》：「煬帝幸江都……至汴，御龍舟，蕭妃乘鳳舸，錦帆彩纜，窮極侈靡。」李商隱《隋宮》：「玉璽不緣歸日角，錦帆應是到天涯。」羅隱《中元夜泊淮口》：「錦帆天子狂魂魄，應過揚州看月明。」

平山堂：位於今揚州市西北郊蜀岡中峰大明寺内。北宋仁宗慶曆八年（一〇四八），歐陽修任揚州知府，於此築堂。坐此堂上，江南諸山，歷歷在目，似與堂平，因而得名。王安石《平山堂》：「城北横岡走翠虬，一堂高視兩三州。」

迷樓：隋煬帝所建樓名。故址在揚州西北郊。唐馮贄《南部煙花記・迷樓》：「迷樓凡役夫數萬，經歲而成。樓閣高下，軒窗掩映，幽房曲室，玉欄朱楯，互相連屬。帝大喜，顧左右曰：『使真仙遊其中，亦當自迷也。』故云。」

徐釚《詞苑叢談》卷九：「紅橋在平山堂法海寺之側，王貽上司理揚州，日與諸名士遊燕，間小有唱酬，江南北頗流傳之，於是過廣陵者皆問紅橋矣。」

王士禛《紅橋遊記》：「壬寅季夏之望，與籜庵、茶村、伯璣諸子偶然漾舟，酒闌興極，援筆成小詞二章，諸子倚而和之。籜庵繼成一章，予亦屬和。」

惠棟《漁洋山人自撰年譜注補》卷上「康熙元年」條：「與袁於令籜菴，諸名士杜於皇濬、邱季貞象隨、蔣釜山階、朱秋厓克生、張山陽養重、劉玉少梁嵩、陳伯璣允衡、陳其年維崧，修禊紅橋，有《紅橋倡和集》。山人作《浣溪紗》三闋，所謂『綠楊城郭是揚州』是也。和者自茶村而下數君，江南北頗流傳之，或有繪爲圖畫者。於是過揚州者，多問紅橋矣。」

王士禛原唱《浣溪紗·紅橋同籜庵、茶村、伯璣、其年、秋巖賦》二首：「北郭清溪一帶流。紅橋風物眼中秋。綠楊城郭是揚州。　西望雷塘何處是，香魂零落使人愁。澹煙芳草舊迷樓。」「白鳥朱荷引畫橈。垂楊影裏見紅橋。欲尋往事已魂銷。　遥指平山山外路，斷鴻無數水迢迢。新愁分付廣陵潮。」紅橋唱和諸詞收入鄒祗謨、王士禛編選的《倚聲初集》。

浣溪紗

題畫

蟹舍魚莊此地偏。陰陰灌木水平田。江湖無恙白鷗天。　茭葉蘆花迷遠渡，斜風細雨擁歸船。漁翁何處枕簑眠。

【評】

羨門曰：「江湖無恙白鷗天」是錢、劉佳境，然畢竟入詩不得，解人自知之。

鳳于曰：分付沙鷗，儘堪無恙。

浣溪紗

偶成　二首

飛鳳將雛紫玉釵。雙鸞小樣合歡鞋。卓金車子響銅街。　濯錦江頭朝復暮，踏青陌上去還來。紅樓斜日費安排。

【評】

鳳于曰：隨手閒妙。

【箋注】

卓金車：猶言著金車，以金色塗描的車子。清詞中多用以指稱女子所乘車。陳維崧《十二時·偶憶》：「昨歲銅街，記曾一見，隱隱卓金車子。」鄒祗謨《醉花間·相見》：「喚住卓金車，再認春風面。」

銅街：銅駝街，泛指鬧市。《太平御覽》卷一五八引陸機《洛陽記》：「洛陽有銅駝街，漢鑄銅駝二枚，在宮南四會道相對。俗語曰：金馬門外集衆賢，銅駝陌上集少年。」沈約《麗人賦》：「狹斜才女，銅街麗人。」

宛轉紅絲結鼓忙。避人學繡睡鴛鴦。朱朱粉粉自成雙。　雪作猧兒纖手怯，香拖髻子緬蟲光。夜深待月下迴廊。

【箋注】

結鼓：或是一種繡綃方法。今有結籽繡，即在針尖上繞圈後固定，形成鼓凸的籽狀的繡法。

緬蟲：緬玉雕琢的昆蟲狀首飾。猶言玉蟲。韓愈《詠燈花同侯十一》：「黄裹排金粟，釵頭綴玉蟲。」朱彝尊《聒龍謡·龍蝨》：「紅絲綴上釵頭，又輸與，緬蟲小。」李符《齊天樂·蟬》：「剪開緬蟲翠羽，向美人霧鬢，持比差小。」

減字木蘭花　八首

雜憶

掀髯抵几。孤憤精神兼數子。磨蝎星辰。多難如君更幾人。　文章休論。一擲副車千古恨。五十年光。只與劉蕡共斷腸。

【評】

其年曰：「直教桂子落墳上，生得一枝恨始消」，與此詞同一悲愴。

【箋注】

八首爲聯章，作於康熙十二年（一六七三）秋。悼死哀生，思親懷友，深寓對其弟曹申吉生死未卜的憂念。可與後《南鄉子·夏夕無寐》五首同觀。

此首寄同情於科場困頓、孤憤失意的友人。

按，五代王定保《唐摭言》：「劉得仁，貴主之子。自開成至大中三朝，昆弟皆歷貴仕，而得仁苦於詩，出入舉場三十年，竟無所成。……既終，詩人爭爲詩以弔之，唯供奉僧棲白擅名。詩曰：『忍苦爲詩身到此，冰魂雪魄已難招。直教桂子落墳上，生得一枝冤始銷。』」故陳其年云：「與此詞同一悲愴。」

一擲副車：歇後語，謂不中。此指科舉落榜，字面用張良「誤中副車」之典。清代鄉試的副榜貢生亦稱副車。清僅於鄉試設副榜，可入國子監肄業。蒲松齡《聊齋志異·于去惡》：「陶（聖俞）下科中副車，尋貢。遂灰志前途，隱居教弟。」

劉蕡（？—八四八）：字去華，唐代昌平人。博學善文，耿介嫉惡，言及世務，慨然有澄清之志。唐文宗大和二年，應舉對策，極言宦官之禍，而考官畏於宦官，不敢取。詔下，物論囂然稱屈。諫官、御史欲論奏，執政抑之。中第者李郃曰：「劉蕡下第，我輩登科，能無厚顏！」（《舊唐書·文苑列傳》）

戊申六月。萬里驚心鼊背折。一夜罡風。只有才人瓦礫中。　　神仙詭異。露滿金莖曾乞未。傲骨崚嶒。化作中林鬼火青。

【評】

曹峨眉曰：韋相國「四月十七」同一起法。

【箋注】

悼安邱地震中遇難的内兄弟琰公。

康熙七年戊申（一六六八）六月，家鄉安邱地震。曹申吉《珂雪詩集序》云：「（戊申）是歲六月，予鄉有地震之異，山崩川坼，廬舍爲墟，兄亦病傷臂。」《珂雪集》卷一《記變》：「長空入夜響天風，元氣奔騰大小東。十萬蛟龍回地軸，一聲霹靂走鴻蒙。身隨泡影山川裏，家在洪濤震蕩中。聞道流民圖已上，可能飛到未央宫。」《變後寄舍弟一首》有「故園此日蒼生淚，脈脈江河爾許長」句。《珂雪集》卷二《夢琰公感述》：「與君内兄弟，長予乃十歲。壬午遘喪亂，予時在童稚。流離東海濱，九死各遷次。負我冰雪叢，仡仡憂顛躓。感君搶攘時，而有古人義。」「戊申歲六月，乾坤失所位。鰲身撼地軸，風雷走其際。城廓半坵墟，樓臺雜蜃氣。予傷瓦礫中，生全偶然遂。魂魄驚乍回，聞君已長逝。予方支病骨，辛苦在左臂。咫尺未永訣，撫心有餘愧。顧茲良友歿，伏枕一垂涕。」

鬼火青：杜甫《玉華宫》：「陰房鬼火青，壞道哀湍瀉。」

偶然遊戲。人道東方真玩世。君曰非狂。歷落嶔崎也未妨。　　當年花底。斗酒雙柑吾共爾。黄葉東村。車過難爲腹痛人。

【評】

阮亭曰：具此才筆，便不至作蘇辛儓隸。

【箋注】

同上首，悼琰公。

東方：漢武帝臣東方朔。滑稽多智，言辭敏捷。《漢書·東方朔傳》贊：「依隱玩世，詭時不逢。」

東村：即琰公家居處。《珂雪集》卷一《九日琰公招飲東村即事十二韻》有句：「爲愛村居好，相邀到北堂。瓶花分野色，杯酒澹重陽。」「白雲懸夕照，黄葉過東牆。」

腹痛：對死者表示哀痛悲傷。典出曹操《祀故太尉橋玄文》：「又承從容約誓之言：殂逝之後，路有經由，不以斗酒隻鷄過相沃酹，車過三步，腹痛勿怪。」

《珂雪集》卷二《夢琰公感述》有句：「庚寅共硯席，有酒必同醉。發言頗無擇，俯仰持清議。衆人苦欲殺，予獨憐憔悴。知君無他腸，東方聊玩世。遊處二十年，遭逢鮮適意。上書不見收，長貧甘薜荔。」「當年文酒場，今日荒凉地。不見談諧人，但見諸孤泣。慨焉傷心肝，如聞山陽吹。白骨委草萊，星霜忽再易。」

相逢濟上。桂子三秋花始放。天碧槐黃。輸卻南豐一瓣香。　禪房秋暮。揮手登車從此去。歲月侵尋。鈴鐸蕭蕭感我心。

【箋注】

所憶人物，或科第未遇而入空門者。陳師道《觀兖文忠公家六一堂圖書》：「向來一瓣香，敬爲曾南豐。」按，曾鞏，世稱南豐先生，爲陳師道之師。

竹林未遠。泉下定知憐小阮。今我來思。風雪時時夢見之。　傷心伯道。住世何如歸去好。仙路匆匆。一匕丹砂誤乃公。

【評】

李武曾曰：喃喃如話。

【箋注】

词悼族叔曹紘。

曹紘（一六二二—一六六八），字世冕，號企鑑，生平不詳，與曹貞吉同高祖（《山東文獻集成·安邱曹氏族譜》）。據詞中「傷心伯道」云云，曹紘或無子嗣，以服丹藥誤身。

曹貞吉《哭企鑑叔六首》有句：「茫茫大造竟何言，自恨無香可返魂。白髮人爭憐伯道，黄金誰復鑄平原。十年文字初除障，一匕丹砂未見恩。叔近喜服丹藥。池上蓮花曾有約，空餘血淚灑松根。」「憶自文壇推繡虎，君方三十我垂髫。談經白社花初發，載酒東園月可邀。」「作達誰能似仲容，竹林舊社許相從。那知十日僧房約，竟化千秋馬鬣封。」（《珂雪集》卷一）

小阮：此處作者自謂。晉阮咸與叔父阮籍均爲「竹林七賢」之一，世因稱阮咸爲小阮。後借以稱侄兒。

伯道：晉鄧攸，字伯道。《世説新語・賞譽》：「謝太傅重鄧僕射（攸），常言：『天地無知，使伯道無兒。』」後用作歎人無子之典。

當年繡虎。才子人稱何水部。卧病滄江。三載茸城信杳茫。　惟君知我。落落名場無一可。今竟何如。悔不同驅下澤車。

【評】

羨門曰：彌淡彌真。

阮亭曰：與第三首並是絶妙。

【箋注】

所憶未詳。似爲何姓。

茸城：又名五茸城，松江（今屬上海）舊稱，茸謂鹿。正德《松江府志》卷九：「城之南爲吴王獵場，場有五茸，俗因呼爲五茸城云。國朝章簡詩：『城郭何年號五茸，盤回十里控吴松。』」

三年伏枕。落拓無何惟日飲。柳七填詞。減字偷聲或有之。　王孫驢背。古錦奚囊拋得未。不用傷神。大有長安失路人。

【箋注】

所憶未詳。似潦倒卧病之友人。

古錦奚囊：《新唐書・李賀傳》：「每旦日出，騎弱馬，從小奚奴，背古錦囊，遇所得，書投囊中，未始先立題然後爲詩，……及暮歸，足成之。」

常建《落第長安》：「家園好在尚留秦，恥作明時失路人。恐逢故里鶯花笑，且向長安度一春。」

黄茅瘴雨。萬里歸來悲自語。夢裏依稀。石髮蘿煙晝掩扉。　磨厓草檄。幕府應徐斑管筆。離緒茫茫。何獨鯫生感對牀。

【評】

武曾曰：「『石髮蘿煙』，先生殆指予昔年句也，往事綿綿，不覺憮然於此。」

羨門曰：八詞促節繁情，讀之令人神損。

其年曰：八詞歷亂摧藏，迷離斷續，擬之古人，殆《章華九招》、《同谷七歌》也。

【箋注】

此首感慨李良年（武曾）從貴州「萬里歸來」，寄寓對胞弟曹申吉的憂念。參見卷下《木蘭花慢・寄武曾》箋。

康熙十二年（一六七三）癸丑秋，李良年與其弟李符自貴州東歸。據其兄李繩遠《秋錦山房集序》，李良年「辛亥春，從曹侍郎入黔中」，「癸丑秋，同弟分虎東歸」。則可推知，曹貞吉此組《減蘭》當作於康熙十二年李良年歸來後，未知曹申吉死訊之前。

石髮蘿煙：李良年在黔中有《病起書懷》詩：「高林風易得，几席點紅芳。石髮掩秋徑，蘿煙生書房。過頭筇竹穩，破臂竺書香。只此排悶日，天涯歲未央。」（《秋錦山房集》卷四）正是「石髮蘿煙」句所出。

應徐：東漢建安時期應瑒、徐幹的並稱。二人以詩文著名，爲曹丕、曹植所禮遇。李良年隨曹申吉入黔爲幕友，故云。參見卷下《賀新涼・得來韻再和》。

李良年癸丑冬抵家後，有《寄曹實庵舍人》二首：「青門折柳記年華，別後傷心百感賒。正憶舊遊紅藥省，遠題清怨木蘭花。舍人以《減字木蘭花》一闋見懷。仙人隱只宜朝市，才子詩曾說内家。不待斷窗公事了，向來班管是生涯。」「飄零庾信江南賦，憔悴蘇公嶺外身。淚濕不緣懷古意，夢

來先繞對牀人。邊花落後應逢雁，妖鳥啼時只暫春。馬首傳書曾一笑，隴梅池草是前塵。兼懷令弟中丞公。」（《秋錦山房集》卷五）

減字木蘭花 二首

天津道中

青衫羸馬。野渡官橋誰問者。黄葉莊村。掛壁燈昏自掩門。　連宵急雨。雁陣橫斜天際去。丁字沽邊。蟹簖魚罾望渺然。

【箋注】

丁字沽：水名，屬海河水系。顧祖禹《讀史方輿紀要》卷十三：「丁字沽，在天津衛東北五里，自武清縣滙白河之水注於直沽，今有丁字沽渡。」

白雲紅樹。一路秋蟲相共語。幾縷朝霞。遥指東溟是我家。　長河百折。浪捲蘆花堆似雪。舟子灘邊。擊汰揚舲橫索錢。

【箋注】

二首作於同時。據「黄葉莊村」、「丁字沽」、「一路秋蟲」及「遥指東溟是我家」句，應是秋天由京都回故鄉安邱時所作。

山花子

歲暮

歲暮真同赴壑蛇。一天風色話棲鴉。又是黄昏新月影，上梅花。　屋角漸高星幾點，人聲欲静鼓三撾。誰道壯心渾似鐵，不思家。

【評】

阮亭曰：澹處亦是宋人。

其年曰：直得妙。

【箋注】

赴壑蛇：蘇軾《守歲》：「欲知垂盡歲，有似赴壑蛇。修鱗半已没，去意誰能遮。況欲繫其尾，雖勤知奈何。」

壯心似鐵：辛棄疾《賀新郎·同父見和再用韻答之》：「我最憐君中宵舞，道男兒、到死心如鐵。」韓元吉《留別傅安道》：「壯心似鐵何曾老，健筆如椽合一揮。」

山花子

題石林小照

鬢影花光撩亂俱。紛紛蝶翅接蜂鬚。共鬬南唐金葉子，阿誰輸。　寶抹紅緘香菡萏，冰綃白映玉芙蕖。陶令閒情何所寄，美人圖。

【評】

武曾曰：江淹片錦，尚堪分贈丘遲。

【箋注】

康熙九年（一六七〇）以後，與喬萊同爲中書舍人時作。

喬萊（一六四二—一六九四），字子静，號石林，江蘇寶應人。康熙六年（一六六七）進士，授中書舍人，分校順天試，乞養歸。服除，補原官。康熙十八年舉鴻博，賦詩居一等，任編修，進翰林院侍講、侍讀。因蜚語罷歸，治廢圃曰縱棹園，壘石疏池，刺小船往來，讀《易》其中，著《易俟》。

有《使粤》諸集。

金葉子：紙牌。趙翼《陔餘叢考·葉子戲》：「馬令《南唐書》：『李後主妃周氏又編金葉子格。』即今之紙牌也。《遼史》稱爲葉格，見第三卷，則紙牌之戲，唐已有之。」陳維崧《望江南·歲暮雜憶》詞：「憶得上元時，人鬬南唐金葉子。」

陶令閒情：陶淵明《閒情賦》，托綺情以寫衷懷，「始則蕩以慮，而終歸閒正。將以抑流宕之邪心，諒有助於諷諫」。蕭統《陶淵明集序》：「白璧微瑕，惟在《閒情》一賦。」

按，同時人相關題照之作有：汪琬《題喬石林像》、《喬石林像贊》，孫枝蔚《念奴嬌·題喬石林舍人小像》，王嗣槐《題喬石林太史侍直圖》等篇。孫枝蔚詞題下云「圖中坐擁金釵，不類石林所爲」，正可作曹詞結二句注脚。今南京博物院藏《喬萊畫像》、《喬萊像》、《喬萊濯足圖》，皆爲清肖像畫家禹之鼎所繪。

山花子

爲人題簾上畫松

五鬣蒼然入畫圖。一灣流水帶平蕪。昨夜驚濤吹欲落，響金鋪。　曾在天台山下見，霜皮黛色記來無。彷彿溪南橋畔路，第三株。

【箋注】

五鬣：猶言五針，謂松。段成式《酉陽雜俎》卷十八：「松，今言兩粒、五粒，粒當言鬣。成式修竹里私第，大堂前有五鬣松兩根，大材如碗。甲子年結實，味與新羅、南詔者不別。五鬣松皮不鱗。」

天台山：在浙江天台縣北。陶弘景《真誥》：「（山）當斗牛之分，上應台宿，故名天台。」相傳漢劉晨、阮肇入此山採藥遇仙。

霜皮黛色：杜甫《古柏行》：「霜皮溜雨四十圍，黛色參天二千尺。」

玉連環

水仙

盈盈似隔紅塵路。陳王[一]休賦。黃昏不是乍聞香，月底更、無尋處。　靜掩繡簾朱户。更聽微雨。青溪溪畔女郎祠，髣髴見、魂來去。

【箋注】

《玉連環》，即《一落索》。又名《洛陽春》、《上林春》、《玉聯環》。

陳王：三國魏曹植，封陳王。

曹植《洛神賦》云：「淩波微步，羅韈生塵。」故別稱水仙爲「淩波仙子」。黄庭堅《王充道送水仙花五十枝欣然會心爲之作詠》：「淩波仙子生塵韈，水上輕盈步微月。」

青溪女郎祠：青溪，水名，三國吴在建業城東南所鑿東渠。發源於鍾山西南，入秦淮河，曲折十餘里，亦名九曲青溪。魏晉樂府《神絃歌·青溪小姑曲》：「開門白水，側近橋梁。小姑所居，獨處無郎。」相傳漢秣陵尉蔣子文之妹未嫁而死，後人在青溪旁爲建小姑祠，又名女郎祠。（見劉敬叔《異苑》卷五、《樂府詩集》卷四十七）

鄒祗謨《瀟湘神·青溪女郎祠》：「青女祠，青女祠。苔碧寒簾聚野貍。蛤鼓蘆笙歸去後，小姑白月夜題詩。」

【校】

［一］陳王：《國朝詞綜》作「陳思」。

留春令

感舊

簸錢堂上，避人羞傍，櫻桃花樹。半篙春水送蒲帆，便没箇、相逢處。　今古傷心常如許。紫玉成煙苦。不是垂楊慣飛綿，被幾陣、東風誤。

【箋注】

紫玉成煙：干寶《搜神記》：吳王夫差小女名紫玉，年十八，悦童子韓重，欲嫁而爲父所阻，氣結而死。重遊學歸，弔紫玉墓。玉形現，並贈重明珠。玉托夢於王，夫人聞之，出而抱之，玉如煙而没。

望江南 二首

代泉下人語

黄壚杳，寂寂恨難窮。荒草路迷寒食雨，白楊聲亂紙錢風。掩淚拜殘鐘。　繁華歇，金屋夢魂中。陌上人歸翁仲語，林邊火入寶衣空。土氣蝕青銅。

【箋注】

黄壚：猶黄泉。《淮南子·覽冥訓》：「上際九天，下契黄壚。」高誘注：「上與九天交接，下契至黄壚，黄泉下壚土也。」

嗚咽水，腸斷爲誰流。燐火不隨山雨暗，蛩聲常伴故人愁。白骨怯清秋。千年事，零落委荒丘。青塚魂歸環珮冷，珠襦香散土花留。無語泣長楸。

【評】

其年曰：「瀏瀏竹間雨，熒熒窗下燈。相逢不相顧，含淚過巴陵。」此昔人所作鬼仙詩也，此詞幽悄寂歷，髣髴同之。

【箋注】

元好問《中州集》壬集第九「曹用之」條：「（曹）嘗戲作鬼仙語云：『瀏瀏竹間語，熒熒窗下燈。相逢不相顧，含淚過巴陵。』詩有本事，中山楊正卿能道所以然，真人作鬼語也。」

賣花聲

簾下美人影

對面尚參差。難慰相思。東風無力畫簾垂。薄霧冥冥春未曉，掩映花枝。蟬影亂罘罳。似隔天涯。金鉤雙控是何時。獨立窺人人不見，捲上些兒。

【評】

羡門曰：「小開罵春風」，是憎其開，「東風無力畫簾垂」，是憎其不開。

阮亭曰：寫得歷亂惝恍，令人魂銷。

其年曰：細膩風光我獨知。

武曾曰：「不惜捲簾通一顧，怕君著眼未分明」，於此結句，誰賓誰主。

【箋注】

《珂雪詞》中多有以美人影爲題者，如《雙雙燕・詠鏡中美人影和沈鳳于》、《解語花・詠花間美人影和鳳于》，皆不無寄託。《瑶華集》卷四收録此首。正如李武曾所評，詞有陳師道《放歌行》詩意，而「獨立窺人人不見，捲上些兒」，語氣風度，尤見委婉嫺雅。

蟬影：蟬翼般的鬢影。元稹《會真詩三十韻》：「低鬟蟬影動，回步玉塵蒙。」

罘罳：屏風。温庭筠《詠寒宵》：「曲瓊垂翡翠，斜月到罘罳。」洪邁《夷堅三志・吴仲權郎中》：「明日，索浴治具於房，婢以罘罳圍之。吴曰：『何用？』曰：『恐爲隙風所搏。』」

魏晉樂府《子夜歌》：「攬裙未結帶，約眉出前窗。羅裳易飄颺，小開罵春風。」

陳師道《放歌行》：「春風永巷閉娉婷，長使青樓誤得名。不惜捲簾通一顧，怕君著眼未分明。」

賣花聲

秋夜

風緊紙窗鳴。秋氣淒清。淡雲籠月未分明。雨點疏如殘夜漏，滴到三更。無計破愁城[一]。夢斷魂驚[二]。一天黄葉雁縱横。不待[三]成霜霜滿鬢，短髮星星。

【評】

阮亭曰：前段「雨點」句妙，後段「黄葉」句妙。

【補評】

陳廷焯《雲韶集》卷十四：（上闋）淒清而和雅，真不減宋人也。（下闋）哀感有情。

【校】

[一] 無計破愁城：《國朝詞綜》作「孤枕夢難成」。

[二] 夢斷魂驚：《國朝詞綜》作「怕聽聲聲」。

[三] 「不待」二句：《國朝詞綜》作「搔首自憐霜滿鬢，又唤愁生」。

賣花聲

丁巳清明

煙草似愁生。緑滿長汀。隔牆一一[一]賣花聲。十日雨絲天作劇，渲染清明。

林外乍啼鶯。樓外峰青。東風拂面酒微醒。攲帽垂鞭何處去，淰淰寒輕。

【評】

其年曰：輕攏慢撚，不使一呆筆，古人解此者，惟張三影耳。

鳳于曰：乍雨乍晴春易老，點染絶佳。

【箋注】

作於康熙十六年丁巳(一六七七)京師内閣中書任上。曹申吉拘於雲貴，仍無消息，故首句化用李煜《清平樂》：「離恨卻如春草，更行更遠還生。」

【校】

[一] 一一：《百名家詞鈔》、《國朝詞綜》卷三同。《瑶華集》卷四作「隱隱」。

賣花聲

不寐口占

雨氣没高林。庭院深深。流螢如豆草如針。又是嫩涼時候也，只欠疏砧。舊夢杳難尋。雲水沉沉。海南花發土牆陰。斜月窺人人未起，冷浸孤衾。

【評】鳳于曰：李後主得意語。

【箋注】海南花：即鳳仙花，花期为夏秋之間。清周廣業《過夏雜録》：「鳳仙可染指甲，北方呼指甲草，亦名染甲桃，滄州人呼爲海南花。」

賣花聲　二首

詠鼓子花

虛負此花名。聽去無聲。斷雲殘雨過荒汀。摵摵悽悽聞響答，也欠分明。宜傍戰場生。晝角連營。青山不動氣縱橫。廣樂鈞天誰問作，溪畔蘆笙。

懶去報晨衙。淨洗鉛華。虛名那受錦堂撾。誰把山香翻一闋，落盡庭花。霜

重冷蒹葭。蕭瑟堪嗟。卻疑三弄走寒沙。老矣岑牟無感慨，不用喧嘩。

【箋注】

山香：曲名，即《舞山香》。南卓《羯鼓録》：「（汝陽王璡）常戴砑絹帽打曲，上自摘紅槿花一朵，置於帽上笪處。二物皆極滑，久之方安。遂奏《舞山香》一曲，而花不墮落。上大喜，笑賜璡金器一厨，因誇曰『真花奴』。」

岑牟：鼓角吏所戴的帽子，代指下吏。牟，通「鍪」。《後漢書・禰衡傳》：「諸吏過者，皆令脱其故衣，更著岑牟單絞之服。」

鷓鴣天

腰跕和壁間女子韻

門裏桃花想去年。幾回惆悵晚風前。餘情難續雲藍袖，舊恨仍留唾碧衫。雙

淚落，一燈懸。魂銷只有夢相關。生平怕近楸紋局，纔到中心不忍彈。

【箋注】

腰跕：山東地名，今腰站鎮，屬德平市平原縣。清王培荀《鄉園憶舊録》卷一：「山東爲南中入京孔道，茌平、腰跕、東昌、臨清、德州，舟車輻輳之區，絲竹歌舞，夙稱繁盛。」

崔護《題都城南莊》：「去年今日此門中，人面桃花相映紅。人面秖今何處去，桃花依舊笑春風。」

李商隱《無題》：「莫近彈棋局，中心最不平。」

木蘭花

鞠觀玉哀詞

依然笳吹春明路。丹旐飄摇何處去。故人强半白衣冠，淚濕幽州城下土。　悲歡旦暮渾無據。昨日驪歌今薤露。老親垂白望歸來，精爽冥冥隔煙霧。

【評】

武曾曰：如聽隴頭嗚咽水。

【箋注】

作於康熙十八年(一六七九)農曆四月廿二日鞠珣去世後。

按,王敬勛《(光緒)海陽縣續志》卷九趙作舟《祭觀玉鞠侍御文》云:「自去夏五月客兖州,小力從都門回,道我姻兄病甚劇,中心怦怦,累日夜不寧。……未幾,得家伯氏書曰,姻兄已於四月廿二歿於燕邸矣。」祭文雖未書具體年份,但其中有言:「去冬臘月,又傳望石兄危篤,正月六日疾驅入京,已歿十日。」「望石」即李贊元,原名李立,山東海陽人,官至兵部督捕右侍郎,順治帝賜名贊元,號望石,名列國史館《名臣列傳》。據孫光祀《兵部督捕右侍郎望石李公墓誌銘》:「康熙十七年季冬念有六日,望石李公以疾卒於京邸。」則李贊元去世在康熙十七年農曆十二月廿六日,與趙作舟文中所言第二年正月六日時「已歿十日」吻合。是故趙作舟祭鞠珣文乃作於康熙十八年(一六七九),鞠珣卒即在本年四月廿二日。

鞠珣(一六二五—一六七九),字觀玉,登州府大嵩衛(今山東海陽)人,曹貞吉山東同鄉。順治丙戌(一六四六)舉人,歷嶧縣教諭。康熙二年(一六六三)知隆安縣事,在任六年,循良著聲。擢廣東道御史。十五年巡視河東鹽課,掌京畿道,明決剛直,遇事敢言。康熙十八年博學鴻詞中,李澄中、崔如岳、李來泰、高詠等人皆其舉薦,可謂有識鑒。

春明:古長安城門名。爲城東三門之中門。劉禹錫《和令狐相公别牡丹》:「莫道兩京非遠别,春明門外即天涯。」代指京都。

木蘭花

春晚

蘼蕪一剪城南路。弱絮隨風亂如雨。垂鞭常到日斜時，送客每逢腸斷處。　愔愔門巷春將暮。樹底蔫紅愁不語。畫梁燕子睡方濃，落盡香泥卻飛去。

【補評】

陳廷焯《雲韶集》：（上闋）只如此寫，情味自勝。（結句）其神味在骨不在貌。

譚獻《篋中詞》：警策。

【箋注】

蘼蕪一剪：曹貞吉數用此語。如《暗香·綠萼梅》：「一剪蘼蕪，移上枝頭弄輕碧。」《哨遍·題萬柳堂》：「東風一剪蘼蕪翠。」

愔愔門巷：張炎《長亭怨慢》：「望花外、小橋流水，門巷愔愔，玉簫聲絶。」

樹底蔫紅：張炎《瑣窗寒》：「最憐他、樹底蔫紅，不語背人吹盡。」

虞美人

有感

三春誤向風塵走。空負長條柳。落花流水思悠悠。便是玉簫金管也生愁。傷心慣作人間別。夢裏添嗚咽。伯勞飛燕去匆匆。消受一窗殘月五更鐘。

【評】

羨門曰：如此消受，亦極不惡。

武曾曰：妍在淡中。

南鄉子

五首

夏夕無寐，茫茫交集，輒韻語寫之，不求文也

兀坐寂無歡。檢點平生一笑難。四十年來渾是夢，邯鄲。得得青驢尚未還。

往事總闌珊。不待新愁鬢已斑。試問從前誰誤我，儒冠。燕壘蠶絲卒歲艱。

【評】

羨門曰：此調第四句止用兩字，頗難安放，「邯鄲」、「儒冠」，兩成妙押。

【箋注】

《南鄉子》五首，首章云「四十年來渾是夢」，當作於康熙十三年甲寅（一六七四）夏，四十一歲，遊京爲宦已十年。康熙十二年十一月，吴三桂、尚可喜、耿精忠舉兵反清，「三藩之亂」起，貴州提督李本深響應，貴州巡撫曹申吉被執。此後申吉羈留黔中七年，杳無音信，傳聞「附逆」。曹貞吉此組《南鄉子》，其一述己；其二思弟；其三悼亡友；其四念妻兒；其五憶吴越舊遊。深憂積哀，家世親情，一並傾訴，聲淚俱下。可與前《減字木蘭花・雜憶》一組同觀。

張貞《曹公墓誌銘》：「癸丑冬，滇逆之變，澹餘（申吉）身陷其中，公進退維谷，日夕惟以眼淚洗面。」（《杞田集》卷七）

曹貞吉長子曹濂《仪部公行状》：「迨自甲寅亂後，南天鮮雁足之書，故鄉有垂白之母，先大夫欲歸不能，欲留不可，日夕惟以眼淚洗面。」（《山東文獻集成》）

少小憶趨庭。總角齊肩好弟兄。嘗得熊丸心自苦，同聽。夜雨連牀十載聲。有約待躬耕。白髮慈親望眼瞢。誰料而今成幻影，飄零。瘴雨蠻煙一帶青。

【評】

鳳于曰：汾水雁飛，含情正在不盡。

【箋注】

熊丸：以熊膽製成的藥丸。唐柳仲郢幼嗜學，其母曾和熊膽丸，使夜咀咽，以苦志提神。見《新唐書·柳仲郢傳》。

夜雨連牀：並榻聽雨，喻朋友、手足之情深厚。白居易《雨中招張司業宿》：「能來同宿否，聽雨對牀眠。」蘇軾《東府雨中別子由》：「對牀定悠悠，夜雨空蕭瑟。」

文酒憶同遊。雅會西園事事幽。惆悵落花飛絮急，悠悠。笛裂山陽曲未休。

知己痛西州。文采風流土一丘。他日隴頭看宿草，颼颼。石馬無聲起暮愁。

【箋注】

西園：園林名。在河南省臨漳縣鄴縣遺址北，傳爲曹操所建。曹植《公宴詩》：「清夜遊西園，飛蓋相追隨。」《文選》沈約《應王中丞思遠詠月》：「高樓切思婦，西園遊上才。」吕向注：「西園謂魏氏鄴都之西園也。文帝每以月夜集文人才子共遊於西園。」後多以指文酒雅集。

山陽笛：悼念、懷念故友。晉向秀《思舊賦》序云：「余與嵇康、吕安居止接近，其人並有不羈之才。嵇意遠而疏，吕心曠而放，其後並以事見法。嵇博綜伎藝，於絲竹特妙，臨當就命，顧視日影，索琴而彈之。逝將西邁，經其舊廬。於時日薄虞泉，寒冰淒然。鄰人有吹笛者，發聲寥亮。追想曩昔遊宴之好，感音而歎。」

西州：東晉所置古城，故址在今江蘇省南京市。謝安死後，羊曇醉至西州門，感舊興悲，慟哭而去。見《晉書·謝安傳》。

德耀憶同棲。兩小無猜稚齒齊。冷雨篝燈頻下淚，牛衣。十載行踪愧老妻。

草草送將歸。白馬青絲事已非。膝下癡兒應念我，誰知。片片浮雲各自飛。

【箋注】

德耀：漢梁鴻妻孟光，字德耀。初，夫婦耕織於霸陵山中，後隨夫至吴地，鴻貧困爲人傭工，每歸，光爲具食，舉案齊眉，恭敬盡禮。（《後漢書·逸民傳》）。

白馬青絲：謂夫婿、丈夫爲官。漢樂府《陌上桑》：「何用識夫婿，白馬從驪駒。青絲繫馬尾，黄金絡馬頭。」

江上憶嗚榔。杜宇聲中過夏長。回首敬亭濃翠裏，蒼茫。白苧何人勸一觴。

西子好湖光。十里荷花繞畫塘。記得吴山觀落日，悲凉。嗚咽寒潮勢未降。

【評】

阮亭曰：先兄往有《減字木蘭花》七首，同此情事，旅夜孤檠，讀此令我腸斷矣。

其年曰：字字嗚咽。

【箋注】

敬亭：山名，在安徽宣城北，古名昭亭山。李白《獨坐敬亭山》：「衆鳥高飛盡，孤雲獨去閒。相看兩不厭，只有敬亭山。」

白紵：樂府吴舞曲名。鮑照《白紵歌》之五：「古稱渌水今白紵，催絃急管爲君舞。」《新唐書·禮樂志下》：「清樂三十二曲中有《白紵》，吴舞也。」

南鄉子

砧聲

霜信到邊城。入夢龍沙萬里程。秦女卷衣何限恨，淒清。歷歷君聽空外聲。

風急亂殘更。乍密還疏似有情。想見紅閨纖手怯，亭亭。靜倚朱欄待月明。

【評】

其年曰：骨肉停匀。

【箋注】

杜甫《擣衣》：「亦知戍不返，秋至拭清砧。已近苦寒月，況經長別心。寧辭擣衣倦，一寄塞垣深。用盡閨中力，君聽空外音。」

龍沙：白龍堆沙漠。《後漢書·班超傳贊》：「定遠慷慨，專功西遐。坦步蔥雪，咫尺龍沙。」李賢注：「蔥嶺、雪山，白龍堆沙漠也。」亦泛指塞外漠北邊塞之地。楊炯《瀘州都督王湛神道碑》：「旌節龍沙，軒旗象浦。」

秦女卷衣：樂府古題有《秦王卷衣曲》。李白《秦女卷衣》：「天子居未央，妾侍卷衣裳。顧無紫宮寵，敢拂黄金牀。」崔國輔《秦女卷衣》：「雖入秦帝宫，不上秦帝牀。夜夜玉窗裏，與他卷衣裳。」卷衣，猶言疊衣。

南鄉子

詠燕

雙燕坐雕梁。軟語呢喃晝自長。掠水蹴花飛不定，過牆。亂剪春蕪故故忙。

新月淡昏黄。柳絮池塘夜未央。落盡香泥人不見，迴翔。錯認誰家白玉堂。

【評】

羨門曰：梅溪以長調擅場，此復以片言居勝。

阮亭曰：「掠水蹴花」三句，爲燕燕傳神，「亂剪春蕪」，得未曾有。

其年曰：字字摇曳，與邦卿作異曲同工。

夜行船

本意

十幅蒲帆風力勁。有魚牀、伩燈相映。兩岸衰蘆，一條寒碧，波影月痕難定。

柔櫓無聲人語静。怕沙鷗、暫時驚醒。篷背新霜，山邊曉市，楓葉亂遮笭箵。

【箋注】

十幅蒲帆：華岳《霜天曉角》：「蒲帆十幅，飛破秋江緑。」俞德鄰《過高郵新開湖》：「十幅蒲帆風力飽，回頭煙雨暗文遊。」

醉落魄

詠鷹

凍雲慘澹。鬱輪囷、天邊心膽。韝絛欲掣金眸閃。雨血風毛，一灑平原暗。層霄呼下纔如點。割鮮小飲霜花蘸。藍田歸騎垂弓劍。野闊天低，狐兔山中減。

【評】

其年曰：押險韻，如使硬弩，無不射麋麗龜。

【箋注】

《醉落魄》，即《一斛珠》。此用周邦彥體，即上片第二句作上三下四句式。

雨血風毛：杜甫《畫鷹》：「何當擊凡鳥，毛血灑平蕪。」

虞美人　第二體

雨過

錢塘戰後風雷弱。貴主還宮樂。靈旗卷罷楚天高。湘妃鼓瑟和雲璈。擁鮫綃。

長空一抹曾青色。全學柴窯碧。諸峰螺翠晚來橫。煙鬟霧鬢劇多情。可憐生。

【評】

其年曰：渲染欲滴。

【箋注】

首二句：用唐李朝威《柳毅傳》故事。錢塘君張廣樂招待柳毅：「初，笳角鼙鼓，旌旗劍戟，舞萬夫於其右。中有一夫前曰：『此《錢塘破陣樂》。』旌鋋傑氣，顧驟悍栗。座客視之，毛髮皆豎。復有金石絲竹，羅綺珠翠，舞千女於其左。中有一女前進曰：『此《貴主還宮樂》。』清音宛轉，如訴如慕，坐客聽下，不覺淚下。」

柴窯：古代著名瓷窯之一。故址在今河南鄭州一帶，傳為五代周世宗柴榮指令建造，所燒瓷器，質地甚佳，有「青如天，明如鏡，薄如紙，聲如磬」之譽。參見明曹昭《格古要論·柴窯》。

按，《虞美人》第一體，即通常所用之李煜體，五十六字，平仄換韻。曹氏此詞爲五十八字，前後段亦平仄換韻，但上下兩片第四句俱爲七字句，多一字，多押一平聲韻，與李煜體異，故名「第二體」。

蝶戀花

荔裳席上作，用阮亭韻

吹面東風能散纈。雨弄柔絲，過了清明節。脆滑鶯兒聲不歇。池塘淡淡霏香雪。

好倩吳儂翻一闋。宮錦氍毹，顧影神清絶。銀燭光消銀箭徹。一鉤斜掛城邊月。

【評】

羨門曰：意言新警。

張山來曰：生香真色人難學。

【箋注】

作於康熙十年辛亥（一六七一）春晚，清明節後。

宋琬（一六一四—一六七三），字玉叔，號荔裳，山東萊陽人。清初詩家，與施閏章齊名，稱「南施北宋」。顺治四年（一六四七）进士，授户部主事。任隴西道僉事，遷浙江按察使。數歷冤獄，倍受磨折，放廢日久。康熙十年（一六七一），有詔起用，入京師。康熙十一年，起爲四川按察使，翌年病卒。有《安雅堂集》、《二鄉亭詞》。

王士禛《香祖筆記》卷四：「康熙辛亥，宋荔裳琬在京師，一日招龔芝麓大宗伯、梁蒼巖大司馬及予兄弟飲梁家園子，予首倡偶用『纈』字。明日梁問予『纈』字之義，對不能悉。按《潘氏記聞》云：唐明皇柳婕妤妹適趙氏，性巧慧，鏤版爲雜花，打爲夾纈，代宗賞之，命宮中依樣製造。又《西河記》：西河婦女無桑蠶，皆著碧纈。韻書但言文繒耳。」

按，曹貞吉四首《蝶戀花》疊用阮亭「纈」字韻，同時梁清標《蝶戀花·宋荔裳觀察招飲觀劇次阮亭韻》、宋犖《蝶戀花·送曹峨眉歸毗陵用王阮亭韻》等作，皆爲「纈」字韻。而王士禛《衍波詞》未載此韻《蝶戀花》。檢《居易録》卷二十一，有《蝶戀花》一闋，自云作於「順治庚子辛丑間任揚州府推官」時，「偶未編入《衍波詞》」。首句「手種牆南千箇竹」，亦非「纈」字韻。

蝶戀花

看演《祭皋陶》劇仍用前韻

水面綾紋堆亂纈。一曲清商，寫出清流節。枉矢離離光未歇。若盧閉處飛霜雪。

呵壁左徒聲乍闋。南北甘陵，鴻影冥冥絶。尺霧消來天問徹。一鞭好弄山間月。

【箋注】

作於康熙十一年（一六七二）初夏。此時宋琬授四川按察使，即將入蜀，在京師梁家園招諸友宴飲觀劇。宋琬有雜劇《祭皋陶》四折，收入其《安雅堂集》。劇情爲東漢奇男子范滂蒙冤入獄，在獄中祭奠皋陶，終得昭雪之事。

《國朝名家詩餘》梁清標《蝶戀花·宋荔裳觀察招飲觀劇次阮亭韻》詞下，引宋琬云：「初夏，僕將往蜀，同芝麓諸公讌集梁家園，伶人演僕所編《祭皋陶》雜劇，座上各賦《蝶戀花》詞一闋。」

若盧：本爲漢代少府所屬機構，掌儲藏和冶鑄兵器的職能。機構内設有監獄，在宫禁之内，有如詔獄，即關押欽犯的牢獄。《漢書·百官公卿表》上：「(少府)屬官有尚書、符節、太醫、太官、湯官、導官、樂府、若盧……。」服虔曰：「若盧，詔獄也。」如淳曰：「若盧，官名也，藏兵器。《品令》曰若盧郎中二十人，主弩射。《漢儀注》有若盧獄令，主治庫兵將相大臣。」

左徒：戰國楚國官名。屈原嘗爲楚懷王左徒，即用以指屈原。

甘陵：漢郡名，郡治今河北邢臺市清河縣。《後漢書·黨錮傳序》：「初，桓帝爲蠡吾侯，受學於甘陵周福，及即帝位，擢福爲尚書。時同郡河南尹房植有名當朝，鄉人爲之謡曰：『天下規矩房伯武，因師獲印周仲進。』二家賓客，互相譏揣，遂各樹朋徒，漸成尤隙。由是甘陵有南北部，黨人之議，自此始矣。」

梁清標《蝶戀花·宋荔裳觀察招飲觀劇次阮亭韻》：「榆莢風清飄蜀纈。水漲銀塘，纔過清明節。絳蠟金樽歌未歇。柳花檻外飛如雪。　舊事甘陵翻數闋。今昔關情，優孟真奇絕。絲管啁啾聲漸徹。魚龍波底揺殘月。」

蝶戀花

送荔裳入蜀再用前韻

濯錦江頭濤作纈。萬里蠶叢，重建相如節。渝唱巴童渾未歇。一簾曉映峨嵋雪。

紅濕海棠歌正闋。帽影鞭絲，點染三川絶。散髮瞿塘清欲徹。半輪流送平羌月。

【評】

其年曰：峽月巴船，清輝如見。

武曾曰：讀此但覺山川斌媚，何須作《蜀道難》耶？始信青蓮故是比體。

山來曰：非是山川斌媚，乃是先生筆墨斌媚耳。

【箋注】

作於康熙十一年（一六七二）初夏，與前首同時。宋琬奉詔將入蜀就職。

王士禛《漁洋詩話》卷下：「康熙辛亥，宋荔裳琬、施愚山閏章皆集京師，與余兄弟倡和最久。明年壬子，荔裳補官蜀臬，余典蜀試，先後出都門。既而余以十月下峽，荔裳以明年春上峽，遂不相見。是歲荔裳入覲，歿於京師。」按，康熙十年辛亥（一六七一），有詔起用，宋琬入京師。十一年，授四川按察使，入蜀到任。翌年正月，進京述職，適逢吴三桂兵變，在蜀家屬遇難，憂憤成疾，卒於京都。

「半輪」句：李白《峨眉山月歌》：「峨眉山月半輪秋，影入平羌江水流。」

蝶戀花

送沈郎再用前韻

滿路丹榴明似纈。蜀道羊腸，細馬隨旌節。花重錦官香未歇。倚欄閒看峨嵋雪。記得梁園歌一闋。貼地腰身，四座顛狂絶。嫩緑池塘清影徹。依稀照見人如月。

【評】

羨門曰：何其清綺。

靳書樵曰：「花重」二語耐看，「嫩緑」二語耐思。

【箋注】

題云「再用前韻」，又云「記得梁園歌一闋」，當與前三首《蝶戀花》作於同時同地。沈郎，未詳，據「蜀道羊腸，細馬隨旌節」句，當隨同宋琬入蜀者。宋琬《入蜀集》上卷，有《至月望日同劉雪舫、李鏡月、張鄴仙、金六吉、堵羽三、沈右文諸君登金山妙高臺翫月，聽吴伶度曲達旦作》詩，或即此中所云沈右文。

花重錦官：杜甫《春夜喜雨》：「曉看紅濕處，花重錦官城。」

梁園：梁家園，京城園名，京師文人宴飲雅集處。《日下舊聞考》卷六十一：「京師賞花人聯住小城南古遼城之麓，其中最盛者曰梁氏園。園之牡丹、芍藥幾十畝，每花時，雲錦布地，香冉冉聞里餘，論者疑與古洛中無異。（《篁墩集》）」「梁園在京城之西南廢城邊，引涼水河入其中，亭榭花木極一時之盛。（《春明夢餘録》）」

蝶戀花

題龔半千畫

石骨嶙峋驚拔地。千尺藤蘿，盤壁蛟龍勢。茅屋半間風打碎。箇中應有幽人睡。門外片塵飛不起。嫩緑新蒲，杳靄江湖意。倘許移家來畫裏。一廛請隸無懷氏。

【評】

羨門曰：瀟灑出塵。

阮亭曰：字字飛動紙上。

其年曰：「茅屋」二語，詩中孟六。

山來曰：我亦欲移家畫裏。

【箋注】

龔賢（一六一八—一六八九），又名豈賢，字半千，號野遺，又號柴丈人、鍾山野老，江蘇昆山人，客寓金陵。早年曾參加復社活動，入清隱居不仕。明末清初畫壇「金陵八家」之一。周亮工《讀畫録》卷二：「龔半千賢，又名豈賢，字野遺。性孤癖，與人落落難合。其畫掃除蹊徑，獨出幽異。自謂前無古人，後無來者，信不誣也。程青溪論畫，於近人少所許可，獨題半千畫云：畫有繁減，乃論筆墨，非論境界也。北宋人千邱萬壑，無一筆不減，元人枯枝瘦石，無一筆不繁，通此解者，其半千乎？半千早年厭白門雜遝，移家廣陵，已復厭之，仍返而結廬於清涼山下，葺半畝園，栽花種竹，悠然自得，足不履市井。」

蝶戀花

題王宓草畫蝶

筆帶煙霞人晉魏。搨得滕王，海眼圖中意。惆悵東風吹不起。翩翩只在生綃裏。

夜雨攬林花瓣碎。覓蕊爲糧，還抱花鬚睡。春色滿園拖粉翅。不知夢見莊周未。

【評】

羨門曰：寫生妙手。

阮亭曰：跌宕風流，才子之筆。

其年曰：輕盈婉約，畫態極妍。

書樵曰：「夜雨」三句，較唐人「樹頭蜂抱花鬚落」更爲細膩。

【箋注】

王蓍，初名尸，字宓草，秀水（今浙江嘉興）人，久寓金陵。善花卉翎毛，工書法篆刻。與弟王槩、王臬並駕畫壇，編繪《芥子園畫譜》。初集《山水譜》五卷，於康熙十八年（一六七九）木版彩色套印，享譽藝林。

張貞《題珂雪堂咏物詞譜》：「實菴詩文妙天下，間倚聲作詞，遂奪宋人之席。近吴薗次有《名家詞選》，得《珂雪集》，即用壓卷，流傳江左，一時皆推爲絶唱。吴介兹最愛其咏物諸調，手録廿一闋，屬王宓草繪爲圖譜。凡八幀，氣韻生趣，秀溢楮墨間，徐熙野逸，黄筌富艷，既兼有之。至分布配合，參差掩映，可謂人巧極天工錯矣。實菴出示索題，留几案者三閲月，盤礴展翫，幾不能捨。然余既得句，逼出精思，因成詞壇雅語。宓草固以寫生名家，未必便能盡如此合作，良由佳附名前後，託以不朽，已有偏幸矣，何必更效據舷狡獪邪。康熙癸亥重午日張貞識。」（《杞田集》卷十四）

海眼：蛺蝶名。明朱謀垔《畫史會要》：「（唐）滕王元嬰，高祖子，善畫蝶。故王建《宮詞》有『內中數日無呼喚，搨得滕王蛺蝶圖』之句。《酉陽雜俎》曰：滕王畫蛺蝶有數名，江夏斑、大海眼、小海眼、村裏來、菜花子。」

蝶戀花

夏夜酒醒口占

解識濁醪多妙理。八尺琉璃，引入甜鄉裏。酒重燈昏慵不起。夢回已是三千里。
殘月幾欞斜界紙。天色空青，銀漢光垂地。苔澀流螢飛且止。穿簾好趁荷風細。

【評】

鳳于曰：夢中記裏，煞是無聊。

【箋注】

辛棄疾《賀新郎》：「江左沉酣求名者，豈識濁醪妙理。」

岑參《春夢》：「枕上片時春夢中，行盡江南數千里。」吳可《和人聞笛》：「夢回飛蝶三千里，月照高樓十二欄。」

蝶戀花

修來席上詠秋海棠

涼月娟娟流影細。道是秋花，卻帶春花字。何限嫣紅思婦淚。玉壺亂滴珍珠碎。籬畔幾枝纔放蕊。任是春花，不比秋花媚。簪向箇人鬟髻髻。晚霞一點明於洗。

【評】

羨門曰：徘徊宛轉，自成文章。

武曾曰：有色無香，此花恨事，讀「簪向箇人」二語，饒有香在。

山來曰：予曾和先生此詞，真有珠玉在前之愧。

【箋注】

曹貞吉與顏光敏主要交往於京師，大致在康熙十二年至十六年間，兩人詩集中皆有同遊之作。

顏光敏（一六四〇—一六八六），字遜甫，字修來，號樂圃，山東曲阜人，復聖顏回後裔。康熙六年（一六六七）進士，由中書舍人累遷吏部郎中，充《一統志》纂修官。擅書法，精騎射，明律曆，輦下稱詩，與曹貞吉並入「十子」之目。

張潮《鳳棲梧·秋海棠和曹實齋郡丞》：「翠袖翩翩紅縷細。隱約依稀，似有相思字。膩頰不須頻墮淚。階前怕惹秋心碎。　折得一枝新放蕊。插向瓶中，自有天然媚。留與箇人簪曉髻。忙呼小婢催梳洗。」（《百名家詞鈔·花影詞》）

按，张潮（一六五〇—一七〇七後），字山來，號心齋，安徽歙縣人。曹貞吉康熙二十四年（一六八五）出任徽州府同知，由此結識。刻書家，刊刻《珂雪詞》首版，並撰評語；其《昭代叢書》收曹貞吉《詠物十詞》。述作以筆記小品《幽夢影》著名，有《花影詞》。

蝶戀花　十二首

讀《六一集》十二月鼓子詞，嫌其過於富麗，吾輩爲之，正不妨作酸餡語耳。閒中試筆，即以故鄉風物譜之

正月春盤初獻歲。帽影鞭絲，羅拜人如市。爆竹一聲煙霧起。幾枝紅燭消燈事。　記得少年扶半醉。褦襶衝塵，評話開明寺。三十年來風景異。似看洛下伽藍記。

【箋注】

鼓子詞：宋代説唱文學之一，同一曲調連綴演唱，並夾有説白，用以敘事寫景。説唱以鼓合

之，故稱。宋代詞人用以寫同調聯章之詞，亦名鼓子詞，如歐陽修《漁家傲·十二月鼓子詞》，共十二首，逐月分詠景物，兼詠風俗。李子正《減字木蘭花》梅花十首，序云：「試綴蕪詞，編成短闋，曲盡一時之景，聊資四座之歡。女伴近前，鼓子祗候。」惟赵令時《元微之崔莺莺商调蝶恋花》十二首，説唱兼備，敷衍故事。

開明寺：《萬曆安邱縣志》卷五：「開明寺，在縣治西，宋天聖三年建，洪武初年重修。」清劉瑋《劉氏家記》卷六：「（雍正六年）時秘察偏，天下諸縣尹有到在數日而被參黜者，安邱廢令，歲多至十三員，分寓城隍廟開明寺。」

洛下伽藍記：即北魏楊炫之的《洛陽伽藍記》，記載洛陽佛寺興衰與人物故實。其序云：「城郭崩毀，宮室傾覆，寺觀灰燼，廟塔坵墟。牆被蒿艾，巷羅荊棘。野獸穴於荒階，山鳥巢於庭樹。遊兒牧豎，躑躅於九逵；農夫耕老，藝黍於雙闕。始知麥秀之感，非獨殷墟；黍離之悲，信哉周室。」

二月花明鄰上巳。柳學鸝兒，桃學紅妝媚。布穀勸耕聲未已。腥風海上來魚市。

經濟山林渾不易。種杏條桑，多少閒心事。金馬鳳池春夢耳。竹籬茅舍原如此。

三月桐華鶯哺子。百囀聲中，一串驪珠碎。過了清明無意思。鞦韆還掛垂楊裏。
牆下櫻桃纔謝蕊。顆顆珊瑚，已浸饞牙齒。萬紫千紅同逝水。幾翻風雨春歸矣。

四月東皋樓下水。入網河魚，竟尺鮮無比。煮酒遥沾青杏意。牡丹大似姚家第。
一夜篺聲來屋底。滿眼新篁，帶粉拖香氣。絡罷繅車蠶下子。一年村女渾無事。

【箋注】

姚家第：牡丹有名種曰「姚黄」，爲千葉黄花，出自洛陽民姚氏家。見歐陽修《洛陽牡丹記·花釋名》。

五月黄雲全覆地。打麥場中，咿軋聲齊起。野老謳歌天籟耳。那能略辨宫商字。
屋角槐陰耽美睡。夢到華胥，蝴蝶翩翩矣。客至夕陽留薄醉。冷淘飥餺窮家計。

六月溪堂風細細。課雨占晴，略帶農夫意。雲腳倒垂龍掉尾。汶河已上黏天水。
素柰抹紅三道未。帶露繁枝，老子生歡喜。瓜是緑沉朱是李。敲冰不羨長安市。

【評】

阮亭曰：亦復工絶，非但豪邁。

山來曰：農圃風味，時物變遷，天然生趣，點染無窮。

【箋注】

汶河：山東省重要水系，古稱汶水，其主要流域在安邱境内。源出沂山，注入濰河。

七月西疇禾稻美。翠色沾衣，香比春花細。乞巧聊供兒女戲。衰翁厭説填橋事。

細雨連宵偏入耳。颯颯秋聲，苔影生涼意。回首江南鱸作市。扁舟愛殺天隨子。

【箋注】

天隨子：唐代詩人陸龜蒙的别號。其人入《新唐書・隱逸傳》。陸龜蒙《奉和太湖詩・縹緲峰》：「身爲大塊客，自號天隨子。」

八月長空飛雁字。芋栗全登，消受田家味。曬棗堂前紅滿地。何須苦憶南天荔。

蟾兔秋毫輝萬里。玉宇瓊樓，人抱清光睡。蕉葉翻翻斜界紙。草蟲慣作嘤嘤技。

九月涼風蘋末起。落帽登高，一殼雙螯美。楓老當門圍薜荔。年豐豈懼催租吏。
白酒黄雞滋味異。老瓦盆中，牧豎堪同醉。風雨攪林渾不寐。挑燈起作秋聲記。

十月寒雲陰匝地。草淺霜濃，獵騎蕭蕭意。老去垂楊生左臂。鼻端出火翻成愧。
榾柮爐紅堪自慰。絶勝年年，風雪金門轡。日出黄綿還炙背。杞人不下憂天淚。

【評】

阮亭曰：不怕租吏，亦大奇事，恐是姑妄言之耳。

山來曰：讀「風雨」一句，不須更讀《秋聲記》矣。

【箋注】

垂楊生左臂：《莊子・至樂》：「支離叔與滑介叔觀於冥伯之丘，崑崙之虚，黄帝之所休。俄而柳生其左肘，其意蹶蹶然惡之。」成玄英疏：「柳者，易生之木；木者，棺槨之象；此是將死之徵也。二叔遊於崑崙，觀於變化，俄頃之間，左臂生柳，蹶然驚動，似欲惡之也。」柳、瘤，一聲之轉。後因以「柳生肘」、「楊枝肘」泛指疾病或災變。王維《老將行》：「昔時飛箭無全目，今日垂楊生左肘。」

鼻端出火：《南史・曹景宗傳》：「我昔在鄉里，騎快馬如龍，與年少輩數十騎，拓弓弦作礔礰聲，箭如餓鴟叫，平澤中逐麞，數肋射之，渴飲其血，飢食其脯，甜如甘露漿，覺耳後生風，鼻頭出火，此樂使人忘死。」

十一月狂飈驚晚歲。一線陽回，家慶逢南至。覓果堂前成往事。兒孫滿眼當年似。

一夜仙人紛玉戲。三尺瑶華，妝點天容醉。鹽撒空中差可擬。未如柳絮因風起。

【評】

阮亭曰：末十四字，全用成語，奇妙。

孫仲愚曰：用古之妙，直參化工。

其年曰：稼軒用晉帖語入詞，猶未若珂雪之入化也。

【箋注】

南至：即冬至。夏至後，日躔自北而南；冬至以後，又自南而北。故冬至日又稱「南至」。《左傳·僖公五年》：「春，王正月，辛亥，朔，日南至。」杜預注：「周正月，今十一月。冬至之日，日南極。」孔穎達疏：「日南至者，冬至日也。」

鹽撒宫中：《世説新語·言語》：「謝太傅寒雪日内集，與兒女講論文義。俄而雪驟，公欣然曰：『白雪紛紛何所似？』兄子胡兒曰：『撒鹽空中差可擬。』兄女曰：『未若柳絮因風起。』公大笑樂。即公大兄無奕女，左將軍王凝之妻也。」

十二月簷冰如列齒。檢點流光，又逐修鱗逝。屈指明朝二十四。一年好事應無幾。鬱壘桃符忙底事。綵勝銀旛，分付兒童記。夜火松枝還熰歲。五更不策朝天騎。

【評】

阮亭曰：十二首瀏漓頓挫，公孫大娘舞渾脱手段，乃於行墨遇之。

修來曰：《豳雅》遺音。

鳳于曰：以田家行樂，點染歲華，覺本地風光絶勝。

【箋注】

修鱗：謂蛇。杜甫《萬丈潭》詩：「閉藏修鱗蟄，出入巨石礙。」蘇軾《守歲》：「欲知垂盡歲，有似赴壑蛇。修鱗半已没，去意誰能遮。」

熰歲：北方歲暮、除夕風俗。劉侗、于奕正《帝京景物略》：「三十日……夜以松柏枝雜柴燎院中，曰松盆，熰歲也。」

漁家傲

秋感

燕市秋來風色改。山圍碧玉清涼界。屈指津門多紫蟹。街頭賣。天生左手持螯在。不信濁醪澆磊塊。醉鄉更比人間隘。月落屋梁憎老態。渾無賴。蟲聲四壁愁如海。

【評】

羨門曰：《酒德頌》可以不作。

【箋注】

左手持螯：《晉書·畢卓傳》：「卓嘗謂人曰：得酒滿數百斛船，四時甘味置兩頭，右手持酒杯，左手持蟹螯，拍浮酒船中，便足了一生矣。」辛棄疾《賀新郎》：「肘後俄生柳。歎人生、不如意事，十常八九。右手淋浪纔有用，閒卻持螯左手。」

漁家傲

讀漢史

縹緲雲中赤曩子。求仙遠隔蓬萊水。巨棗安期曾餉未。真奇事。馬肝一片[一]文成死。　天下神仙皆妄耳。茂陵石馬秋風裏。金碗玉魚紛出市。渾無味。如鉛早下銅人淚。

【評】

阮亭曰：實庵此等詞，今作者中，惟其年能之。

其年曰：如王先生言，僕何敢當？正如昔人所言「春水將生，孤當速去」耳。

武曾曰：是史公《封禪書》本旨。

鳳于曰：絶似《通天臺表》，颯颯逼人。

【箋注】

小令短章，糅合《史記・封禪書》、《洞冥記》、沈炯《通天臺奏漢武帝表》、李賀《金銅仙人辭漢歌》的典故詞語，以諷漢武帝求仙事。

赤斄子：漢《洞冥記》卷一：「漢武帝未誕之時，景帝夢一赤斄，從雲中直下，入崇蘭閣，帝覺而坐於閣上，果見赤氣如煙霧，來蔽户牖，望上有丹霞蓊鬱而起。」

巨棗：《史記·封禪書》：「少君言上曰：『……臣嘗遊海上，見安期生。安期生食巨棗，大如瓜。安期生仙者，通蓬萊中，合則見人，不合則隱。』」

馬肝一片：《史記·封禪書》：「齊人少翁以鬼神方見上……於是乃拜少翁爲文成將軍，賞賜甚多。」「文成食馬肝死耳。」

沈炯《通天臺奏漢武帝表》：「既而運屬上仙，道窮晏駕。甲帳珠簾，一朝零落，茂陵玉碗，遂出人間。」

李賀《金銅仙人辭漢歌》：「茂陵劉郎秋風客，夜聞馬嘶曉無跡。」「空將漢月出宫門，憶君清淚如鉛水。」

杜甫《諸將五首》：「昨日玉魚蒙葬地，早時金盌出人間。」

【校】

［一］一片：《百名家詞鈔》、《瑶華集》作「解令」。

蘇幕遮

冬閨

塞雲横，關月遠。簾外霜濃，寒重呵金剪。手揷緑橙香霧濺。繡被兜羅，只許猧兒伴。

參旗斜，銀漢淺。好夢依稀，又被風吹斷。離思乍隨清漏滿。倦眼窺窗，蟬影垂垂亂。

【評】

羨門曰：妙於吹夢無蹤。

阮亭曰：珂雪詞骯髒多而娬媚少，此等絶有周、柳風味。

【箋注】

蟬影：鬢影。崔豹《古今注·雜注》：「魏文帝宫人絶所寵者，有莫瓊樹、薛夜來、田尚衣、段巧笑，日夕在側。瓊樹乃製蟬鬢。縹眇如蟬翼，故曰蟬鬢。」元稹《會真詩》：「低鬟蟬影動，迴步玉塵蒙。」

添字漁家傲

六月

六月南窗無暑氣。幾點流螢，偏照青苔地。摇曳慣乘絲雨細。翩然起。隨風又到簾櫳裏。　紈扇撲來紛欲避。似滅還明，驚入蓮花蕊。露冷昔耶鴛瓦膩。依稀是。摩訶池畔涼如此。

【評】

阮亭曰：昔最喜羨門「秋窗無火，暗螢相照」之句，以爲文外獨絶，實庵正復不減。

其年曰：末語推開一筆，正所謂「離鉤三寸法」也。

【箋注】

題爲「六月」，取首二字，實詠螢。王士禎所評，引彭孫遹《三姝媚·旅夢》詞句：「花宫清磬杳。聽城頭一派，角聲悲繞。晚來清味，只秋窗無火，暗螢相照。」（《百名家詞鈔·金粟詞》）

摩訶池：池名，在今四川成都市東南十二里。相傳爲後蜀後主孟昶與花蕊夫人宫中避暑納涼之地（宋王明清《揮麈餘話》卷一）。蘇軾因作《洞仙歌》，即「冰肌玉骨，自清涼無汗。水殿風來暗香滿」云云。

昔耶：亦作「昔邪」，生長於牆垣陰處的苔類。晉張華《情詩》之一：「昔耶生户牖，庭内自成陰。」

添字漁家傲

初秋鄉思

急雨攜將秋色至。門掩西風，早是愁滋味。漠漠濕雲千樹裏。偏垂地。晚山一點煙螺髻。

茉莉宵涼還放蕊。穿瓦螢飛，隱壁蟲聲細。歸夢亂如春絮起。書空寄。迢迢銀漢人千里。

【評】

阮亭曰：已近秦、李，此是當行本色。

【箋注】

「歸夢」句：皎然《古别離》：「春風胡爲兮塞路，使我歸夢兮撩亂。」周邦彦《滿路花》：「愁如春後絮，來相接。」

添字漁家傲

賦得手提金縷鞋

一樹木蘭花影大。露濕銅鋪，不閉葳蕤鎖。半夜出來驚欲躲。君王過。澄心堂側藏燈火。 響屧迴廊知未可。似水香階，那受青苔涴。半晌偎人魂乍妥。嬌無那。匆匆難唱家山破。

【評】

其年曰：勝讀梅村先生《秣陵春》樂府。

【箋注】

此闋賦得體。賦題出自李煜《菩薩蠻》：「花明月暗籠輕霧。今宵好向郎邊去。剗襪步香階。手提金縷鞋。 畫堂南畔見。一晌偎人顫。好爲出來難。教君恣意憐。」

澄心堂：南唐烈祖李昪所居室名。陳師道《後山談叢》：「澄心堂，南唐烈祖節度金陵之燕居也。世以爲元宗書殿，誤矣。」

家山破：即《念家山破》，李煜自度曲，今失傳。馬令《南唐書·後主紀》：「舊曲有《念家山》，王親演爲《念家山破》，其聲焦殺，而其名不祥，乃敗徵也。」

按，結句「嬌無那，匆匆難唱家山破」，與吴偉業傳奇《秣陵春》收場詩「門前不改舊山河，惆悵興亡繫綺羅。百歲婚姻天上合，宫槐摇落夕陽多」同一感慨。

青玉案

雁字

數行界破青天色。似一幅、荆關筆。楓葉蘆花秋瑟瑟。問君何事，書空難盡，影落瀟湘碧。　人間多少傷心客。欲寄離愁那能得。折勢分明成乙乙。無端風雨，横斜催亂，幾陣煙雲黑。

【評】

其年曰：筆陣駊騀。

山來曰：詠雁字詩極夥，無如此詞不即不離之妙。

【箋注】

白居易《琵琶行》：「潯陽江頭夜送客，楓葉荻花秋瑟瑟。」明夏言《長相思》：「楓葉蘆花瑟瑟秋。孤帆天際頭。」明王彝《瀟湘八雁》：「歸來影落碧莎冷，愁山一夜攢瀟湘。」

江城子

冬日偶興

千門霽色日曈曨。暖融融。似春濃。只少桃花，扇底一襟風。忽憶平原淺草地，追狡兔，控雕弓。呼鷹直上最高峰。氣如虹。馬如龍。遥望一天，毛血灑晴空。罷獵歸來何處去，殘雪路，灞陵東。

【評】

羨門曰：腦後風，鼻端火，當是爾時語。

鳳于曰：坡老擎蒼牽黄，興致略同。

【箋注】

毛血灑晴空：參前《醉落魄·詠鷹》箋注。李夢陽《林良畫兩角鷹歌》：「草間妖鳥盡擊死，萬里晴空灑毛血。」

江城子

戲作

貧家今日聚多錢。是荷錢。是苔錢。怪底三春，常費買花錢。亂撒東風渾欲盡，留不住，似榆錢。紛紛人世競青錢。拔釘錢。捋鬚錢。絶勝嗷嗷，九府一文錢。昨夜鄰家喧社鼓，頻吹落，紙黄錢。

【評】

武曾曰：唤作阿堵，那得不算解人。

山來曰：此詞亦萬選萬中。

【箋注】

詞用獨韻體，又名獨木橋體，即全詞用同一字押韻，故云「戲作」。

杜文瀾《憩園詞話》卷二：「詞家有福唐體，一名獨木橋體。始於黄山谷之《阮郎歸》，全用『山』字韻，辛稼軒之《柳梢青》，全用『難』字韻。」

青錢：青銅錢。《新唐書·張薦傳》：「員外郎員半千數爲公卿稱：『（張）鷟文稿辭猶青銅錢，萬選萬中。』」後因以「青錢萬選」比喻文才出衆，亦謂科舉選拔。明無名氏《鳴鳳記・拜謁忠靈》：「幸科名選中青錢，展所學功崇紫殿。」

拔釘錢：《新五代史・雜傳》：「（趙）在禮在宋州，人尤苦之；已而罷去，宋人喜而相謂曰：『眼中拔釘，豈不樂哉！』既而復受詔居職，乃籍管内，口率錢一千，自號『拔釘錢』。」

捋鬚錢：鄭文寶《南唐近事》：「張崇帥廬州，好爲不法，士庶苦之。嘗入覲江都，廬人幸其改任，皆相謂曰：『渠伊必不復來矣。』崇來，計口徵渠伊錢。明年，再入覲，盛有罷府之議。不敢指實，道路相見皆捋鬚爲慶。崇歸，又徵捋鬚錢。」

九府一文：錢鍾書《管錐編》：「《增新事林廣記》辛集卷下載：秦士酷好古物，黠者以敗席詆之曰：『此魯哀公坐孔子之席也。』又售以杖曰：『此太王避狄所操之馬箠也。』既而持朽碗曰：『此殷商物，乃桀[紂]所造。』皆索重價，秦士罄家購之，遂無以衣食。於是披哀公之席，把太王之杖，執桀[紂]之碗，行丐於市曰：『衣食父母：有太公九府錢，乞一文！』」（第二册一一四，卷二五六）按，事見祝穆《事文類聚》别集卷二十。

紙黄錢：即紙銅錢，用黄表紙折成，焚化給鬼神的紙錢。范成大《四時田園雜興》之五：「社下燒錢鼓似雷，日斜扶得醉翁回。」《鬼谷子天髓靈文》卷上：「凡有人欲吞符服水，七日前，用黄錢七貼，素馬七箇，先去閣室中供養。七日後，用時須擇庚申日或滿日，日未出時，面東禮拜了，燒錢、馬等。」

風入松

七夕戲作

明河低轉恰西東。良夜方中。鵲橋欲駕飈輪起，盼雙星、輾轉愁儂。只恐金支翠節，難勝鬢霧鬟風。　樓頭乞巧定誰工。女伴匆匆。露華如水天如洗，最淒涼、銀井高桐。月照紗幮無那，黄姑夢裏相逢。

【評】

羡門曰：政如君家繡虎，亦復有獨處匏瓜之感。

山來曰：謙父翻案其詞達，先生遊戲其情深。

【箋注】

彭羡門所評，語含戲謔。「君家繡虎」，指曹申吉，京城居官，遠別家眷，故有「獨處匏瓜」之感。曹貞吉康熙九年始得中書舍人職，與弟同在京師，據此可推測，此作當在康熙八、九年之間，曹申吉尚未巡撫貴州時。

黄姑：牽牛星。《玉臺新詠・歌辭之一》：「東飛伯勞西飛燕，黄姑織女時相見。」吴兆宜注引

《歲時記》：「河鼓、黄姑，牽牛也。皆語之轉。」

按，宋自遜，字謙父，宋代詞人。其《賀新郎・七夕》云：「靈鵲橋初就。記迢迢、重湖風浪，去年時候。歲月不留人易老，萬事茫茫宇宙。但獨對、西風搔首。巧拙豈關今夕事，奈癡兒、騃女流傳謬。添話柄，柳州柳。道人識破灰心久。只好風、涼月佳時，疏狂如舊。休笑雙星經歲別，人到中年已後。雲雨夢、可曾常有。雪藕調冰花熏茗，正梧桐、雨過新涼透。且隨分，一杯酒。」

越溪春

郭外用宋人韻

草軟沙平何處路，郭外即天涯。板橋流水傷心地，帶夕陽、點點明霞。歌哭聲中，紙錢灰裹，知是誰家。參差油壁香車。燕尾隔窗紗。歸來三盞兩盞淡酒，黄昏鴉亂風斜。只有短檠如舊，依依爲照寒花。

【評】

羡門曰：詩情畫意。

【箋注】

此用歐陽修《越溪春》韻：「三月十三寒食日，春色遍天涯。越溪閬苑繁華地，傍禁垣、珠翠煙霞。紅粉牆頭，秋千影裏，臨水人家。　歸來晚駐香車。銀箭透窗紗。有時三點兩點雨霽，朱門柳細風斜。沉麝不燒金鴨，玲瓏月照梨花。」

油壁香車：晏殊《寓意》：「油壁香車不再逢，峽雲無跡任西東。」

三盞兩盞淡酒：李清照《聲聲慢》：「三杯兩盞淡酒，怎敵他、晚來風急。」

御街行

和阮亭贈雁

寒蕪極目連三楚。雁陣驚相語。一聲長笛出高樓，渺渺斷雲天暮。江深月黑，霜寒人靜，獨自啣蘆去。　遥峰恰是衡陽數。寂寞瀟湘雨。無端孤客最先聞，嘹嚦亂帆南浦。隻影横空，相逢何處，紅蓼洲邊路。

【評】

羨門曰：「江深月黑，霜寒人靜」，八字中如聞嘹嚦。

阮亭曰：君從何處看得此無人態。

【補評】

陳廷焯《雲韶集》：（上闋）視阮亭原作可相伯仲。（結句）意極淒清，而語不激迫，《風》、《雅》之遺。

【箋注】

王士禎《御街行·贈雁》：「銀河一雁歸湘楚。似向離人語。獨將二十五絃彈，玉軫金徽清苦。水明沙碧，參橫月落，遠向瀟江去。衡陽南望峰無數。楓葉秋如雨。不勝清怨卻飛來，應記江南煙浦。春社才過，又逢秋社，燕雁行相遇。」（《衍波詞》卷下）

祝英臺近

賦得「更脱[一]紅裙裹鴨兒」

浦風回，村路遠。畫檝弄還倦。閒唼浮萍，乳鴨兩三點。任他次第呼名，竹弓休射，怕驚起、睡鴛波面。　繡裙茜。忽地醮水空明，花影碎淩亂。猶帶殘霞，混入也難辨。笑攜女伴歸來，滿身荷露，渾疑是、巫山行遍。

【評】

其年曰：渲染處如北宋人畫。

【箋注】

賦得體。賦題出自五代孫光憲《採蓮》：「菡萏香連十頃陂，小姑貪戲採蓮遲。晚來弄水船頭濕，更脱紅裙裹鴨兒。」

呼名：《禽經》：「鴨名呷呷，其名自呼。」宋龔明之《中吴紀聞》：「陸魯望（龜蒙）有鬥鴨一欄，頗極馴養，一旦，驛使過焉，挾彈斃其尤者。魯望曰：『此鴨善人言，見欲附蘇州上進，使者奈何斃之？』使者盡以囊中金以窒其口。使徐問其語之狀，魯望曰：『能自呼其名爾。』使者憤且笑，拂袖上馬。復召之，還其金，曰：『吾戲耳！』」

【校】

［一］更脱：《百名家詞鈔》作「戲脱」。

祝英臺近

木稼

玉瓏鬆，冰纖軟。撲面柳花亂。滿目琳琅，疑向畫中看。非關青女初來，天風微送，任月地、雲階都遍。莫吹散。掩映三尺瑤華，弄影倍輕倩。片片空濛，銀海也生眩。誰搏[一]圓璧方珪，零珠斷粉，是碧落、大孫偷剪。

【箋注】

木稼：即木冰，雨雪霜沾附於樹木，遇寒而凝結成冰。亦名樹介、樹稼。陶宗儀《輟耕録·木冰》：「又十日雨木冰，狀如樓閣、人物、冠帶、鳥獸、卉木，百態具備，殆非人工。高林大樹，珠葆羽幢，彌望不絶。」

銀海：道家稱人的眼睛。蘇軾《雪後書北臺壁》其二：「凍合玉樓寒起粟，光摇銀海眩生花。」宋莊綽《雞肋編》：「人多不曉『玉樓』、『銀海』事，惟王文正公云：『此見於道家，謂肩與目也』。」

【校】

[一] 搏：張潮本、《四庫》本同。按，應爲「摶」，形近而誤。「搏」，於意欠通，於律則誤。「摶」，入聲，此處按律當用平聲。

一叢花

並蒂蓮

碧幢翠蓋舞風輕。照水兩亭亭。金塘好暖鴛鴦睡，孤飛下、宿鷺還驚。漢殿雙棲，江東並嫁，一樣曉妝明。　更疑人傍楚皋行。解珮悄無聲。紅衣對拂光淩亂，平分取、玉露金莖。臂是同彎，心憐共苦，絲引暗愁生。

【箋注】

翠蓋舞風輕：周密詠蓮花，有自度曲《緑蓋舞風輕》，調見《蘋洲漁笛譜》。曹貞吉此詞首句正用其調名。

漢殿雙棲：謂西漢趙飛燕、趙昭儀姊妹，以姿色歌舞並得寵於漢成帝。晁説之《偶得雙頭蓮花戲作》：「君不見昭儀飛燕姊妹在漢宫，同妍共麗媚赤鳳。」

江東並嫁：三國吴喬公二女大喬，小喬，並有國色。孫策娶大喬，周瑜娶小喬。見《三國志・周瑜傳》。楊維楨《題二喬觀書圖》：「喬家二女雙芙蓉，一代國色江之東。」

按，同時嚴繩孫、顧貞觀、納蘭性德皆有《一叢花・並蒂蓮》之作。

柳初新

寄懷高舜木

當年快作春燈聚。曾踏遍、磚街雨。帝子高臺，將軍法曲，彈指舊遊如霧。見説烏衣儔侶。未消磨、平生豪舉。　脆管哀絲頻度。入新聲、香奩詞賦。午橋魚鳥，平泉樹石，都是泥人情處。待跨箇、青驢歸去。與君上、雲門山路。

【箋注】

高檊，字舜木，山東益都人，張貞妹婿。

帝子：謂南燕（三九九—四一〇）开國皇帝慕容德，前燕皇帝慕容皝的小兒子，山東歷史上唯一的稱帝者。定青州廣固城爲國都。

將軍法曲：謂唐代法曲《霓裳羽衣曲》。文獻記載多以爲唐玄宗時西涼節度使楊敬述造。白居易《霓裳羽衣歌》云：「由來能事各有主，楊氏創聲君造譜。」自注云：「開元中，西涼節度使楊敬述造。」

午橋：莊名，唐宰相裴度的別墅緑野堂所在。其地在今河南洛陽。白居易《奉和裴令公新成午橋莊緑野堂即事》：「只添丞相閣，不改午橋莊。」

平泉：平泉莊，唐李德裕别墅。唐康駢《劇談録・李相國宅》：「（平泉莊）去洛陽三十里，卉木臺榭，若造仙府。」辛棄疾《水龍吟・爲韓南澗尚書甲辰歲壽》：「緑野風塵，平章草木，東山歌酒。」

雲門山：位於山東青州城南。

按，張貞《遊廣福寺記》：「青州之南多山，遊青州之山者多至雲門而止，即余亦然。康熙己巳，余客青州，適余妹壻高舜木譚廣福寺之勝，遂於重九偕舜木及兒子在辛往遊。」（《杞田集》卷四）

爪茉莉

本意和蛟門用宗梅岑韻

玉蕊離離，只飛瓊可比。添多少、晚窗清氣。風前小立，微嗅處、訑人嬌意。黄昏後、雨過新涼，金蟲簪兒串起。　新妝鬟髻，紗㡑旁、鴉鬟底。窺斜月、花光流墜。餘香幽約，收來枕畔合子。待明朝、淡抹遠山相對。碧天澄澄似水。

【評】

羨門曰：詠物詩詞，貴在取意不取象，寫神不寫形。如此結語，妙在形象之表。

其年曰：後段四十二字無一字説茉莉，卻無一字不是茉莉，正詞家三昧也，羨門言是。

武曾曰：温柔一片，春夢無痕。

【箋注】

汪懋麟（一六四〇—一六八八），字季甪，號蛟門，江蘇江都人。康熙六年（一六六七）進士，授内閣中書。因與曹貞吉同事，詩詞唱和甚多。己未舉鴻博時，持服，不與試。服闋，復起爲刑部主事。與同里汪楫並稱「二汪」。有《百尺梧桐閣集》、《錦瑟詞》。

宗元鼎（一六二〇—一六九八），字定九，一字鼎九，號梅岑，江蘇江都人。王士禛門生。七歲詠梅，爲先達所賞。堂有古梅一株，人謂之「宗郎梅」。有《新柳堂集》，汪懋麟爲序。

汪懋麟《爪茉莉・抹麗》：「最喜炎天，趁薰風放蕊。枝兒上、白溶溶地。晚涼院落，月照處、清分似水。安排下、鈿盒金簪，穿花慣須小婢。　鬟鬆鬢嚲，膩蘭膏、味偏細。私嗅處、早醒殘醉。還留數朵，待朝來、上雲髻。將幾枝、安放枕頭根底。夢魂杳，相伴睡。」（《錦瑟詞》）

按，王士禄、梁清標、曹亮武有同調同題之作。

【校】

《百名家詞鈔》、《瑶華集》卷八收録。

簇水

玉蝶梅

雲母堆成，并刀剪破滕王譜。幾雙粉翅，化玉蕊、瓏鬆千樹。行遍瑶臺十二，還向孤峰住。怕雪擁、斷橋來路。　　吟思苦。便一夜、窗前忽到，在屋角、昏黄處。濃香作陣，更莫引、蜂兒舞。怊悵曉風吹亂，好夢參差去。闌干曲、倩淡煙低護。

【箋注】

《格致鏡原》卷七十：「《雲間郡志》，玉蝶梅，有西施、照水二名。」

滕王譜：見前《蝶戀花·題王宓草畫蝶》箋注。

李良年《簇水·玉蝶梅》：「誰剪冰房，層層疊就宣和粉。灞橋客醉，想蹀躞、低徊吟鬢。消盡春煙水邏，麯糁沙痕淨。怕鳳子、飛來難認。　　紋簟醒。可還記、參横月落，人去後、空香徑。家園最憶，是第一、番風信。桃李那時年少，只有琅玕並。池奩小、浸晚涼清影。」（《秋錦山房詞》）

按，陳維崧有《早梅芳近·咏玉蝶梅》。

【校】

《百名家詞鈔》收録。

喝馬一枝花

送沈茶星之來賓任

絶遠賓江路。亂水輕舟頻渡。瀟湘行欲盡、瘴雲苦。千樹桄榔，月黑鵑啼處。到日清秋好，蜑户鮫人，滿城看笑舞[一]。　椰子傾甘露。照眼[二]紅蕉初吐[三]。推琴小拄笏，訟庭暮。龍目香中，早暗送、牛華去。吟情應不減，問寫就蠻箋，重寄昭王臺否。

【箋注】

作於康熙二十三年(一六八四)秋。是《珂雪詞》可考時間最晚者。

沈皥日(一六三七—一七〇三)：字融谷，號寓齋，又號柘西、茶星，浙江平湖人。康熙初，遊南雄，結識丹霞山澹歸和尚，逗留數年。清康熙十七年(一六七八)，會龔翔麟於秦淮，唱和累月，復至京師。與朱彝尊、陳維崧、李良年等過從甚密。二十三年，以拔貢選授柳州府來賓知縣，後調廣西天河，陞辰州同知，卒於官。爲「浙西六家」之一，有《柘西精舍詞》。

《(乾隆)柳州府志》卷二十一《秩官·來賓縣知縣》:「沈皡日,字融谷,浙江平湖人。貢生,康熙二十三年任。」

《喝馬一枝花》,即《促拍滿路花》。《詞譜》:「此調有平韻、仄韻二體。平韻者始自柳永,《樂章集》注『仙吕調』。仄韻者始自秦觀。或名《滿路花》,無『促拍』二字。秦觀詞一名《滿園花》,周邦彦詞名《歸去難》,袁去華詞名《一枝花》,牛真人詞名《喝馬一枝花》。《太平樂府》注『南吕調』。」

來賓:縣名,今屬廣西壯族自治區,有「桂中腹地」之稱。清屬柳州府。馬端臨《文獻通考》卷三百二十三「輿地考九」:「宋開寶七年,廢嚴州,以其來賓縣來屬廣西路,貢金藤器,領縣四,治陽壽。」

昭王臺:即黄金臺,此代指燕京。參見後《滿江紅·金臺懷古》箋注。

按,同時賦《喝馬一枝花》爲沈皡日送行者,有朱彝尊、嚴繩孫、彭孫遹、朱昆田、李符、龔翔麟。高士奇《送沈皡日之任來賓序》:「吾友沈子筮仕,得粤西柳州之來賓令,俶裝就道,行有日矣。高子酌之旨酒而送之。……沈子工詩古文詞,善行楷,豐儀偉秀,與人交能久要,世多以館閣期之。奈何屢試不得志於有司,潦倒一官,别余以去。」(《經進文稿》卷四)

【校】

[一] 本句《曝書亭集》卷二十六所録作「滿城隅看笑舞」,朱彝尊、嚴繩孫、彭孫遹同作之詞,本

句均爲六字。

［二］照眼：《曝書亭集》卷二十六所録作「照影」。

［三］初吐：《百名家詞鈔》作「輕吐」。

惜紅衣

詠荷花紫草

影借氍毹，根連阡陌，都無人惜。翠蓋紅衣，佳名倩誰錫。盈盈帶露，剗襪過、茜裙留跡。春碧。行盡斷蕪，怕王孫岑寂。　斜陽弄赤。山抹煙光，丁香也無色。幾番風信，曾否記開日。莫是雲英潛化，滿地亂瓊狼藉。惹牧童驚問，蜀錦甚時鋪得。

【箋注】

荷花紫草：即紫雲英，俗名紅花草，肥田植物。朱彝尊《臺城路·送耕客南還》「得及春遊，紫荷田醉舞」句，李富孫《曝書亭集詞注》云：「《嘉興府志》，孩兒草，俗名荷花紫草，田家蒔以壅田，暮春花開，彌望成錦色。」錢載《蘀石齋詩集》卷七：「吴俗，春田之不種油菜、蠶豆、大小麥者，撒草子於中，俟其生緑葉纖莖，開紫白間色小花，曰荷花紫草，聊以膠河泥，資培壅。」

雲英：唐傳奇中仙女名。唐長慶中，秀才裴航過藍橋驛側近，因渴甚，下道求浆饮，得遇女郎雲英，慕其美貌，以玉杵臼爲聘禮，娶雲英爲妻。後夫婦俱入玉峰成仙。見裴鉶《傳奇·裴航》。

【校】

李良年《惜紅衣·荷花紫草》、李符《惜紅衣·和家兄賦荷花紫草》、龔翔麟《惜紅衣·荷花紫草和秋錦》，皆同時同調同題之作。見《浙西六家詞》。

滿江紅

德水道中

《百名家詞鈔》收録。

滿目淒其，又早是、亭皋葉下。憶當日、披裘過此，六花飛灑。秋水一灣波寫雁，青煙幾點星分野。問長驅、下澤爾何人，悠悠者。　荒林畔，寒鴉話。老柳上，漁罾掛。更濃煙衰草，迷離堪畫。客路驚看沙似雪，奚奴慣使車如馬。向玉河、冰底聽流澌，歸來也。

【評】

羨門曰：超妙至此，要使辛、劉頫首。

書樵曰：空闊高蒼，語語堪畫。

【箋注】

德水，黄河别名。《史記·秦始皇本紀》：「始皇推終始五德之傳，以爲周得火德，秦代周德，從所不勝。方今水德之始，……更名河曰德水，以爲水德之始。」《史記·封禪書》：「秦始皇既併天下而帝，或曰：『……昔秦文公出獵，獲黑龍，此其水德之瑞。』於是秦更名河曰德水。」

下澤：即下澤車，一種適宜在沼澤行駛的短轂車，多指貧士所乘。《後漢書·馬援傳》：「吾從弟少游常哀吾慷慨多大志，曰：『士生一世，但取衣食足，乘下澤車，御款段馬，爲郡掾史，守墳墓，鄉里稱善人，斯可矣。』」

悠悠者：謂世俗人。悠悠，衆多貌。《史記·孔子世家》：「桀溺曰：『悠悠者天下皆是也。』」嵇康《答二郭詩》：「天下悠悠者，不能趨上京。二郭懷不群，超然來北征。」

滿江紅

題吴遠度《竹村情話圖》

滿目蒼然，似嶰谷、琅玕千尺。想落筆、公孫舞劍，張顛濡墨。瀟灑青天鸞鳳下，動草閣外，江流積。小艇上，孤篷窄。喜青罇可共，悶愁如滌。風起窗前聞解籜，月明林下堪容屐。憶當年、幽事幾人同，山陽笛。

搖雷雨蛟龍黑[二]。掩柴門、清話爾何人，情金石。

【評】

羨門曰：鸞鳳一聯，亦自有蔽日干霄之況。結語慷慨悲涼，可抵子期感舊。

修來曰：常語都有奇氣。

其年曰：是竹林中人語。

【箋注】

吴宏（一六一五—一六八〇），字遠度，號竹史、西江外史，江西金溪人。寓居江寧，與龔賢等人合稱爲「金陵八家」。

周亮工《讀畫録》卷三：「吴宏，字遠度，與予同家雲林白馬間。生長於秦淮，幼好繪事，自闢一徑，不肯寄人籬落。癸巳、甲午間，渡黄河，遊雪苑歸，筆墨一變，縱横森秀，盡諸家之長而運以己意。」

嶰谷：崑崙山北谷名。應劭《風俗通·聲音序》：「昔黄帝使伶倫自大夏之西，崑崙之陰，取竹於嶰谷，生其竅厚均者，斷兩節而吹之，以爲黄鐘之管。」蘇軾《用前韻再和孫志舉》：「譬彼嶰谷竹，剪裁待伶倫。」

山陽笛：晉向秀經山陽舊居，聽鄰人吹笛，追念亡友嵇康、吕安，因作《思舊賦》。後因以「山陽笛」爲懷念故友之典。（見《昭明文選》卷十六）參前《南鄉子》五首之「文酒憶同遊」一首箋注。庾信《傷王司徒褒》：「唯有山陽笛，悽餘思舊篇。」

【校】

［一］黑：《百名家詞鈔》作「墨」，與前拍重韻。

滿江紅

金臺懷古

落照蒼然，空掩映、荒臺數尺。憶當日、君臣之際，悲哉昌國。七十二城如解籜，功成翻削英雄色。讀先生、一紙報燕書，爲沾臆。　碣石畔，風蕭瑟。即墨下，牛騰擲。笑安平[一]奇計，兒童能識。騎劫庸才何足道，可憐戰血[二]凝深碧。問千金、馬骨倩誰埋，邯鄲陌。

【評】

羨門曰：不須重弔望諸君矣。

其年曰：憑高弔古，自是先生擅場，每遇此等題，不覺耳後生風，鼻端出火。

武曾曰：杜陵詩史後，又添一詞史。

【箋注】

金臺：又名黃金臺、招賢臺，在京城东南。乃「燕京八景」之一「金臺夕照」。戰國燕昭王欲求賢才，謀士郭隗以「千金市馬骨」寓言説動燕昭王，築黃金臺招天下士，用樂毅，攻齊。樂毅收復七十二舊城，終不見信於燕惠王，作《報燕書》，出走趙國。事見《戰國策》、《史記·樂毅列傳》。

昌國：古邑名，又名昌城，戰國齊地，遺址在今山東淄博市東南。燕昭王封樂毅爲昌國君，即此得名。

碣石：即碣石宫，燕昭王爲齊鄒衍所建，因地近碣石山而名。《史記·孟子荀卿列傳》：「（鄒衍）如燕，昭王擁彗先驅，請列弟子之座而受業，築碣石宫，身親往師之。」

即墨：戰國時齊邑，在今山東平度東南。戰國燕攻齊，圍即墨。齊將田單用牛千餘頭，灌脂束葦於牛尾，燃之，牛驚，突奔燕軍，燕軍大潰。事見《史記·田單列傳》。

騎劫：戰國時燕將。樂毅伐齊，下齊七十餘城。齊將田單縱反間於燕，燕惠王乃以騎劫代毅爲將。田單乃設計懈燕軍鬥志，大敗燕軍，殺騎劫。

【校】

［一］安平：《百名家詞鈔》、《瑶華集》同，《昭代詞選》作「平安」。

[二] 戰血：《百名家詞鈔》作「血戰」，《昭代詞選》作「戰骨」。

滿江紅

題阮亭寓竹[一]

何物琅玕，偏愛傍、子猷書屋。微雨後、月痕低照，亭亭新沐。洛女淩波鳴雜珮，湘人鼓瑟敲寒玉。早風雷、一夜起龍孫，森然緑。　何處是，秦川曲。休更覓，篔簹谷。只閒庭半畝，差堪醫俗。振籜未隨秋寂寞，窺簾似共人幽獨。待他年、玉版好同參，寧爲腹。

【評】

羨門曰：如不經人意處，正自邈不可及。

其年曰：吾鄉玉版頗饒佳味，想不負先生此腹矣。

【箋注】

作於康熙丙辰十五年（一六七六）。

王士禛《漁洋續詩》卷九丙辰稿，有《移竹戲題》：「齋居飽藜藿，兼旬食無肉。昨從季主卜，筮得蒼筤竹。入世二十年，罄折仍負俗。愛君霜雪姿，磊砢多節目。秋雨日瀟瀟，卧起篔簹谷。露下更婆娑，官奴試鬈燭。」曹詞正用王詩韻。

子猷：王徽之，字子猷，東晉名士、書法家，王羲之子。《晉書·王徽之傳》：「嘗寄居空宅中，便令種竹。或問其故，徽之但嘯詠指竹曰：『何可一日無此君邪！』」

龍孫：筍，竹。梅堯臣《韓持國遺洛筍》詩：「龍孫春吐一尺芽，紫錦包玉離泥沙。」道潛《慧覺孜師緑筠軒》詩：「會待龍孫添夏蔭，借君此地眠清風。」

篔簹谷：洋州（治所今陝西洋縣）谷名，産竹。蘇軾有《文與可畫篔簹谷偃竹記》：「篔簹谷在洋州，與可嘗令予作《洋州三十詠》，篔簹谷其一也。予詩云：『漢川修竹賤如蓬，斤斧何曾赦籜龍。料得清貧饞太守，渭濱千畝在胸中。』與可是日與其妻遊谷中，燒筍晚食，發函得詩，失笑噴飯滿案。」

醫俗：蘇軾《於潛僧緑筠軒》：「可使食無肉，不可居無竹。無肉令人瘦，無竹令人俗。人瘦尚可肥，俗士不可醫。」

玉版：謂筍。蘇軾《器之好談禪，不喜遊山，山中筍出，戲語器之可同參玉版長老，作此詩》：「叢林真百丈，法嗣有横枝。不怕石頭路，來參玉版師。」惠洪《冷齋夜話》：「（蘇軾）嘗要劉器之同參玉版和尚……至廉泉寺燒筍而食，器之覺筍味勝，問此筍何名，東坡曰：『即玉版也。此老師善説法，要能令人得禪悦之味。』於是器之乃悟其戲。」

【校】

［一］寓竹：《百名家詞鈔》作「寫竹」。

滿江紅

過滹沱

雁齒紅橋，聽橋下、怒濤如箭。作襟帶、長安日近，雪消波暖。納納津門潮水合，茫茫句注奔流遠。變桑田、一派古今愁，難消遣。　千尺堰，秋風卷。千家哭，秋雲暗。任歌殘瓠子，陽侯驕蹇。夢裏常驚龍氣冷，眼前復見蛟宫淺。倚危欄、塵土上鬚眉，王程緩。

【箋注】

來往京都與安邱之間而作。「長安日近」，「塵土上鬚眉，王程緩」，當在赴京路途上。

滹沱：河名。發源於山西五臺山北麓，穿越太行山進入河北境，過石家莊。其下遊流經天津海河入海，在天津稱「子牙河」。

句注：山名。在今山西代縣北，爲古代九塞之一。唐薛思漁《河東記》：「句注以山形句轉，水勢注流而名，亦曰陘嶺。」

瓠子：古堤名。舊址在河南濮陽境。漢元封二年，武帝令汲仁、郭昌發卒數萬人，堵黃河瓠子決口，並自臨工地。初堵口不成，武帝作《瓠子歌》二章悼之，卒塞瓠子。事見《史記・河渠書》。

陽侯：波濤之神。《戰國策・韓策》：「塞漏舟而輕陽侯之波，則舟覆矣。」

滿江紅

和錫鬯吴大帝廟下作

遺廟江東，舊日是、紫髯天下。英魂在、靈風夢雨，卷旗飄瓦。師子雄才原足惜，孝廉嫵媚還能霸。笑周郎、帷幄慮偏長[一]，忘中夏。　羞銅雀，東風借。軍衣白，艨艟駕[二]。彼孫劉之睦，姻盟何假[三]。自惜江山吴子國[四]，於今父老新豐社。聽石頭、戰鼓似寒潮，空城打。

【評】

羨門曰：劉賓客如許好詩，對此幾成鱗爪。「戰鼓似寒潮」，詩家倒裝法也。

其年曰：顧盼橫江，英姿颯爽。

武曾曰：睥睨悲涼，如聞廣武之歎。

鳳于曰：一結淒其似《漁陽摻》。

阮亭曰：兩段各有其妙，後段尤工矣。

【箋注】

朱彝尊（一六二九—一七〇九），字錫鬯，號竹垞，晚號小長蘆釣魚師、金風亭長，浙江秀水（今屬嘉興市）人。浙西詞派創始人物，人稱「秀水朱十」，與陽羨詞派領袖陳維崧並稱「朱陳」。康熙十八年（一六七九），年五十，以布衣舉博學鴻詞，除翰林院檢討。二十二年（一六八三）入直南書房，三十年歸里。有《曝書亭集》。曹貞吉與之結識，始於康熙十年在京師時，詩詞唱和較多。

吴大帝：三國吴開國君主孫權。身材長上短下，便馬善射，須髯紫，人稱「紫髯將軍」。

吴大帝廟：故址在金陵（南京）清涼山，宋以來詩詞多有歌詠。李富孫《曝書亭集詞註》卷一，《滿江紅・吴大帝廟》題下注曰：「《江南通志》『江寧府』：吴大帝廟在清涼寺西，即當時舊宫。」

師子：謂孫權長兄孫策。《三國志・孫策傳》裴松之注引《吴歷》：「曹公聞策平定江南，意甚難之，常呼『獅兒難與爭鋒也！』」

孝廉嫵媚：謂孫權。孫權年十五，郡察孝廉，州举茂才。漢使者劉琬語人曰：「吾觀孫氏兄弟雖各才秀明達，然皆禄祚不終。惟中弟孝廉，形貌奇偉，骨體不恒，有大貴之表，年又最壽。爾試識之。」(《三國志・吴主傳》)《三國志・鍾繇傳》裴松之注引《魏略》:「孫權稱臣,斬送關羽。太子書報繇,繇答書曰:『顧念孫權,了更嫵媚。』」徐陵《在北齊與楊僕射書》:「孫甘言以嫵媚,曹屈詐以羈縻。」

軍衣白:《三國志・吕蒙傳》,孫權遣吕蒙奪荆州,與關羽周旋於長江襄陽一帶:「蒙至尋陽,盡伏其精兵舳艫中,使白衣摇櫓,作商賈人服,晝夜兼行,至羽所置江邊屯候,盡收縛之,是故羽不聞知。」

新豐社:即新豐枌榆社,謂故鄉里居。漢高祖劉邦故里在豐邑枌榆社。即位後,其父太上皇居長安宫中,思鄉心切,鬱鬱不樂。高祖乃依故鄉豐邑街里房舍格局改築驪邑,並遷來豐民,改稱新豐。(見《史記・高祖本紀》、張守節《史記正義》)唐太宗《重幸武功》詩:「列筵歡故老,高宴聚新豐。」

朱彝尊《滿江紅・吴大帝廟》:「玉座苔衣,拜遺像、紫髯如乍。想當日、周郎陸弟,一時聲價。乞食肯從張子布,舉杯但屬甘興霸。看尋常、談笑敵曹劉,分區夏。　南北限,長江跨。樓櫓動,降旗詐。歎六朝割據,後來誰亞。原廟尚存龍虎地,春秋未輟雞豚社。剩山圍、衰草女牆空,寒潮打。」(《曝書亭集》卷二十四)

【校】

[一] 偏長:《百名家詞鈔》作「何深」。

[二]「軍衣白」二句：《百名家詞鈔》作「紛搖櫓，吴蒙詐」。

[三] 何假：《百名家詞鈔》作「其假」。

[四]「自惜」句：《百名家詞鈔》作「自昔江山阿閦國」。

惜秋華

牽牛花

河鼓星高，繞莓牆、幾點野花開了。不近夕陽，横斜曉風吹老。依稀過雨長天，誰脱下、柴窯新稿。杯小。縱金盤露濃，承來些少。　耐肯伴紅蓼。只深描淺畫，把秋容妝好。偷剪碧霞，疑倩七襄人巧。佳期約略填橋，望翠軿、欲來波渺。更悄。濕青苔[一]、暗螢相照。

【箋注】

作於康熙十八、十九年間。

此爲《樂府後補題》五首之一。康熙十八年，朱彝尊入京師，攜晚宋遺民《樂府補題》鈔本，在詞壇形成唱和高潮。不久，李良年又有《樂府後補題》五首，是爲首唱，諸家賡和，《惜秋華・牽牛花》即其一。其餘四首爲《留客住・鷓鴣》、《尾犯・筍》、《催雪・珍珠蘭》、《瑣窗寒・倭奩》。浙西六家，除朱彝尊外，皆有五首同題同調之作，見《浙西六家詞》。高層雲《改蟲齋詞》亦有和作。

蔣景祁《刻瑶華集述》：「得《樂府補題》，而輦下諸公之詞體一變，繼此復擬作《後補題》，益見洞筋擢髓之力。」

王士禎《漁洋續詩》卷十二己未稿，有《見李武曾〈樂府後補題〉，愛其工絶，隱括詞意成五絶句》（《帶經堂集》），即爲《樂府後補題》逐首題一絶句。

王士禎《漁洋續詩》卷十二己未稿《再送李武曾之鳳陽郡幕》，題下注曰：「武曾嘗客公甗吏部，近有《樂府後補題》諸調，最佳。」（《帶經堂集》）

柴窯：參見前《虞美人・雨過》箋注。

七襄：《詩・小雅・大東》：「跂彼織女，終日七襄。雖則七襄，不成報章。」鄭玄箋：「襄，駕也。駕，謂更其肆也。從旦至暮，七辰一移，因謂之七襄。」一種解釋爲織文之數。此謂織女所織錦。

李良年《惜秋華・牽牛花》：「亂插疏筠，訝西風、吹掛碧綃如剪。昨夜露華，涓涓冷波盈盞。生來只戀秋河，開不到、斜陽都捲。誰伴。有流螢半簷，涼蛩一院。　婉約盡堪玩。甚朝朝暮暮，把鉛容頻换。微雨乍晴，低翠幾番深淺。年時憶控簾鉤，映小窗、暑殘清簟。休唤。怕停梭、那人愁見。」（《秋錦山房詞》）

曹貞吉《秋錦山房詞序》：「秋錦論詞，必盡掃蹊徑，獨露本色。嘗謂南宋詞人，如夢窗之密，玉田之疏，必兼之乃工。」

【校】

［一］濕青苔：《國朝詞綜》作「認籬邊」。

掃花遊

春雪用宋人韻

元宵過也，看春色蘼蕪，澹煙平楚。濕雲萬縷。又輕陰作暈，蜂兒亂舞［一］。一夜梅花，暗落西窗似雨。飄搖去。試問逐風，歸到何處。　燈事纔幾許。記流水鈿車，畫橋爭路。蘭房列俎。歎蕣華易擲，鬢絲堆素。擁斷關山，知有離人獨苦。漫憑竚［二］。聽寒城、數聲譙鼓。

【評】

阮亭曰：「一夜梅花」四句，「擁斷關山」二句，已到高、史妙處。

鳳于曰：群山玉立，與爾共高寒。

山來曰：恰好是春雪，妙甚。

【補評】

陳廷焯《白雨齋詞話》卷三：「升六詞，余最愛其《掃花遊・春雪》一篇。如云：『一夜梅花，暗落西窗似雨。飄搖去，試問逐風，歸倒何處。』又云：『擁斷關山，知有離人獨苦。漫凝竚。聽寒城、數聲譙鼓。』綿雅幽細，斟酌於美成、梅溪、碧山、公謹而出之者。」

陳廷焯《雲韶集》卷一四：「詠雪之作，古今佳者多矣，然未有如此作之雅者。（下闋眉批）旁面點染，亦不傷雅。」

【箋注】

《掃花遊》，調見《清真詞》。原名《掃地花》，因清真詞有「占地持杯，掃花尋路」句，又名《掃花遊》。此用周邦彥韻。周詞《掃地花》：「曉陰翳日，正霧靄煙橫，遠迷平楚。暗黃萬縷。聽鳴禽按曲，小腰欲舞。細繞回堤，駐馬河橋避雨。信流去。想一葉怨題，今在何處。　春事能幾許。任占地持杯，掃花尋路。淚珠濺俎。歎將愁度日，病傷幽素。恨入金徽，見說文君更苦。黯凝竚。掩重關、遍城鐘鼓。」

【校】

［一］蜂兒亂舞：《百名家詞鈔》同，《國朝詞綜》作「綿飄絮舞」。

［二］憑竚：《百名家詞鈔》同，《國朝詞綜》作「凝竚」。

露華

題沈鳳于被園

沈郎學圃。傍罨畫溪邊，點染千樹。十畝緑陰，接葉交柯憐汝。藤梢橘刺森然，飽幾載、江南煙雨。垂垂熟，來禽過時，偷眼銜去。　青蓑箬笠容與。羡種杏條桑，經濟如許。未老雲卿，東湖暫結幽趣。兒子上樹生狙，早摘下、翠盤無數。秋氣冷，蟲聲斷畦靜否。

【箋注】

沈爾燝，字鳳于，吴興（今屬浙江湖州）人。康熙二十一年進士，官公安縣知縣。有《月團詞》。

被園：沈爾燝故鄉吴興之園居。沈爾燝有《被園偕隱圖》，王士禎《被園偕隱爲沈鳳于賦》，作於康熙十八年己未（一六七九）。陳維崧有《穆護沙・題茗中沈鳳于孝廉被園偕隱圖》，李良年有《水龍吟・贈鳳于被園偕隱》，曹貞吉此詞，應作於同時。

罨畫溪：江蘇宜興水名。顧況《題梨花睡鴨圖》：「昔年家住太湖西，常過吴興罨畫溪。」

雲卿：南宋人蘇雲卿，四川廣漢人。宋高宗紹興年間，隱居豫章（南昌）東湖，布衣草履，種蔬織屨以自給。鄰里皆敬愛之，稱曰「蘇翁」。少與張浚爲布衣交，浚爲相，以書函金幣囑江西安撫使、轉運使邀其出仕。兩使力請共行，辭以詰朝上謁。旦遣使迎伺，推門入，則書幣不啟，家具如故，翁已不知所往。（《宋史》本傳）

滿庭芳

聞雁

細草摧霜，寒風敗葉，樓頭一雁初鳴。偶來嘹嚦，何事恰關卿。惆悵沙平[一]月落，衡陽路、幾點峰青。還堪憶[二]，江楓漁火，隻影傍人明。　伶俜。山枕上，夢回酒醒，哀韻偏清。更階前蛩語，林外秋聲[三]。同是一般憔悴，算只少、猿叫三更。從今去，湘流曲折，莫近小窗横。

【評】

羨門曰：不辨何聲，但覺腸斷。

山來曰：句裏行間，如有雁聲嘹嚦。

【箋注】

張炎《清平樂》：「候蛩淒斷。人語西風岸。月落沙平江似練。望盡蘆花無雁。」

【校】

［一］沙平：顧貞觀、納蘭性德《今詞初集》録曹貞吉詞僅此一首，作「平沙」。

［二］還堪憶：《今詞初集》作「曾相識」。

［三］「更階前」二句：《今詞初集》作「更空階絮語，消受蛩聲」。

滿庭芳

和人潼關

太華垂旒，黄河噴雪，咸秦百二重城。危樓千尺，刁斗静無聲。落日紅旗半捲，秋風急、牧馬悲鳴。閒憑弔，興亡滿眼，衰草漢諸陵。　泥丸封未得，漁陽鼙鼓，響入華清。早平安烽火，不到西京。自古王公設險，終難恃、帶礪之形。何年月，鏟平斥堠，如掌看春耕。

【評】

羨門曰：竟以史家論斷語入詞，横絶今古。

書樵曰：出經入史而無煙火氣，所以爲雅詞。

【補評】

沈軼劉《繁霜榭詞札》：「泥丸封未得」以下五句，明敘近事。「京」韻二句，追刺當年亡國，語雖平敘，但「平安烽火」，骨鯁在喉，結出清初不穩狀況。萬感攻心，一身如贅，重愧前人矣。

【箋注】

咸秦：秦都城咸陽，因以稱秦朝。胡曾《青門》：「漢皇提劍滅咸秦，亡國諸侯盡是臣。」

百二：以二敵百。一説百翻一倍。多以喻山河險固之地。《史記・高祖本紀》：「秦，形勝之國，帶河山之險，縣隔千里，持戟百萬，秦得百二焉。」裴駰《集解》引蘇林曰：「得百中之二焉。秦地險固，二萬人足當諸侯百萬人也。」司馬貞《索隱》引虞喜曰：「言諸侯持戟百萬，秦地險固，一倍於天下，故云得百二焉，言倍之也，蓋言秦兵當二百萬也。」

泥丸：即一丸泥，喻極小之力量。《東觀漢記・隗囂載記》：「(王)元請以一丸泥爲大王東封函谷關，此萬世一時也。」謂函谷關地勢險要，易於防守。

滿庭芳

和錫鬯李晉王墓作

石馬無聲，饑烏作陣，白楊風急蕭蕭[一]。珠襦玉匣，曾此葬人豪[二]。河朔同盟藩鎮，分帶礪、只汝功高。真樂事，錦囊三矢，意氣快兒曹。銀刀[三]。新霸府，十年征戰，兖鄆之郊。奈優伶日月，粉墨親調。惆悵諸陵寒食，青青草、麥飯誰澆。豐碑卧，牛羊礪角，壞磴走山樵。

【評】

羨門曰：大爲亞兒生色，然亦是定論不刊。

阮亭曰：有此見地筆力，可以弔古。

其年曰：每讀《五代史》至《伶官傳》，則爲涕下沾裳也，今於此詞亦然。

【箋注】

李克用（八五六—九〇八），神武川新城人（今山西雁門北），沙陀族，賜姓李。唐末將領。驍勇有謀，軍中號「李鴉兒」，威名蓋於代北，拜河東節度使。長期割據河東，與占據汴州的朱温對峙。因剿黄巢功居第一，封晉王。其子李存勖繼位，建後唐，追謚武，廟號太祖。

晉王墓，位於今山西忻州代縣七里鋪村，北倚雁門，南向滹沱河。後唐同光三年，李存勖於墓側建柏林寺。金天眷年間，墓被盜發。元至元十三年重修。《新五代史・唐本紀》：「天祐五年正月辛卯，克用卒，年五十三，子存勖立，葬克用於雁門。」《大清一統志》卷一百十四「代州」：「五代唐李克用墓，在州西八里柏林寺中。……其弟克謙、子嗣昭二墓俱在柏林寺東。」

錦囊三矢：語本《新五代史・伶官傳序》：「世言晉王之將終也，以三矢賜莊宗而告之曰：『梁，吾仇也；燕王吾所立，契丹與吾約爲兄弟，而皆背晉以歸梁，吾遺恨也。與爾三矢，爾其無忘乃父之志！』莊宗受而藏之於廟。其後用兵，則遣從事以一少牢告廟，請其矢，盛以錦囊，負而前驅，及凱旋而納之。」

銀刀：晚唐王智興所建衙兵名。《舊唐書・懿宗紀》：「王智興得徐州，召募凶豪之卒二千人，號曰銀刀、雕旗、門槍、挾馬等軍。」《新唐書・温璋傳》：「銀刀軍驕横，累將姑息。」此處或指李克用長子李存勖的銀槍軍。《新五代史・唐本紀第五》：「王（李存勖）入魏州，行至永濟，誅其亂首張彦，以其兵五百自衛，號帳前銀槍軍。」

霸府：勢力强大的藩王或藩臣的府署。《舊五代史・唐書・莊宗紀》：「使三至，帝讓，乃從之，遂選日受册，開霸府，建行臺，如武德故事。」

兖鄆：兖州，五代十國時治瑕丘（今山東兖州市東北），隸屬河南道；鄆州，治須昌縣（今山東東平縣东北）。李存勖與朱温等長期拉鋸爭奪於兖鄆之間。

優伶日月：謂莊宗李存勖，寵信優伶。《新五代史·伶官傳》：「莊宗既好俳優，又知音，能度曲，至今汾、晉之俗，往往能歌其聲，謂之『御製』者皆是也。其小字亞子，當時人或謂之亞次。又别爲優名以自目，曰李天下。自其爲王，至於爲天子，常身與俳優雜戲於庭，伶人由此用事，遂至於亡。」諸伶「其敗政亂國者，有景進、史彦瓊、郭門高三人爲最。」

朱彝尊《滿庭芳·李晉王墓下作》：「獨眼龍飛，鴉兒軍至，百戰真是英雄。沙陀去後，席捲定河東。多少義兒子將，千人敵、一一論功。爭誇道，生來亞子，信不媿而翁。前驅囊矢日，三垂岡上，置酒臨風。歎緑衣天下，回首成空。冷落珠襦散盡，殘碑斷、不辨魚蟲。西林外，哀湍斜照，法鼓影堂中。」（《曝書亭集》卷二十四）

【校】

［一］《瑶華集》、《昭代詞選》題爲「和錫鬯李晉王墓下作」。

［二］白楊句：《昭代詞選》作「白楊樹風急蕭蕭」。

［三］曾此葬人豪：《昭代詞選》作：「曾葬人豪」。

［四］銀刀：《瑶華集》、《昭代詞選》作「重開」，與下三字連爲句，非二字短韻。

水調歌頭

大醉放言

左手把歡伯，右手擘雙螯。淋漓酒濃衫重，一任髮蕭蕭。我自狂歌潦倒，醉看長安市上，若箇插金貂。鄧禹莫相笑，阮籍正逍遥。列蛾眉，調錦瑟，響雲璈。君侯應自貴耳，吾欲等鷦鷯。腐鼠纔堪一飽，仰視鵷雛曰嚇，意氣一蟲驕。安往非貧賤，三徑問蓬蒿。

【評】

羨門曰：以漆園成語入詞，奇絶妙絶。

阮亭曰：有此胸情，可免搥壁。

其年曰：人言阿龍超，阿龍固自超。

山來曰：豪邁曠達。

【箋注】

歡伯：酒之別名。焦贛《易林·坎之兑》：「酒爲歡伯，除憂來樂。」《晉書·畢卓傳》：「卓嘗謂人曰：『得酒滿數百斛船，四時甘味置兩頭，右手持酒杯，左手持蟹螯，拍浮酒船中，便足了一生矣。』」

鄧禹：字仲華，南陽新野人，東漢大臣。劉秀稱帝後，拜大司徒，二十四歲封爲高密侯。明帝時，追念開國諸臣功績，將二十八名功臣圖畫於洛陽南宫雲臺，稱「雲臺二十八將」，鄧禹居首。南朝齊王融急於功名，希冀公卿，久困於中書郎之職位，因此撫案而歎：「爲爾寂寂，鄧禹笑人。」（《南齊書·王融傳》）

按，詞之下片，鶬鶊、腐鼠、鵷雛、二蟲等，連用莊子《逍遥遊》、《秋水》中的形象。

水調歌頭

喜厚餘至都率然有贈

落拓老兄弟，蹤跡共沉浮。匆匆神虎分袂，江海幾經秋。多少黄金横帶，我輩青衫羸馬，散蕩足風流。吾試與君語，富貴定難求。　魯陂側，錦秋岸，峼湖頭。溪山如畫，煙波兩兩釣魚舟。辛苦斜風細雨，消受紫蓴紅蓼，冷淡爾爲儔。努力飲醇酒，身世問沙鷗。

【評】

武曾曰：磊落蒼茫，襟期可念。

山來曰：厚餘先生視工河上，不須更歎青衫羸馬矣。

【箋注】

觀詞中「落拓」、「神虎分袂」、「我輩青衫羸馬」、「身世問沙鷗」諸語，當爲奔走京師，授中書之前所作。

李鴻霔，字季霖，號厚餘，山东新城人。顺治十八年（一六六一）中举，康熙三年（一六六四）与曹貞吉同榜進士，授内閣中書舍人。又曾任刑部郎中。康熙丁巳（一六七七）分校北闈。後官雲南元江知府，卒於任。

神虎：南朝建康皇宫西首宫門。相傳，南朝梁陶弘景曾在此門掛衣冠而上書辭禄。

魯陂：又名魯連陂。成瓘《（道光）濟南府志》卷十二：「縣志云：今華溝，古魯連陂也，在錦秋湖北岸，相傳爲魯仲連故居。」

錦秋：湖名，在山東青州府，今山東博興與新城之間，積水廢瀦而成。于欽《齊乘》卷四：「錦秋亭，博興東南城上。中統間，邑人所建，取坡詩命名。蓋齊地菑時，般濼衆瀦爲馬車瀆以入海，博興宛在水中，舟檝交通，魚稻成市。昔常過之，愛其風水，絶類江南。」《大清一統志》卷五十七：「麻大泊，在新城縣東北三十里，接博興高苑縣界，俗名官湖，又名錦秋湖，周五六十里，蒲葦叢生，芙渠如錦。其中有魚龍灣，水流旋轉不定，相傳有龍窟。其水溢而北流，至博興南入烏河。」按，王士禎《池北偶談》卷十一《錦秋亭辨》：「北湖名錦秋，新城、博興二縣志，皆以爲本於坡詩。」王氏考辨，以爲得名於蘇軾《和文與可洋川園池・横湖》：「貪看翠蓋擁紅妝，不覺湖邊一夜霜。卷卻天機雲錦段，從教匹練寫秋光。」

嵖湖：又名嵖山湖，遺址在山東濟南。杜甫有《暫如臨邑至嵖山湖亭奉懷李員外率爾成興》詩。成瓘《（道光）濟南府志》卷六：「嵖山湖在府城北十五里。舊志云：濼水舊並大明湖北流，繞嵖華匯爲湖。今則莽然田壤，無復煙波。」

按，曹貞吉《冬日李望石侍御招同李貞孟編修李召林楊岱楨兩侍御李季霖中翰南郊觀射小飲長歌》：「英姿颯颯開千鈞，袖手自嗟兩縫掖。余與季霖。」（《珂雪二集》）蓋其時與季霖同爲中書舍人，故以「縫掖」自嘲與兼嘲。

水調歌頭

爲龔節孫題《種橘圖》

玉局昔年客，禿鬢老仙翁。忍移林屋嘉樹，飽啖洞庭紅。儗作亭名楚頌，眷此素榮仿瞻子，懷古意，畫圖中。雨蓑風緑葉，慘澹比青楓。有志那能遂，遺跡大江東。笠，長鑱白木苦匆匆。且自耕雲半畝，轉眼霜林千顆，一笑對山童。忘卻生綃裏，欲倩右軍封。

【箋注】

龔勝玉，字節孫，江蘇武進人，僑居宜興。年少有儁才，以詩文見知於王士禛。有《仿橘詞》。龔節孫《種橘圖》，同時毛奇齡、王士禛、邵長蘅、潘耒題以詩，陳維崧、蔣景祁、李良年題以詞。

林屋：即林屋山，林屋洞，道教第九洞天，屬太湖東南部的洞庭山西山。洞庭山古來盛産紅橘。皎然《洞庭山維諒上人院階前孤生橘樹歌》：「洞庭仙山但生橘，不生凡木與梨栗。」白居易《輕肥》：「果擘洞庭橘，膾切天池鱗。」

玉局：蘇軾曾任玉局觀提舉，後人遂以「玉局」稱之。

楚頌：蘇軾有《楚頌帖》，又名《種橘帖》：「吾性好種植，能手自接果木，尤好栽橘。陽羨在洞庭上，柑橘栽至易得，當買一小園，種橘三百本。屈原作《橘頌》，吾園若成，當作一亭，名之曰楚頌。」（周必大《文忠集》卷十九）

長鑱白木：杜甫《乾元中寓居同谷縣作歌七首》：「長鑱長鑱白木柄，我生托子以爲命。」

右軍封：世傳王羲之《奉橘帖》：「橘三百枚，霜未降，未可多得。」

按，陳其年評《仿橘詞》曰：「節孫少隨其尊人芹溪君僑居吾邑。其著述甚富，名其詩文曰《種橘亭集》，而顔其詞曰《仿橘》。昔王通叟爲詞，世目爲詞流佳公子，集名《冠柳》，不虛也。節孫之詞，殆其近之，而其風流豪邁，感動壯激，又得力於子瞻居多，則於仿橘之名，洵不誣云。」（《百名家詞鈔》）

水調歌頭

送陳六謙之安邑任

琴鶴渺然[一]去，爲政足風流。何意鳳漂鸞泊，百里借君侯。三晉雲山北向，咫尺二陵風雨，納納[二]動離愁。雪片大如手，匹馬過蘆溝。　門霜戟，人繡虎，筆銀鉤。禹都吟眺，淋漓墨瀋碧峰頭。試到野狐泉上，入望鹽花似霧，天寶物華收。欲問段干木，舊跡杳難求。

【評】

其年曰：風流豪邁，堂堂復堂堂。

山來曰：慨當以慷。

【箋注】

作於康熙十七年戊午（一六七八）冬。

陳奕禧，字六謙，又字子文，號香泉，浙江海寧人。由貢生官安邑縣丞，入爲户部郎，出知石阡府。康熙四十七年（一七〇八），出知南安府，卒於官。工書法，有《金石遺文録》、《緑陰亭題跋》等。

安邑：清代縣名，屬解州，故治即今山西運城市安邑鎮。以産鹽名。安邑是夏朝都城之一，有禹王城遺址，故詞中稱「禹都」。

二陵：河南西北部崤山的二處古陵墓。《左傳·僖公三十二年》：「蹇叔之子與師，哭而送之，曰：『晉人御師必於殽。殽有二陵焉。其南陵，夏后皋之墓也；其北陵，文王之所辟風雨也。必死是間，余收爾骨焉。』」崤山與安邑接壤，故云。

野狐泉：山西運城鹽湖旁甘泉，唐以來遊覽觴詠之勝地。泉旁有亭，可眺鹽湖。《大清一統志》卷一百五十四：「野狐泉，在安邑縣西南十八里鹽池北岸，味極甘冽。」

段干木：姓李，名克，封於段，爲干木大夫，故稱段干木。戰國初魏國安邑人。《淮南子·脩務訓》：「段干木辭禄而處家，魏文侯過其閭而軾之。其僕曰：『君何爲軾？』文侯曰：『段干木在，是以軾。』其僕曰：『段干木布衣之士，君軾其閭，不已甚乎？』文侯曰：『段干木不趍勢利，懷君子之道，隱處窮巷，聲施千里，寡人敢勿軾乎？』」

王士禛《居易録》：「門人陳奕禧子文善爲詩，尤工鍾王書法，以太學上舍仕爲安邑丞。」

姜宸英《湛園集》卷二《陳六謙之任安邑詩集序》：「戊午冬，予友海寧陳子六謙謁選，得安邑丞以去，致贈詩至數十篇。」

朱彝尊《鎮西·送陳六謙之官安邑》：「雪晴鳷鵲，正酸風交射。河橋外、雁壺重瀉。沉吟者。計郵籤此去，娘子關西，春光滿野。琴堂到時元夜。　蘭燭灺。玉鉤山翠繞，晝簾靜也。料哦松、合多亭榭。堪遊冶。笑丞哉何負，紙尾交箝，龍蛇恣寫。須添墨池官舍。」（《曝書亭集》卷二十四）

【校】

［一］渺然：《瑶華集》卷十作「蕭然」。

［二］納納：《瑶華集》卷十作「颯颯」。

水調歌頭

午日和其年

何處劚蒲去，俯首飲醇醪。長安十度重午，令節又相遭。不是今朝弧矢，不是今朝憶當日，觀競渡，趁江潮。天風正怒，彷彿角黍飼饞蛟。憔悴故園心眼，潦倒女兒景物，未足寄吾豪。和汝驚人句，土缶魚腹，歌哭總無聊。雲氣挾雷鼓，疑聽廣陵濤。與雲璈。

【箋注】

作於康熙十九年庚申（一六八〇）端午，内閣中書舍人任上。所謂「長安十度重午」，自康熙八年（一六六九）赴京殿試舉進士算起，舉其成數。陳維崧己未舉鴻博後，在京任官四年，二人詩詞交往，主要在此期間。此年稍後，有《百字令・庚申閏中秋和其年》。

陳維崧（一六二五—一六八二）：字其年，號迦陵，江蘇宜興人。明末「四公子」之一陳貞慧之子。陽羨詞派領袖。資稟穎異，少負才名。長期四方遊歷，所在爭客之。康熙十八年，五十四歲，中博學鴻詞，試列一等，由諸生授檢討，與修《明史》。越四年，卒於官。與朱彝尊合刊所作曰《朱陳村詞》，詞壇並雄。有《迦陵詞全集》，輯《篋衍集》。

弧矢：此謂生日。國君世子生，以桑弧蓬矢射天地四方，期其有志於遠大。後因以喻生男孩，亦指男子當從小立大志。陸游《鵝湖夜坐書懷》：「士生始墮地，弧矢志四方。」

魚腹：葬身魚腹，淹死。此謂死日。語本《楚辭・漁父》：「寧赴湘流葬於江魚之腹中，安能以皓皓之白而蒙世俗之塵埃乎？」

廣陵濤：見卷上《浣溪紗·步阮亭紅橋韻》「廣陵潮」箋注。

女兒景物：端午又稱女兒節。劉侗《帝京景物略·春場》：「五月一日至五日，家家妍飾小閨女，簪以榴花，曰女兒節。」

陳維崧《水調歌頭·庚申五日》：「又是女兒節，何處貰香醪。艾裝碧虎閃爍，與汝復相遭。回憶家鄉此際，不少癡兒騃女，綵鷁綉旗摇。蹙起一川雪，崩落半空濤。渚宫遠，澧水潤，恐難招。古來陳事何限，細數總今朝。楚國湘纍自苦，齊國薛君自樂，一笑等鴻毛。我自飲我酒，卿自讀卿騷。」（《迦陵詞全集》卷十四）

水調歌頭

快雨

白雨響新瓦，火鬣走長天。錢塘萬弩齊射，驚起老龍眠。疑是夔牛鼓震，又恐驅山鐸掣，潑墨蕩雲煙。咫尺匡廬下，九疊亂鳴泉。　飛石燕，笑玉女，捲湘川。錚鏦金鐵，洞庭張樂宴群仙。立掃黄塵褦襶，一洗神皋禾黍，濃翠正娟娟。造物不言德，風日弄清妍。

【評】

鳳于曰：快哉亭上，繪寫有聲有光，虞次安《瑞雨頌》盛德形容，當復過之。

【箋注】

詞以錢塘江潮、廬山瀑布、洞庭仙樂、夔牛鼓、驪山鐸，全方位摹狀雨勢雨聲，突出題中「快」意，精采傳神。故沈鳳于將其與蘇轍《黄州快哉亭記》並論。

錢塘萬弩：吴越王錢鏐射潮築塘的故事。《宋史·河渠志七》：「淛江通大海，日受兩潮。梁開平中，錢武肅王始築捍海塘，在候潮門外。潮水晝夜衝激，版築不就，因命强弩數百以射潮頭。」蘇軾《八月十五日看潮五絶》其五：「安得夫差水犀手，三千强弩射潮低。」參見卷下《風流子·錢塘懷古》箋注。

夔牛鼓：王應麟《玉海》：「《黄帝内傳》：帝伐蚩尤，玄女爲帝製夔牛鼓八十面，一震五百里，連震三千里。」（卷第一百十）

驪山鐸：曾慥《類説》：「海上漁人得一鐸，擊之聲如霹靂，問博識者，云始皇驪山鐸也。」（卷十九）

石燕：酈道元《水經注·湘水》：「東南流徑石燕山東，其山有石，紺而狀燕，因以名山。其石或大或小，若母子焉。及其雷風相薄，則石燕群飛，頡頏如真燕矣。」

按，虞寄，字次安，南朝梁、陳大臣。《南史·虞寄傳》：「大同中，嘗驟雨，殿前往往有雜色寶珠，梁武觀之，甚有喜色，寄因上《瑞雨頌》。帝謂寄兄荔曰：『此頌典裁清拔，卿之士龍也，將如何擢用？』寄聞之歎曰：『美盛德之形容，以申擊壤之情耳，吾豈買名求仕者乎？』乃閉門稱疾，唯以書籍自娱。」

天香

詠緑牡丹爲牧仲作

國色凝香，露華垂檻，苔痕欲上階砌。不就輕黄，還成嫩碧，接葉交柯無二。石家金谷，供妙舞、珠珠濃睡。渲染春光好處，掩映一天空翠。　魚子暮雲微起。帶蕉窗、幾分涼意。阿誰是、眉黛遠峰如此[二]。倒掛嶺南幺鳳，莫藏影、花間覓花蕊。芳草成裀，碧旗礙試。

【評】

其年曰：淡沲空明，幾於水天一碧。

武曾曰：寫生妙手，不藉粉本。

【箋注】

作於康熙十一、十二年間。

宋犖（一六三四—一七一四），字牧仲，号漫堂，又号西陂，河南商丘人。大學士宋權之子，十四歲應詔以大臣子列侍衛。康熙十七年遷刑部員外郎，出榷贛州。歷任山東按察司、江蘇布政使，官至吏部尚書。精賞鑒，嗜收藏，詩與曹貞吉同爲「長安十子」。有《西陂類稿》、《楓香詞》。

宋犖《漫堂年譜》：（康熙十一年壬子）「五月如都候補，寓柳湖寺。」「冬，需次返里」。《西陂類稿》卷三有《緑牡丹》二首，作於此時：「小院名葩絶代無，雨餘新翠出叢孤。芳姿點染勞青帝，媚態依稀見緑珠。色借苔紋春自占，影分竹葉望來殊。徐熙好倩閨中黛，别寫雕闌富貴圖。」「異種遥分洛下春，青霞碧水鬭精神。香傳蘿徑花難辨，蕊映蕉窗色並新。翠被鄂君元獨擁，黛眉西子正宜顰。何當倒掛來幺鳳，點綴風光穀雨辰。」

曹貞吉此詞，即隱括宋犖《緑牡丹》二詩，作於同時。

緑牡丹：當時都下牡丹名種。納蘭性德《渌水亭雜識》：「牡丹近數曹亳。北地則大，房山僧多種之，色有大紅、淺緑，江南所無。」朱彝尊《春暮何少卿招同故鄉諸子集古藤花下》：「河豚未罷直沽市，牡丹定緑房山尖。」

露華垂檻：李白《清平調》：「雲想衣裳花想容，春風拂檻露華濃。」王琦《李太白集注》引《太真外傳》：「開元中，禁中重木芍藥，即今牡丹也。得數本紅紫淺紅通白者，上因移植於興慶池東沉香亭前。會花方繁開，上乘照夜白，妃以步輦從。詔選梨園弟子中尤者，得樂一十六色。李龜年以歌擅一時之名，手捧檀板，押衆樂前，將欲歌之，上曰：『賞名花，對妃子，焉用舊樂爲哉。』遽命龜年持金花箋，宣賜翰林學士李白，立進《清平樂詞》三章。」

珠珠：晉石崇之愛妾緑珠，詩文中泛稱美女。此用緑珠之名扣「緑」字。

眉黛遠峰：《西京雜記》卷二：「司馬相如初與卓文君還成都。……文君姣好，眉色如望遠山，臉際常若芙蓉，肌膚柔滑如脂。」

幺鳳：鳥名，即緑毛幺鳳。劍南彭蜀間有鳥大如指，五色畢具。有冠似鳳，食桐花，每桐結花即來，桐花落即去，不知何之。俗謂之「桐花鳥」。（見《朝野僉載·補輯》）蘇軾《西江月·梅花》：「海仙時遣探芳叢，倒掛緑毛幺鳳。」

按，龔翔麟《浙西六家詞》朱彝尊《江湖載酒集》卷三，有《天香·緑牡丹同牧仲、分虎賦》：「紅襆嫌濃，紫囊太艷，洛陽別有聲價。柳眼看深，鴨頭較淺，天付十分姚冶。青腰纖軟，任遍倚、沉香亭榭。誰把千金碧玉，分開瓜字芳夜。　貍奴日長來也。反輸他、草眠苔藉。小立蜻蜓，不見斂晴空射。黛色崔徐莫寫。除囑與、章臺掃眉者。翠被難遮，翠濤須瀉。」

【校】

［一］「阿誰」句：《百名家詞鈔》、《瑶華集》作「暗想阿誰眉黛，遠峰如此」。按詞譜，當以《瑶華集》爲是。

天香

龍涎香

孤嶼荒寒，斷潮嗚咽，抱珠神物濃睡。蜃霧成樓，綃宮噴雪，點點鮫人清淚。紅薇露濕，早釀就、都梁佳致。巨舶長風破浪，似帶海山[一]鱗尾。　春閨夜闌煙細。鬱空青[二]、水天霞氣。漫惹雨絲雲灑，金猊聲碎[三]。鳳脛一枝深炷，偎翠袖、餘寒戀纖指。莫放悠颺，繡簾匝地。

【評】

其年曰：此錢塘貴主奩中物也，趙家姊妹雖有好香，總不脱人間煙火。

武曾曰：妙於曲寫龍涎，不然「博山爐中百和香，鬱金蘇合及都梁」，與此無與也。

【箋注】

作於康熙十七、十八年間，内閣中書任上。和宋人《樂府補題》。

《樂府補題》，南宋遺民詠物詞集。録王沂孫、張炎、周密等十四家唱和之作，共五題，曰龍涎香、白蓮、蟬、蓴、蟹，凡三十七首。《天香・龍涎香》即五題之一。康熙十七年（一六七八），朱彝尊赴鴻博試，將其鈔本攜入京師，由蔣景祁刊刻流布，遍邀賡唱，在詞壇形成「擬補題」高潮。此題「浙西六家」皆有和作，見載《浙西六家詞》。因《浙西六家詞》刻成於康熙十八年，可知曹貞吉五首和作的大概時間。

朱彝尊《樂府補題序》：「常熟吴氏抄白本，休寧汪氏購之長興藏書家。予愛而亟録之，攜至京師，宜興蔣京少好倚聲爲長短句，讀之賞激不已，遂鏤板以傳。」(《曝書亭集》卷三十六)

鳳脛：指燈。以燈足如同鳥脛，故稱。韓偓《横塘》：「秋寒灑背入簾霜，鳳脛燈青照洞房。」陳維崧《金盞子・詠燈》：「且獨自，纖手靠妝臺，挑鳳脛。」

蔣景祁《刻瑶華集述》：「得《樂府補題》，而輦下諸公之詞體一變，繼此復擬作《後補題》，益見洞筋擢髓之力。」

【校】

[一] 似帶海山：《百名家詞鈔》作「似攜海嶠」，《瑶華集》作「疑帶海山」。

[二] 鬱空青：《瑶華集》作「裊金猊」。

[三] 金猊聲碎：《瑶華集》作「砰訇聲起」。

玉簟涼

七夕有感和其年

十載長安。記如此良宵，團扇拋殘。龍梭初罷織，赴碧落幽歡。幾多鈿合蟢子，陳瓜果、乞巧樓前。驚夢醒，但絳河千尺，雲氣漫漫。無端。嫩苔繡瓦，斜月窺窗，妝做秋意闌珊。去年當此際，正同倚危欄。定識涼生玉簟，盼鵲駕、不到人間。天似水，擲淚珠、荷露爭圓。

【評】

其年曰：殊有「雲鬟玉臂」之思。

【箋注】

作於康熙十八年己未（一六七九）七月七日，内閣中書任上。時隔二旬，京師地震（見後《百字令·中秋和其年》）。此時陳維崧在京舉鴻博，欲迎妻眷入京而不得，故有七夕之作。曹貞吉、梁清標等有詞賡和以慰。詞中云「十載長安」，蓋自康熙八年（一六六九）舉進士赴京殿試算起。

蟢子：一種長腳的小蜘蛛。宗懍《荊楚歲時記》：「（婦女）陳瓜果於庭中以乞巧，有喜子網於瓜上，則以爲符應。」

陳維崧《玉簟凉·己未長安七夕》：「太液荷香。悵良夜今秋，仍卧他鄉。輸他天上景，又填鵲成梁。一從上苑入直，金魚佩、誰放疏狂。瓜果讌，奈更樓高處，風露偏涼。　秋光。舊家節物，往日心情，贏得無限思量。一鉤眉樣月，記曾照幽窗。粉雲此夜千里，盼不到、小院疏廊。銀漢底，料有人、和淚凝妝。」（《迦陵詞全集》卷十五）

暗香

緑萼梅[一]

牆陰淡白。算雪晴未久，换成春色。一剪蘼蕪，移上枝頭弄輕碧。照水空明數朵，認樹老、雨痕交蝕。大好是、洛浦相逢，尋翠羽消息。　橋側。聞夜笛。笑寂寂玉鱗，月中難覓。九嶷舊客。又向蟠螭露仙跡。轉眼青青似豆，還記取、前身蕭瑟。摇落處、苔影薄，依稀見得[二]。

【評】

其年曰：後半闋勾魂攝魄，姜白石不能擅美於前矣。

山來曰：是爲緑萼傳神，與泛詠梅花迥別。

【箋注】

翠羽：翠色羽毛的鳥。曾慥《類説》卷十二載，隋開皇中，趙師雄遷羅浮，日暮於林中見美人，又有一緑衣童子笑歌戲舞。「師雄醉寐，但覺風寒相襲。久之東方即白，起視大梅花樹上，有翠羽刺嘈相顧，月落參横，惆悵而已。」姜夔《疏影》：「苔枝綴玉。有翠禽小小，枝上同宿。」

九嶷舊客：謂女仙萼緑華。陶弘景《真誥·運象》：「（萼緑華）年可二十上下，青衣，顔色絶整，以升平三年十一月十日夜降羊權家，自此往來，一月之中輒六過來耳。訪問此人，云是九嶷山中得道女羅郁也。」范成大《范村梅譜》：「緑萼梅：凡梅花跗蒂皆絳紫色，惟此純緑，枝梗亦青，特爲清高，好事者比之九嶷仙人萼緑華。」

李良年《暗香·緑萼梅》：「春纔幾日。早數枝開遍，笑他紅白。仙徑曾逢，萼緑華來記相識。修竹天寒翠倚，翻認了、暗侵苔色。縱一片、月底難尋，微暈怎消得。脈脈。清露濕。便静掩簾衣，夜香難隔。吴根舊宅。籬角無言照溪側。只有樓邊易墜，又何處、短亭風笛。歸路杳、但夢繞，銅坑斷碧。」（《秋錦山房詞》）

【校】

［一］《瑶華集》同。《百名家詞鈔》詞後有小注：「萼緑華曰：余九嶷仙人也。」

留客住

鷓鴣

瘴雲苦。遍五溪、沙明水碧，聲聲不斷，只勸行人休去。行人今古如織，正復何事，關卿頻寄語。空祠廢驛，便征衫濕盡，馬蹄難駐。風更雨。一髮中原，杳無望處。萬里炎荒，遮莫摧殘毛羽。記否越王春殿，宮女如花，秖今惟剩汝。子規聲續，想江深月黑，低頭臣甫。

【補評】

譚獻《篋中詞》卷一：投荒念亂之感。

沈軼劉《繁霜榭詞札》：發思古之幽情於草長鶯啼之外。「處」、「羽」、「汝」諸韻，寢寐難安。一結突出鴣去鵑生、江天失色作意。

【箋注】

作於康熙十七、十八年。此爲《樂府後補題》五首之一。見前《惜秋華·牽牛花》箋注。

康熙十七年戊午，李良年舉鴻博入都，與曹貞吉把晤。十八年春，有《鷓鴣怨》三章，懷念遠陷滇南，生死不明的曹申吉，題下小注云：「李子夢聞鷓鴣聲，醒而作詩，遂以名篇，懷渠丘公也。」同時又有此《樂府後補題》之《留客住・鷓鴣》。曹貞吉此作，悽惋哀痛，並寄難以言説之深衷。故歷來選家，多以此詞爲其代表作。參見前《減字木蘭花・雜憶》箋注。

五溪：西南地區五條溪流的統稱。漢屬武陵郡，爲少數民族聚居地，在今湖南西部和貴州東部。酈道元《水經注・沅水》：「武陵有五溪，謂雄溪、樠溪、無溪、西溪，辰溪其一焉。」一説指雄溪、蒲溪、西溪、沅溪、辰溪。杜甫《詠懷古跡五首》其一：「三峽樓臺淹日月，五溪衣服共雲山。」

越王春殿：李白《越中覽古》：「越王句踐破吴歸，義士還鄉盡錦衣。宫女如花滿春殿，只今惟有鷓鴣飛。」

低頭臣甫：杜甫《杜鵑》：「杜鵑暮春至，哀哀叫其間。我見常再拜，重是古帝魂。」《秋興》：「綵筆昔曾干氣象，白頭吟望苦低垂。」王夫之《鷓鴣天・杜鵑花》：「紅淚滴，血函埋。他時化碧有餘哀。傷心臣甫低頭拜，爲傍冬青一樹栽。」

李良年《與曹澹餘》：「憶歲在癸丑，載德東還，驚飆頓起，音塵河漢，斷絶七霜。回思夙夕追隨，眷拂摯深，綿綿寸心，感知己之難，時縈天末也。戊午秋復赴都下，與中翰先生晤對，共話情曲，日望瘴雲開朗，曾賦《鷓鴣》篇三章，以當左券，至今在篋。」（《秋錦山房外集》卷二）

李良年《鷓鴣怨》五古三章，選録其一：「山川何處險，乃在西南陲。劍芒互崱屴，羊腸自委蛇。鷓鴣一小鳥，其聲如有知。荒荒雲木暗，聽者生嗟咨。美人昔同車，攬袂前相持。但歌行路難，詎識別離時。瘴雨方毒淫，一朝限天涯。年華同逝水，會合未有期。平生苦憶往，仿佛夢見之。鷓鴣忽告我，聲較昔年悲。亦知行不得，醒淚如懸絲。」（《秋錦山房外集》卷六）

李良年《留客住・鷓鴣》：「楚天杳。憑筍輿、羊腸似髮，荒煙墜葉，一片輈輈蠻鳥。南飛故喚行客，占斷千里，秋山吟不了。蘆衰竹苦，正聽殘野店，酒旗風嫋。江細繞。笮渡人稀，但横斜照。解語參軍，愁裏暗欹烏帽。記得鄭家留句，花落黄陵，雨昏湖外草。更堪何處，鎮清猿杜宇，和他淒調。」（《秋錦山房詞》）

按，同時李符、沈皞日、龔翔麟、沈岸登，皆有《留客住・鷓鴣》之作。

水晶簾

賦得「無端嫁得金龜婿，辜負香衾待早朝」

夢細幽香靚。甚長樂、鐘聲敲醒。倦眼迷離，訝寶炬星輝，照人難定。正好睡時何處去，想蓮漏、迢迢尚永。五更天，最是霜寒，鎮教寂靜。徘徊掩清鏡。憶紅閨深夜，鄰雞曾聽。便惱他咿喔，未愁伶俜。不似而今慵早起，怕瑟瑟、篝殘被冷。又爭如，簾幙長垂，小窗日影。

【評】 其年曰：於題意極爲體貼。

【箋注】 賦得體。賦題出自李商隱《爲有》：「爲有雲屏無限嬌，鳳城寒盡怕春宵。無端嫁得金龜婿，辜負香衾事早朝。」

長樂鐘：長樂，漢宫名，遺址在今西安市西北郊長安故城東南隅。漢初皇帝在此視朝，惠帝後，爲太后居地。宫有鐘室，爲禁中鐘聲。徐陵《玉臺新詠序》：「厭長樂之疏鐘。」也泛指帝城鐘聲。戴叔倫《曉聞長樂鐘聲》：「漢苑鐘聲早，秦郊曙色分。霜凌萬户徹，風散一城聞。」

尾犯

筍

小窗雨霽。傍疏籬一帶，籜聲盈耳。繩牀乍破，幽人夢驗，苔錢穿碎。牆陰屋角，鬱千尺、淩雲勢。笑洋州、太守清貧，卻饒玉版風致。　曾過荻洲江市。銀鮹撥刺出水。向柁樓晨飯，松濕煙青，燒來偏脆。谷口如蓬，宮中似束，故人情味。最憐是、憔悴龍孫，琅玕銷盡生翠。

【箋注】

作於康熙十八、十九年間。爲《樂府後補題》五首之一。見前《惜秋華・牽牛花》箋注。

洋州太守：謂北宋畫家文同（字與可），善畫竹。文同曾爲洋州（陝西洋縣）太守，其地有篔簹谷，多竹林。參見前《滿江紅・題阮亭寓竹》箋注。

玉版：筍之謔稱。參見前《滿江紅・題阮亭寓竹》箋注。

谷口：古地名。在今陝西淳化西北。揚雄《法言・問神》：「谷口鄭子真，不屈其志，而耕乎巖石之下，名震於京師。」李白《贈韋秘書子春》：「谷口鄭子真，躬耕在巖石。」

李良年《尾犯・筍》：「竹風春尾。聽捎簷剩有，去年疏翠。園官笑指，輕雷後迸，新泥斜碎。籬邊乍見，又穿過、鄰牆背。記先嘗、最是江南，果然燕子來未。　猶憶曉垞煙際。山童擔向水市。正採桑時候，除了蠶娘，更無人諱。花乳甌香，朱櫻樹晚，相逢長是。待何日、玉版門尋，青鞋重訪蕭寺。禾中蠶時，以「筍」、「損」同音，多諱此字。」（《秋錦山房詞》）

燕山亭

九日排悶

北雁横斜，似水晴空，無限蕭蕭意[一]。深巷閉門，懶去登高，那問幾人曾醉。紅葉青山，正渲染、蒼涼天氣。何事。只辜負秋光，淡然如此。　記得去歲城南，傍野徑疏籬，亂穿濃翠。女兒景物，羈客心情，添得一番悲喜。便上層樓，望不到、故園千里。千里。有多少、荒煙敗壘。

【箋注】

女兒景物：九月九日重陽又稱女兒節。富察敦崇《燕京歲時記·花糕》：「按，《析津志》：九月九日，都人以麪爲糕……又，《帝京景物略》：……父母迎其女來食，曰女兒節。」

【校】

［一］無限蕭蕭意：按譜，《燕山亭》，又名《宴山亭》。自宋徽宗趙佶作《宴山亭·北行見杏花》以來，只此一體，第三句應爲六字句。而同時李良年、沈岸登、沈皞日、龔翔麟等浙西詞人，此調此句皆爲五字句。

孤鸞

送陸藎思歸武林，時新有悼亡之戚

新秋天氣。正河鼓星高，牽牛花媚。禾黍西風，驢背一鞭遥指。有人巢青閣上，倚危闌、望窮煙水。那識猿啼鵑唱，早斷魂千里。　憶去年、瓜果閒庭裏。看兒女燈前，乞巧歡意。螢火斜飛處，乍夜涼於洗。而今歸來索寞，最無憀、黄昏窗底。鸞鏡輕塵莫掃，剩盈盈清淚。

【箋注】

作於康熙十九年秋。觀詞中「河鼓」、「牽牛」、「乞巧」云云，當在七夕前後。

陸進，字藎思，浙江餘杭（今屬杭州）人。貢生，屢試不遇。康熙間，官温州府訓導、永嘉教諭。與弟陸次雲有「二難」之譽。有《巢青閣集》，輯《西陵詞選》、《東白堂詞選》。

蔣景祁《刻瑶華集述》：「浙爲詞藪，『六家』二李、一朱、一龔、二沈。特一時偶舉耳，故未足概浙西之妙。魏塘柯氏，三世岸初先生、寓匏昆仲、南陔群從。齊美；武林陸君，二難藎思、雲士。分標。其它作家，不可枚數。」

按，陳維崧《沁園春・咏慈仁古松送陸蓋思歸錢塘》、施閏章《送陸蓋思歸武林兼悼亡之感》皆作於同時。施詩在康熙十九年夏秋之間，見《學餘堂詩集》卷四十一。

雙雙燕

見燕子營巢有感

舊年[一]社日，向聚燕臺邊，送君歸去。杏花開罷，遲日園林春暮。又栩栩，梁間住。聽一片、呢喃相訴。不嫌僦舍荒涼，來伴京塵淒楚。柳絮。池塘何處。看玉剪交飛，亂衝花雨。主人謝客，辛苦舊巢將護。莫待新雛成羽。更去傍、紅樓朱户。且自掠水啣泥，睡足一庭香霧。

【評】

阮亭曰：竹屋、梅溪、夢窗、白石，四家之間，可置一座。

其年曰：「莫待新雛」二語，殊深言外之感。

武曾曰：「去傍紅樓朱户」，較「飛入尋常百姓家」傷心十倍。

【箋注】

聚燕臺：臺名，在順天府大興縣采育鎮東南。于敏中《日下舊聞考》卷九十：「原采育東南二十里有阜高一丈，廣三四十尺，曰聚燕臺。歲秋社燕辭巢日，必各將雛數十百聚此臺，呢喃一二日，然後分翔而去。」

【校】

［一］舊年：《瑶華集》、《昭代詞選》作「去年」。

雙雙燕

詠鏡中美人影和沈鳳于

一泓秋水，誰移向深閨，偷近蛾緑。空明不定，綽約伴人幽獨。臨就崔徽别幅。又淺笑、輕顰相矚。何人解識傾城，自賞容輝金屋。　掠削。雲鬟妝束。問就裏芳心，可同千曲。離魂初覺，嬌暈枕痕紅足。小閣朝來新沐。瞥收卻、巫峰六六。怕是清泠圓冰，一擲黄金難贖。

【箋注】

沈爾燝，字鳳于，見前《露華·題沈鳳于被園》箋注。曹貞吉此詞爲和作，今存沈爾燝《月團詞》中無此調，無此題。

崔徽：唐河中人，歌妓。元和年間，與元幕官裴敬中使河中，與徽相從累月。敬中使還，徽不能從，情懷怨抑，托人寫其肖像以致敬中，謂「徽一旦不及卷中人，且爲郎死」。發狂卒。元稹感而作《崔徽歌》。史達祖《三姝媚》：「記取崔徽模樣，歸來暗寫。」

金菊對芙蓉

和錫鬯蟂磯弔孫夫人

蜀國夫人，孫郎小妹，腰間龍雀刀環。歎東南人物，弱女登壇。錦帆摇曳江如練，望瞿塘、道路漫漫。永安龍去[一]，蠶叢夢杳，紅粉凋殘。　靈澤[二]遺廟江干。有雲車風馬，霧鬢煙鬟。悵西風白帝，鸞馭難還。千尋鐵鎖銷沉後，家何在、兩地悲酸。千帆落照，漁歌唱晚，露白楓丹。

【評】

羨門曰：羽聲慷慨之中，仍自粉心香口。

其年曰：英雄兒女，慨當以慷，如見高涼冼氏，月明錦繖也。

宋既庭曰：女子英雄得曹公綵筆憑弔，幾令二喬無色。

鳳于曰：憑弔精靈，足令漢苑吴宫同悲離黍。

【箋注】

蟂磯：磯名，在安徽蕪湖西江中。磯上有靈澤夫人廟，又名靈澤祠。明朱國禎《湧幢小品·蟂磯》：「蕪湖江心有磯，磯上有祠，祠孫夫人，曰蟂磯。」孫夫人，俗傳即三國劉備之妻、孫權之妹。俞樾《茶香室叢鈔·四鈔》：「《太平府志》云：蟂磯在當塗縣西。其字作蟂，引《埤雅》云：蟂，老蚊也。今磯南有石穴，廣一丈，深不測，爲蟂所居。昔時嘗出害人，其字作蟂，於義爲近。又云，明建靈澤夫人祠，世傳吴孫權妹，蜀先主妃，歸省其母，回蜀至江上，聞先主殂，哀隕，葬此山。」

龍雀刀環：刀環上飾以龍雀。《晉書·載記》第三十「赫連勃勃」：「又造百鍊剛刀，爲龍雀大環，號曰『大夏龍雀』，銘其背曰：『古之利器，吴楚湛盧。大夏龍雀，名冠神都。』」

永安：即永安宫，三國劉備所建，故址在今四川奉節。酈道元《水經注·江水》：「江水又東徑南鄉峽，東徑永安宫南，劉備終於此，諸葛亮受遺處也。」杜甫《詠懷古跡五首》之四：「蜀主窺吴幸三峽，崩年亦在永安宫。」

按，朱彝尊《金菊對芙蓉·蟂磯弔孫夫人》：「去國青蛾，持刀紅粉，一時人物江東。歎扁舟初返，望斷蠶叢。當年記得辭鄉日，更幾曲、煙水濛濛。錦車別後，當塗龍戰，若箇英雄。遺廟貝闕珠宫。剩銖衣玉珮，夢雨靈風。甚三分鼎足，百尺艨艟。夕陽楓葉天無際，鴉翻處、千疊雲

峰。門前繫纜，滄洲白髮，閒殺漁翁。」（翁之潤《曝書亭詞拾遺》）

【校】

［一］龍去：《昭代詞選》作「宫去」。

［二］靈澤：《瑶華集》、《昭代詞選》作「靈潭」，爲二字短韻。

月華清

詠山鷓爲阮亭作［一］

織翠爲裳，凝丹作距，飛來何處煙暝。金索珊珊，落下碧梧銀井。憶蜀國、待詔圖中，共棘雀、山花相映。難定。試洗卻濃妝，雪衣嫌影。　挂向玉堂深處，莫百囀輈輈，惱人幽靚。夢結梨雲［二］，怕是數聲驚醒。若覓句、負手巡簷，更攤書、茶清香冷。風靜。好低徊一曲，伴他寒磬。

【評】

其年曰：冷香幽翠，烘染絶倫。

山來曰：是一幅絶妙著色翎毛。

【箋注】

作於康熙十七年戊午（一六七八），内閣中書任上。王士禛時任户部四川司郎中，同在京師。

王士禛《山鷓》詩：「秋葉下庭樹，飛來山鷓鴣。寧因避珠彈，只合傍金鋪。清唳雲中鶴，晨飛煙渚鳧。微生各性情，太息羽毛殊。」（《帶經堂集·漁洋續詩》卷十一戊午稿）

蜀國待詔：五代西蜀畫家黄居寀，字伯鸞，畫家黄筌之子，成都人。有《山鷓棘雀圖》傳世，今藏臺北故宫博物院。《宣和畫譜》卷十七：「黄居寀，字伯鸞，蜀人也，筌之季子。筌以畫得名，居寀遂能世其家。作花竹翎毛，妙得天真，寫怪石山景，往往過其父遠甚。見者皆爭售之，唯恐後，故居寀之畫，得之者尤富。初事西蜀僞主孟昶，爲翰林待詔，遂圖畫牆壁屏幛，不可勝紀。」

雪衣：謂白鸚鵡。《太平廣記》卷四六〇引唐胡璩《譚賓録》：「天寶中，嶺南獻白鸚鵡，養之宫中。歲久，頗甚聰慧，洞曉言詞，上及貴妃，皆呼爲雪衣女。」洪昇《長生殿·私祭》：「枉了雪衣提唱。是色非空，誰觀法相。」

【校】

［一］《瑶華集》題爲「王阮亭侍讀書齋詠山鷓」。

［二］「夢結梨雲」二句：《百名家詞鈔》同。《瑶華集》作「怕夢結梨雲，數聲驚醒」，句式有誤。

催雪

珍珠蘭

嫋嫋牽風，溥溥帶露，窈窕最宜深院。恰閩海移來，龍宫幾串。金谷墮樓姝麗，伴杜若、江蘺分嬌面。鮫人淚滴，紫莖禎甲，都教開遍。　開遍。含笑盼。任徑寸蚌胎，讓他香蒨。羨瑟瑟、輕圓涼颸吹顫。莫向池塘顧影，怕瀉入、紅蕖尋難見。正髮鬌、妝晚珠娘，頭上一枝微綻。

【箋注】

作於康熙十八、十九年間。爲《樂府後補題》五首之一。參見前《惜秋華・牽牛花》箋注。

珍珠蘭：亞熱帶植物。花粟米狀，形同魚子，又名珠蘭、魚子蘭，花香濃郁。

墮樓姝麗：此謂晉石崇愛妾緑珠。美而豔，善吹笛，後爲孫秀所逼，墮樓而死。參見前《天香・詠緑牡丹爲牧仲作》箋注。

珠娘：閩粵對女性的稱呼，亦以稱妓女。任昉《述異記》卷上：「越俗以珠爲上寶，生女謂之珠娘。生男謂之珠兒。」周亮工《閩小記》卷三：「福州呼婦人曰珠娘。」

李良年《催雪・珍珠蘭》：「碎雨跳荷，連星綴柳，楚畹別箋蘭譜。想三斛曾量，芳名借汝。開也只如含蕊，趁月影、微黄黏清露。紋紗靜掩，一珠蜂背，卻教偷去。　闌暑。眠正午。又生結半奩，小鬟催煮。甚坐遠偏聞，細尋無處。記得漳江乍買，有嶺外、人家迷香路。見十十、五五釵梁，風顫晚街遊女。」（《秋錦山房詞》）

催雪

紅梅

夕雨凝丹，曉晴著樹，麂眼小籬如繡。喜照眼偏明，數枝窺牖。只恐春寒微重，費幾許、燕支勻紅皺。峰迴路轉，紛紛開落，武陵近否。　清瘦。赬玉鏤。看一片迷離，斷霞鋪就。甚真色、苧蘿縞衣非舊。好伴吴娘記曲，碎顆顆、珊瑚盈懷袖。歎隴首、萬點風飄，冷落絳綃時候。

【箋注】

記曲：唐代歌者張紅紅，能隔屏以小豆記取樂曲節拍。後指善歌者。參見卷下《賀新涼·爲其年題詞》箋注。

李良年《催雪·紅梅》：「曲按江羅，吟欹蜀髻，翠羽不愁春淡。訝瘦影無多，遠村先見。四百峰頭開處，認蠣粉、牆陰閒庭院。雪香千樹，爲伊低襯，冷脂數點。　弄晚。湘箔卷。正獵獵寒催，墨雲遮遍。又横幅、半窗夕陽微閃。懊惱杜紅兒去，便懶問、東鄰尋疏豔。總怪得、石上吹霞，化作斷魂風片。」(《秋錦山房詞》)

月下笛

悼何蕤音

官閣明燈，珠藤覆屋，雨中深酌。茶煙綽約。簷花聲在簾箔。酒人已逐浮雲散，轉眼叫、秋猿夜鶴。想鴛湖畫舸，一天絲管，更誰行樂。　思著。中情惡。記威鳳文章，神羊頭角。龍賓揮霍。漏痕還帶釵腳。原邊宿草年年緑，有多少、西州淚落。斷魂處，隔江南，苦竹黄蘆寂寞。

【箋注】

作於康熙十八、十九年間。内閣中書任上。

何元英，字蕤音，秀水(浙江嘉興)人。順治十二年(一六五五)進士。康熙七年(一六六八)由户部郎中授御史，補鴻臚少卿，陞通政使参议。康熙十七年(一六七八)以疾歸秀水，卒於家。

在京城宣武門東有古藤書屋，豪邁結客。擅書畫，精鑒藏。

珠藤覆屋：即何元英所居古藤書屋，故址在今北京市宣武門海柏胡同（舊稱海波寺街）內。因有紫藤二本，花蕾串珠，繁英覆簷，歷來是文人雅集之地，吟詠甚夥。阮元《兩浙輶軒録》卷四：「《藤陰雜記》：海波寺街古藤書屋，康熙初何御史元英寓此，名丹臺書屋。王儼齋、汪蛟門讌集有詩。丙辰朱竹垞來京，有飲藤花下詩云：『冷卿宴客已無錢』，時官鴻臚少卿。假歸後，竹垞接住此屋，今人但知竹垞寓舍，不知前有何少卿也。」（見戴璐《藤陰雜記》卷九）

鴛湖：即鴛鴦湖，南湖。在浙江嘉興西南，匯長水塘諸水成湖。歷來多文人題詠。

威鳳：杜甫《晦日尋崔戢李封》：「威鳳高其翔，長鯨吞九洲。」劉禹錫《飛鳶操》：「天生衆禽各有類，威鳳文章在仁義。」

神羊：即獬豸，傳説是一種能以其獨角辨别邪佞的神獸。亦指獬豸冠，御史等執法官吏所戴。《後漢書·輿服志下》：「獬豸神羊，能别曲直，楚王嘗獲之，故以爲冠。」蔡邕《獨斷》：「法冠，楚冠也……今御史廷尉監平服之，謂之獬豸冠。」何元英任御史，故稱。

龍賓：守墨之神，亦代指名墨。馮贄《雲仙雜記·陶家瓶餘事》：「玄宗御案墨曰龍香劑。一日，見墨上有小道士如蠅而行。上叱之。即呼『萬歲』，曰：『臣即墨之精龍賓，黑松使者也。凡世人有文者，其墨上皆有龍賓十二。』上神之，乃以分賜掌文官。」

苦竹黄蘆：白居易《琵琶行》：「住近湓江地低濕，黄蘆苦竹繞宅生。其間旦暮聞何物，杜鵑啼血猿哀鳴。」周邦彥《滿庭芳·夏日溧水無想山作》：「憑闌久，黄蘆苦竹，擬泛九江船。」

按，高士奇《歸田集》卷四《秋日雜詠》：「煙雨樓頭百感增，朗懷高亮憶何曾。友朋膠漆今誰在，宣武門東剩古藤。秀水何蕤音通政，豪邁結客，今故十餘年，京師古藤書屋亦再易主矣。」高氏《歸田集》卷四標注「庚午七月起，至八月止」，庚午即康熙二十九年（一六九〇），云「今故十餘年」，則何元英卒於康熙十九年前數年。

玲瓏四犯

送杞園遊西湖

三月吳山，記梅子黄時，幾多煙雨。載酒西泠，千頃嫩荷澄暑。沉醉失卻湖光，似夢裏、斷雲飛絮。歎軟塵、十載遮留，翻送故人遊去。　一枝柔櫓穿花路。淡空明、箇儂眉嫵。檀欒金碧天然麗，都在晚霞紅處。試問堤畔垂楊，尚否青青如故。遇禪燈老衲，還爲我，殷勤語。

【箋注】

作於康熙十九年（一六八〇），庚申歲。

按，張貞《杞田集》卷四《遊桃花庵記》：「歲庚申，南遊餘杭。」詞中云「歎軟塵、十載遮留」，乃曹氏自謂碌碌，自康熙九年起，居京城已十年。

張貞（一六三七—一七一二），字起元，號杞園，山東安邱人。康熙十一年（一六七二）拔貢生。康熙十八年（一六七九），薦舉博學鴻詞，不就。隱居家園，又好漫遊，勤著述，善賞鑒，精金石篆刻。有《杞田集》十四卷。與曹貞吉交最厚，結爲兒女親家，「以肺腑相托者，垂五十年」，爲曹貞吉撰《墓誌銘》、《祭文》。

曹貞吉《珂雪集》卷一《武林苦雨》：「積雨黄梅近，溪流欲漲天。」《吴山晚眺》：「絶頂吴峰踏碧苔，遥遥西子鏡奩開。」《湖上讌集》：「半生纔識錢塘路，畫舸中流一嘯歌。十里樓臺杯影過，六橋風雨夕陽多。人來白社耽魚鳥，客傍青山製芰荷。更向西泠尋舊跡，玉簫金管奈愁何。」

鎖窗寒

倭奩

巨舶巍峩，寒潮寂寞，颶風吹㗅。鸞膠鬼斧，製自海山人境。鬱金砂、屑來粒粒，明霞猶帶歐羅勝。想龍涎潛貯，冰綃偷捲，迷離交映。　光靚。伴清鏡。試摩挲小簇，玉纖留證。宮鴉一色，拖逗麗華雲影。憶當年、連弩射魚，浩蕩煙波歸未肯。更誰攜、彩扇昆刀，泛蓬壺月冷。

【箋注】

作於康熙十八、十九年間。此爲《樂府後補題》五首之一。參見前《惜秋華·牽牛花》箋注。

麗華雲影：南朝陳後主陳叔寶的妃子張麗華，髮美如烏雲。《南史》卷十二《后妃列傳·後主張貴妃》：「髮長七尺，鬒黑如漆，其光可鑒。特聰慧，有神彩，進止閑華，容色端麗。每瞻視眄睞，光彩溢目，照映左右。嘗於閣上靚妝，臨於軒檻，宮中遥望，飄若神仙。」

連弩射魚：連弩，可同發或連發數矢的弓。《史記·秦始皇本紀》：方士徐市等入海求神藥，數歲不得，費多，恐譴，乃詐曰：「蓬萊藥可得，然常爲大鮫魚所苦，故不得至，願請善射與俱，見則以連弩射之。」始皇夢與海神戰，如人狀。問占夢，博士曰：「水神不可見，以大魚蛟龍爲候。今上禱祠備謹，而有此惡神，當除去，而善神可致。」乃令入海者齎捕巨魚具，而自以連弩候大魚出射之。

李良年《鎖窗寒·倭奩》：「鳳嘴匀初，鴉翎染遍，暗藏銀孕。塵飛不上，閃閃砑光如鏡。鏤旋螺、慣填小幅，雲峰花鳥纖毫釘。料瑣魚深貯，鵰斑蛾緑，鎮教相並。　几淨。看交映。想浮天一葉，海帆風猛。鈿工市罷，估客乍添歸興。甚求仙、徐福不還，秦女曉梳猶未省。待清吟、試續香奩，衍波箋寫贈。」（《秋錦山房詞》）

鎖窗寒

即事

銀鴨香銷，湘簾獸冷，夜長生倦。寒梅未放，勒住春痕一線。聽驚沙、飛鳴陣陣，颯然似入關山怨。想參斿半落，明河斜挂，霜風如剪。　　思遠。情何限。縱文鴛交扣，繡衾爭戀。迢迢玉漏，海水注來難滿。還愁他、旅夢乍回，屈曲銅鋪門靜掩。更誰團、雪作猧兒，映小窗人面。

【箋注】

既云「即事」，必有所指。詞旨在「思遠」。「驚沙飛鳴」，非尋常閨情字眼；「迢迢玉漏，海水注來難滿」一句，怨他長夜無盡，滿含深憂與無奈。

鎖窗寒

爲梁大司農悼亡

苔濕春蕪，蛛縈繡幕，悄無人影。玉釵斷後，曲曲畫闌誰憑。怕紅絲、繫來雙燕，呢喃還向珠簾等。縱寶衣施盡，縷金裙在，淚花猶剩。　　廝映。生悲哽。記皂筴煎成，鸞膠未冷。彩雲一片，又苦斜風吹暝。步瑶臺、姊妹肩隨，茫茫那知長夜永。問何時、環珮珊然，飛下蓬萊頂。

【評】

鳳于曰：迷離哀怨。

山來曰：悽惋悲切，哀而不傷。「等」字妙押。

【箋注】

梁清標（一六二〇——一六九一），字玉立，號棠村，又號蒼巖，直隸真定（今河北正定）人。明崇禎十六年進士。清順治元年補翰林院庶吉士，授編修。初由文學侍從，歷官吏部侍郎，先後領兵、禮、刑、户四部尚書事，保和殿大學士，是爲名臣。有《蕉林詩集》、《棠村詞》。

按，康熙十一年（一六七二），梁清標由刑部尚書調任户部尚書（大司農），二十三年，以户部尚書兼掌兵部事，在大司農位上凡十三年。（《清史列傳》）

百字令 五首

詠史

海門一點，駕素車白馬，怒潮來去。回首蘇臺金虎氣，斷送幾場歌舞。鄢郢家門，荆蠻帶礪，兩地應難補。英魂猶在，空餘血淚凝注。　五千甲楯行成，十年生聚，軋軋句章艫。吴越興亡關底事，都作寒江煙霧。入楚旌旗，盟齊歲月，寂寞渾無據。蘆中人杳，區區恩怨何苦。

【評】

阮亭曰：起句英靈颯然，如見穿山脅挾文種時也。

武曾曰：逝水興亡，閒中憑弔，只百字寫來，可當一編《越絶》。

鳳于曰：每歎吴越興亡，全賴《左》、《國》、《越絶》諸篇留人慨想，不然，戰國六雄與漢陽諸姬同盡耳，得此自足千古。

【箋注】

詠伍胥潮，演繹戰國吴越興亡故事，「只百字寫來，可當一篇《越絶》」。

伍胥潮：《吴越春秋·夫差内傳》：「吴王乃取子胥（伍子胥）屍，盛以鴟夷之器，投之於江中……子胥因隨流揚波，依潮來往，蕩激崩岸。」後因以「伍胥潮」謂怒潮。

素車白馬：《太平廣記》卷二百九十一《神一·伍子胥》：「伍子胥累諫吴王，賜屬鏤劍而死。臨終，戒其子曰：『懸吾首於南門，以觀越兵來。以鱃魚皮裹吾屍，投於江中，吾當朝暮乘潮，以觀吴之敗。』自是自海門山，潮頭洶高數百尺，越錢塘漁浦，方漸低小。朝暮再來，其聲震怒，雷奔電走百餘里。時有見子胥乘素車白馬在潮頭之中，因立廟以祠焉。」

句章：春秋越國城名，越王句踐所築。原名句餘。闞駰《十三州志》：「句踐因大城句餘，彰霸功以示子孫，故曰句章。」遺址在今浙江寧波。

蘆中人：指伍子胥。《吴越春秋·王僚使公子光傳》：「楚之亡臣伍子胥奔吴，至江，漁夫渡之。見子胥有饑色，曰：『爲子取餉。』漁夫去後，子胥疑之，乃潛身於深葦之中。有頃，漁夫來，呼之曰：『蘆中人，蘆中人，豈非窮士乎！』」

田光老矣，笑燕丹賓客，都無人物。馬角烏頭千載恨，匕首匣中如雪。落日蒼涼，羽聲慷慨，壯士衝冠髮。咄哉孺子，武陽色怒而白。試問擊筑漸離，此時安在，何不同車發。負劍祖龍驚掣袖，六尺屏風堪越。貫日長虹，繞身銅柱，天意留秦劫。蕭蕭易水，至今猶爲嗚咽。

【評】

阮亭曰：此首尤逼幼安，神氣俱肖，南渡二劉絶脰未必到此。

其年曰：沉著頓挫，必傳必傳。

山來曰：無限感慨，恍聞當日變徵之聲。

【箋注】

詠戰國刺客荆軻。全用《戰國策》、《史記·刺客列傳》荆軻刺秦王故事。

田光（？—前二二七），戰國時燕國人。爲人智深而勇沉，以節俠自許。識荆軻於市井。燕太子丹聞光賢而與謀報秦仇，光以衰老辭，薦荆軻於太子。臨别，太子丹以「國之大事，愿先生勿泄」爲囑，光遂自刎以明志節。

馬角烏頭：《燕丹子》卷上：「燕太子丹質於秦，秦王遇之無禮，不得意，欲求歸。秦王不聽，謬言曰：『令烏白頭，馬生角，乃可許耳。』」

武陽：秦舞陽，戰國時燕國勇士。偕荆軻謀刺秦王，因其恐懼失態，事敗。李白《結客少年場行》：「武陽死灰人，安可與成功。」

漸離：高漸離，戰國燕人。善擊筑。荆軻將往刺秦王，「太子及賓客知其事者，皆白衣冠以送之。至易水之上，既祖，取道，高漸離擊筑，荆軻和而歌，爲變徵之聲。士皆垂淚涕泣，又前而爲歌曰：『風蕭蕭兮易水寒，壯士一去兮不復還！』復爲羽聲忼慨，士皆瞋目，髮盡上指冠。」（《史記・刺客列傳》）

貫日長虹：李白《擬恨賦》：「長虹貫日，寒風颯起。」王琦注引如淳曰：「《列士傳》曰：荆軻發後，太子自相氣，見虹貫日不徹，曰：『吾事不成矣。』後聞軻死，事不立，曰：『吾知其然也。』」

銅柱：秦王殿上銅柱。荆軻刺秦王，秦王拔劍，斷其左股，「荆軻廢，引其匕首以擿秦王，不中，中銅柱」。（《史記・刺客列傳》）

南山歸晚，遭相訶醉尉，灞亭秋暮。故李將軍猿臂在，射石猶能飲羽。虎鼠行藏，煙雲變態，若輩爭知否。霜寒草短，且尋田舍歸去。　回首百戰功名，北平上郡，歷歷風沙苦。屈指封侯諸校尉，意氣寧堪儔伍。白髮宮娃，青衫羈客，老淚同今古。掀髯一笑，塵埃野馬看取。

【評】

阮亭曰：衛霍天幸，李廣數奇，太史公於此三致意焉。然後人謂讀《衛霍傳》，不值一錢；讀

《李將軍傳》，英風如在，二者將何居耶？

武曾曰：有「草枯鷹眼，雪盡馬蹄」之概。

【箋注】

詠漢將軍李廣。全用《史記·李將軍列傳》故事。

醉尉：《史記·李將軍列傳》：「（廣）嘗夜從一騎出，從人田間飲。還至霸陵亭。霸陵尉醉，呵止廣。廣騎曰：『故李將軍。』尉曰：『今將軍尚不得夜行，何乃故也！』止廣宿亭下。」

塵埃野馬：《莊子·逍遥遊》：「野馬也，塵埃也。生物之以息相吹也。」郭象注：「野馬者，遊氣也。」成玄英疏：「此言青春之時，陽氣發動，遥望藪澤之中，猶如奔馬，故謂之野馬也。」

出師二表，與殷盤周誥，同銘金石。臣本不求聞達者，爲許先君破賊。瘴雨蠻江，秋風渭水，上將揮神筆。落星如斗，熒熒火井將熄。　今日丞相祠堂，黄鸝碧草，俯仰悲陳跡。八陣圖邊波浪湧，似恨譙周鬻國。一片降旛，千尋鐵鎖，鼎足三分失。先生已矣，何能親見銜璧。

【評】

阮亭曰：有才如此，可謂「筆補造化天無功」矣。不能名其所以，直須五體投地耳。

其年曰：拔地倚天，鯨吞鼇掣。

鳳于曰：森沉閃爍，亦詞中卧龍也。古人詩文堪頡頏者，其昌黎之《平淮西》，山谷之《題浯溪》乎？

山來曰：鳳于評是。

【箋注】

詠諸葛亮。化用諸葛亮《出師表》，杜甫《蜀相》、《八陣圖》，劉禹錫《西塞山懷古》句意。

落星如斗：《三國志・諸葛亮傳》：「其年八月，亮疾病，卒於軍，時年五十四。及軍退，宣王案行其營壘處所，曰：天下奇才也！」裴松之注引《晉陽秋》曰：「有星赤而芒角，自東北西南流，投於亮營，三投再還，往大還小。俄而亮卒。」

火井：產可燃天然氣的井。古代多用以煮鹽。《文選》左思《蜀都賦》：「火井沉熒於幽泉，高爓飛煽於天垂。」劉逵注：「蜀郡有火井，在臨邛縣西南。火井，鹽井也。」常璩《華陽國志》：「臨邛火井，諸葛亮往視後，火轉盛。」

黄鸝碧草：杜甫《蜀相》：「映階碧草自春色，隔葉黄鸝空好音。」

譙周：字允南，三國蜀國巴西西充人。博通經史，尤善書札。諸葛亮領益州牧，命爲勸學從事。劉禪爲太子，以周爲仆，轉家令，遷光禄大夫。景耀末魏軍攻蜀，力勸劉禪降魏。入魏，封陽城亭侯。

三臺鼎峙，俯清漳如帶，東流淒切。數載譙南泥水路，射獵讀書人傑。横槊悲歌，臨江灑酒，一片雄心熱。二喬何在，東風吹浪成雪。　更憶繡虎蜚聲，陳思才調，舞蔗中郎絶。縹緲西園飛蓋處，賓客應劉心折。吴蜀君臣，魏家父子，人物皆英發。何哉青史，世龍猶自羞説。

【評】

羨門曰：稼軒詞「雅健雄深太史公」，吾欲爲此詞移贈。

阮亭曰：兩段結束皆妙境，似有神助。

其年曰：置此等詞於龍門列傳、杜陵歌行間，誰曰不如？彼以填詞爲小技者，皆下士蒼蠅聲耳。

【箋注】

詠三國魏武帝曹操及其子曹丕、曹植。

三臺：曹操所建三座臺，故址在今河北臨漳縣。《文選》左思《魏都賦》：「飛陛方輦而徑西，三臺列峙以崢嶸。」張載注：「銅爵園西有三臺，中央有銅爵臺，南則金虎臺，北則冰井臺。」

譙南：譙縣南。曹操，沛國譙縣（今安徽亳州）人。

泥水路：《三國志·魏書·武帝紀》裴注：「《魏武故事》載公十二月己亥令曰：『去官之後，年紀尚少，顧視同歲中，年有五十，未名爲老，内自圖之，從此卻去二十年，待天下清，乃與同歲中始舉者等耳。故以四時歸鄉里，於譙東五十里築精舍，欲秋夏讀書，冬春射獵，求底下之地，欲以泥水自蔽，絶賓客往來之望。』」陳維崧《念奴嬌·鄴中懷古》：「猶憶秋夏讀書，春冬射獵，泥水譙南路。」

繡虎：謂曹植文辭美，才氣足。《類説》卷四引《玉箱雜記》：「曹植七步成章，號繡虎。」

舞蔗中郎：謂魏文帝曹丕，曾任五官中郎將。曹丕《典論·自敘》：「嘗與平虜將軍劉勳、奮威將軍鄧展等共飲。宿聞展善有手臂，曉五兵，又稱其能空手入白刃。余與論劍良久，謂言將軍法非也，余顧嘗好之，又得善術。固求與余對。時酒酣耳熱，方食芋蔗，便以爲杖，下殿數交，三中其臂，左右大笑。」陳維崧《夜遊宫·秋懷》：「酒醒後、槌床悲詫。使氣筵前舞甘蔗。」

西園：園林名。故址在河南省臨漳縣鄴城舊治北，傳爲曹操所建。曹植《公宴詩》：「清夜遊西園，飛蓋相追隨。」

應劉：漢末建安文人應瑒、劉楨，爲曹丕、曹植所禮遇。

世龍：石勒，字世龍，十六國時期後趙建立者。石勒曾有名言：「朕若逢高皇，當北面而事之，與韓、彭競鞭而爭先耳。脱遇光武，當並驅於中原，未知鹿死誰手。大丈夫行事當礌礌落落，如日月皎然，終不能如曹孟德、司馬仲達父子，欺他孤兒寡婦，狐媚以取天下也。朕當在二劉之

間耳，軒轅豈所擬乎！」（《晉書·載紀第五》）

百字令

張先生席上詠鸚鵡杯

濁醪妙理，向水晶宮裏，搜羅杯斝。海氣冥濛光不定，逗漏通明一罅。織水爲衣，流波似羽，鸚鵡佳名也。畫堂捧出，隴頭嫋嫋飛下。　盛來琥珀香濃，鵝兒黄嫩，浸明珠無價。想見蜃樓歌舞處，玉乳璚漿自瀉。風雪撩天，金貂滿眼，我是悠悠者。莫辭一醉，簾櫳嬌鳥相駡。

【評】

羡門曰：「風雪」數語，妙在題外題中，惝恍迷離，不可思議。

阮亭曰：鸚鵡螺，歐公曩以長歌擅場，實庵此詞，幾欲方駕。

【箋注】

濁醑妙理：杜甫《晦日尋崔戢李封》：「當歌欲一放，淚下恐莫收。濁醪有妙理，庶用慰沉浮。」

隴頭：鸚鵡多産於隴西，又名隴客、隴鳥。《文選》禰衡《鸚鵡賦》「惟西域之靈鳥兮」，李善

注：「西域，謂隴坻出此鳥也。」李白《鸚鵡洲》：「鸚鵡來過吴江水，江上洲傳鸚鵡名。鸚鵡西飛隴山去，芳洲之樹何青青。」

悠悠者：謂世俗人。悠悠，衆多貌。《史記・孔子世家》：「桀溺曰：『悠悠者天下皆是也。』」

參見前《滿江紅・德水道中》箋注。

按，王漁洋評語，認爲差可與歐陽修《鸚鵡螺》媲美。皆詠鸚鵡酒杯，一詩一詞，正可觀照。

歐陽修《鸚鵡螺》：「大哉滄海何茫茫，天地百寶皆中藏。牙鬚甲角爭光鋩，腥風怪雨灑幽荒。珊瑚玲瓏巧綴裝，珠宮貝闕爛煌煌。泥居殼屋細莫詳，紅螺行沙夜生光。負材自累遭刳腸，匹夫懷璧古所傷。濃沙剥蝕隱文章，磨以玉粉緣金黄。清樽旨酒列華堂，隴鳥回頭思故鄉。美人清歌蛾眉揚，一釂凜冽回春陽。物雖微遠用則彰，一螺千金價誰量，豈若泥下追含漿。」

百字令

天龍寺高歡避暑宫遺址和錫鬯

蒼苔古瓦，是人天法界，雪山深處。燕麥兔葵荒草地，人道高王曾住。水殿風涼，瑶臺露白，院静渾無暑。流螢閃閃，宫牆飛入無數。　遥想渭水邙山，東西蠻觸，五技繁華銷歇，紞然朝暮鐘鼓。馬稍功名，人龍意氣，總逐西風去。窮鼯鼠。勑勒老公歌慷慨，早見英雄黄土。

【評】

阮亭曰：與錫鬯是一勁對。

其年曰：章法極似老杜《哀江頭》。

【箋注】

曹貞吉生平履跡未至山西，此乃唱和之作。

天龍寺：位於山西太原天龍山，清代改稱聖壽寺。《山西通志》卷一百六十八「太原縣」：「天龍寺在縣西南三十里王索西都，北齊皇建元年建。」《山西通志》卷五十七「古蹟」：「避暑宫，（太原縣）西南三十里，北齊神武帝避暑處，俗稱皇家宅。」

高歡（四九六—五四七）：字賀六渾，原籍渤海蓨縣（今河北景縣），出身於兵户之家。東魏權臣，北齊王朝奠基人，史稱齊神武帝。

五技：謂多能而不精一技。《荀子·勸學》：「螣蛇無足而飛，鼫鼠五技而窮。」《説文·鼠部》：「鼫，五技鼠也。能飛不能過屋，能緣不能窮木，能游不能渡谷，能穴不能掩身，能走不能先人，此之謂五技。」

勑勒老公：「勑」同「敕」。斛律金，本名敦，字阿六敦，北齊朔州敕勒部人。不識字，性質直，善騎射。史載高歡攻北周玉壁城不克，士卒死者十有四五。歡恚憤，疾發，勉强坐起見諸貴，使斛律金唱《敕勒歌》以激勵士氣：「敕勒川，陰山下，天似穹廬，籠蓋四野。天蒼蒼，野茫茫，風吹草低見牛羊。」

朱彝尊《夏初臨·天龍寺是高歡避暑宮舊址》：「賀六渾來，主三軍隊，壺關王氣曾分。人説當年，離宮築向雲根。燒煙一片氤氲。想香姜、古瓦猶存。琵琶何處，聽殘勑勒，銷盡英魂。霜鷹自去，青雀空飛，畫樓十二，冰井無痕。春風嫋娜，依然芳草羅裙。驅馬斜陽，到鳴鐘、佛火黄昏。伴殘僧。千山萬山，涼月松門。」（《曝書亭集》卷二十四）

【校】

《瑶華集》卷十二收録。

百字令

朱錫鬯過訪不值悵然有寄

春風吹面，又匆匆過了，傳柑佳節。羸馬敝裘何處去，一刺懷中磨滅。日跳如丸，臣記得昨夕燈前，流連蕃錦錫鬯詞名，無縫仙衣接。白石小山門徑在，天半峨嵋幽絶。火樹連宵，歌鐘匝地，奪我冰腸潔。饑似朔，那得名心熱。思君一話，瞥然鴻爪留雪。因風寄與，重來同醉煙月。

【評】

羨門曰：含毫邈然。

【箋注】

作於康熙十八年（一六七九）初春，元宵節後。其時朱彝尊舉博學鴻詞，在京師。值朱彝尊《蕃錦集》成，欣然賞讀，故云：「記得昨夕燈前，流連蕃錦，無縫仙衣接。」參見卷下《摸魚子·題錫鬯蕃錦集》，二詞作於同時。

楊謙《朱竹垞先生年譜》：「（戊午）夏，自江寧應召入都，舍於三里河橋之南泉寺，與李徵士良年同寓……《蕃錦集》成，柯維楨序，刊行之。」

傳柑節：即元宵節。農曆正月十五夜，近臣侍飲，貴戚有以黄柑相贈之俗，見《荆楚歲時記》。蘇軾《上元侍飲樓上》詩之三：「歸來一點殘燈在，猶有傳柑遺細君。」自注：「侍飲樓上，則貴戚爭以黄柑遺近臣，謂之傳柑。」

一刺懷中磨滅：刺，名帖，名片。《後漢書·禰衡傳》：「（衡）建安初來遊許下，始達潁川，乃陰懷一刺，既而無所之適，至於刺字漫滅。」

百字令

中秋和其年，時甫過地震

晚霞成暈，似非煙籠就，霓裳仙闕。只恐清光明作鏡，照見鬢眉愁絶。靜掩珠簾，輕遮團扇，蜃霧樓臺結。憑誰吹散，玉簫聲細如髮。況是一陣罡風，須彌芥子，偶現空花劫。八柱蛟龍還掉尾，穆穆金波無缺。動魄驚心，十年兩度，錯過中秋節。餘生瓦礫，他時月底重説。

【評】

其年曰：老筆紛披。

山來曰：可與東坡《水調歌頭》一闋頡頏千古。

【箋注】

作於康熙十八年（一六七九）中秋。是年七月二十八日（公曆九月二日），京師大地震。曹貞吉一生經歷兩次地震，皆僥倖死裏逃生，彌感無常，故云「動魄驚心，十年兩度，錯過中秋節」。前度經歷地震是戊申（一六六八）六月，發生在家鄉安邱，此云「十年」，舉其成數。參見前《減字木蘭花·雜憶》其二箋注。

劉獻廷《廣陽雜記》卷一：「康熙十八年七月二十八日巳時地震，京城倒房一萬二千七百九十三間，壞房一萬八千二十八間。死人民四百八十五名。」

董含《三岡識略·京師地震》：「官民震傷不可勝計，至有全家覆没者。……内外官民，日則暴處，夜則露宿，不敢入室，晝夜不分，猶如混沌。……積屍如山，莫可辨認……三海關、三河地方平沉爲河。環繞帝都連震一月，舉朝震驚。」

八柱：《楚辭·天問》：「八柱何當？東南何虧？」王逸注：「言天有八山爲柱。」洪興祖補注：「《河圖》言，崑崙者，地之中也，地下有八柱，柱廣十萬里，有三千六百軸，互相牽制，名山大川，孔穴相通。」

陳維崧《百字令·己未長安中秋時值京都地震是夜微雲掩月》：「西風帝苑，正停杯爭盼，一輪圓月。坐久凉蟾猶未吐，藹藹暮雲偏結。低彈冰綃，深藏桂殿，不放姮娥出。也應愁見，有人千里華髮。　今夜地軸頻翻，坤輿陡撼，怕被饞蛟掣。那有銀牆和碧井，留待金波堆雪。三市霆轟，九衢電駭，屋瓦昆陽裂。問詎無恙，天邊惟剩瑶闕。」（《迦陵詞全集》卷十九）

百字令

庚申閏中秋和其年

月如無恨，便清輝萬古，長圓難缺。昔我來思渾不記，瓜果中庭重設。余生甲戌，是年亦閏八月。身世斜陽，悲歡逝水，鬢有星星髮。驚聞人語，今年兩度佳節。　卻憶去歲中秋，輕雲薄霧，黯黮[一]芙蓉闕。造物多情還補得，潑眼明蟾奇絶。再舞霓裳，平分桂影，疑對千峰雪。重陽遲了，幾行白雁能説。

【箋注】

康熙十九年庚申（一六八〇），年四十七，詞中自注所云，正是。故有「身世斜陽，悲歡逝水」之喟歎。「卻憶去歲中秋」云云，可與前首《百字令·中秋和其年時甫過地震》同觀。

陳維崧《百字令·庚申長安閏中秋》：「姮娥天上，恰晚妝添罷，更臨瑶闕。四十七年纔又見，閏了中秋佳節。中秋自甲戌閏後，今歲始再閏。再瀉金波，重懸晶餅，分外鋪晴雪。廣寒宫殿，依然翠鎖齊掣。　可惜耿耿孤光，蕭蕭夜景，縱好成虚設。贏得冰輪圓兩度，多照一番華髮。萬里鄉愁，五更寒信，幽恨憑誰説。停杯南望，山中叢桂應發。」（《迦陵詞全集》卷十九）

【校】

［一］黯黮：《百名家詞鈔》作「黯黯」。

百字令

閏八月壽阮亭

銀蟾的皪，記何時此月，重啟珠宮。羽葆虯幢紛去住，石磬飛下天中。四十七年，匆匆過卻，回首憶生嵩。仙家晝永，雕弧今日初逢。　等到人歷花磚，文登金鏡，乃許醉顔紅。李杜詩篇聞帝語，蓂莢纔發銅龍。縹緲蓬山，從容赤舄，幾見桂輪同。他年佳話，依然玉露秋風。

【箋注】

作於康熙十九年庚申（一六八〇），年四十七。參見前首《百字令·庚申閏中秋和其年》箋注。

惠棟注補《漁洋山人自撰年譜》：「故明崇禎七年甲戌閏八月二十八日亥時，山人生。」曹貞吉與王士禛同年生（崇禎七年正月二十二日），壽人或自寄感慨。

石麐：「麐」同「麟」。即石麒麟，幼兒美稱。《陳書・徐陵傳》：「時寶誌上人者，世稱其有道，陵年數歲，家人攜以候之，寶誌手摩其頂，曰：天上石麒麟也。」

蓂莢：傳説中的瑞草，又名曆莢。《竹書紀年》卷上：「（帝尧）在位七十年……有草夾階而生，月朔始生一莢，月半而生十五莢；十六日以後，日落一莢，及晦而盡；月小，則一莢焦而不落。名曰蓂莢，一曰曆莢。」

銅龍：銅龍門，飾有銅龍，爲太子宫門。亦指帝王宫闕。

赤舄：天子、諸侯所穿的鞋。赤色，重底。《詩・豳風・狼跋》：「公孫碩膚，赤舄几几。」毛傳：「赤舄，人君之盛屨也。」《詩・大雅・韓奕》：「王錫韓侯，淑旂綏章，簟茀錯衡，玄衮赤舄。」毛滂《玉樓春》：「紅顔緑髮已官高，赤舄繡裳今仲父。」

按，此爲《念奴嬌》平韻體。

卷下

解語花

詠水仙同家弟作

鏤冰作面，剪雪爲衣，溪畔盈盈女。幽懷誰許。相逢處、翠袖低垂不語。淡黄眉嫵。聽子夜、歌殘白紵。更難兼、並蒂連枝，姊妹還同侶。因念雲迷洛浦。自陳王去後，離别酸楚。明珠翠羽。相遲[一]誤、脈脈此情塵土。花魂無主。抵多少、小窗微雨。願年年、月白風清，仗東君留取。

【評】

羨門曰：後段曲傳水仙之神，幾於化工在手。近人詩「瑶臺夜冷黄冠濕，小洞秋深玉珮涼」，徒形似耳。

阮亭曰：極似《延露》佳作，宜羨門之歎絶也。

其年曰：脈脈盈盈，幾於淩波微步矣。

【箋注】

作於康熙十三年(一六七四)以前。

曹申吉(一六三五—一六八〇),字錫餘,號澹餘,山東安邱人,曹貞吉弟。十七歲中舉。順治十二年(一六五五)進士,十四年授國史院編修,充日講官。外任湖廣道參議、河南兵備道副使,得順治帝信任。康熙十年(一六七一),任貴州巡撫。康熙十二年冬,平西王吴三桂在雲南叛清,貴州失守,束手被執,遂與外界失去聯繫。康熙十九年夏,蠟書赴闕,密陳機宜,被劫歸雲南,十二月遇害於昆明雙塔寺。有《澹餘詩集》、《黔寄集》等。

以《珂雪詞》可知,曹申吉有倚聲之作,今不傳。

【校】

[一] 相遲:《百名家詞鈔》作「相逢」。

解語花

和人詠驪山温泉

蜃蒸作霧,地湧成珠,一水溶溶貯。炎涼誰主。大千界、只有清流可語。乾坤奥府。

是天地、恩波凝注。閲從來、蕭索繁華，多少傷心處。　記否長生雨露。乘春風靈液，蕩潏容與。霓裳妙舞。驚魂散、鐵騎漁陽鼙鼓。石蓮如許。想舊日、魚龍無數。悵華清、一帶蘼蕪，任撫今弔古。

【评】

羡門曰：「天地恩波凝注」，勝於「此中涵聖澤」；「悵華清、一帶蘼蕪」，勝於「竹樹陰陰碧殿寒」。世有賞音，當不以吾爲阿好。

其年曰：華清殿後，繡嶺宫前，滿目興亡，沉吟不少。如讀「汾水秋風」之曲，不得不呼「李嶠真才子」也。

書樵曰：前半雄渾，後半蒼涼，各極其致。

【箋注】

詠唐玄宗天寶末年事，驪山霓裳終爲漁陽鼙鼓所破。詞中深寄興亡盛衰之感慨，故陳其年將其比作唐代李嶠的《汾陰行》。

孟棨《本事詩》：「天寶末，玄宗嘗乘月登勤政樓，命梨園弟子歌數闋。有唱李嶠詩者云：『富貴榮華能幾時，山川滿目淚沾衣。不見只今汾水上，惟有年年秋雁飛。』時上春秋已高，問是誰詩，或對曰李嶠。因淒然涕下，不終曲而起，曰：『李嶠真才子也。』又明年，幸蜀，登白衛嶺，覽眺久之，又歌是詞，復言『李嶠真才子』，不勝感歎。」

此詞選此調《解語花》，實用唐玄宗謂楊貴妃爲「解語花」之典。王仁裕《開元天寶遺事·解語花》：「明皇秋八月，太液池有千葉白蓮數枝盛開，帝與貴戚宴賞焉。左右皆歎羨，久之，帝指貴妃示於左右曰：『爭如我解語花？』」

長生：華清宫殿名，即集靈臺。白居易《長恨歌》：「七月七日長生殿，夜半無人私語時。」樂史《楊太真外傳》：「（天寶）十四載六月一日，上幸華清宫，乃貴妃生日，上命小部音聲於長生殿，奏新曲。」

春風靈液：陳鴻《長恨歌傳》：「時每歲十月，駕幸華清宫，内外命婦，熠耀景從，浴日餘波，賜以湯沐，春風靈液，澹蕩其間。」

石蓮：鄭處誨《明皇雜録》卷下：「玄宗幸華清宫，新廣湯池，製作宏麗。安禄山於范陽以白玉石爲魚龍鳧雁，仍爲石梁及蓮花同獻，彫鐫巧妙，殆非人功。上大悦，命陳於湯中，又以石梁横亘湯上，而蓮花纔出於水際。上因幸華清宫，至其所，解衣将入，而魚龍鳧雁皆若奮鱗舉翼，状欲飛動，上甚恐，遽命撤去，其蓮花猶存。」明王履《遊華清池》：「擬傍石蓮花畔浴，只疑猶帶范陽塵。」

解語花

詠美人花間影和鳳于

伯勞偷唤，纔理晨妝，小立東風徑。綠陰深靚。苔痕濕、羅襪一鉤清冷。遲迴不定。喜蝶粉、花光相映。生憎他、倒暈明霞，漏洩驚鴻影。百裥繡裙厮稱。似天風吹墮，露桃仙井。冶遊暗省。銷凝處、怕惹離魂難靜。流輝耿耿。任撲蔌、亂紅飛暝。帶滿身、香氣歸來，向枕邊猶剩。

【箋注】

鳳于：沈爾燝。參見卷上《露華・題沈鳳于被園》箋注。

渡江雲

送蔣京少下第遊楚步其年韻

對西風一笑，碧雲黄葉，怊悵舊霜毫。珠投仍按劍，悔殺平生，未譜鬱輪袍。雪花似帆摇。女兒浦口，新婦磯邊，看江天影倒。問六朝、艨艟鐵鎖，盡逐洪濤。蘆聲瑟瑟鵾絃急，伴漁火、酒醒無聊。湘岸闊，回頭咫尺青霄。

【箋注】

作於康熙十八年（一六七九）秋。時蔣景祁舉鴻博不第，其父蔣永修在湖廣提學任，景祁將省親遊楚。

蔣景祁（一六四六——一六九九），字京少，又作荆少，宜興人。以歲貢生至府同知。康熙十八年舉博學鴻詞，未第。多與陳維崧唱和，受王士禎、朱彝尊賞識。有《東舍集》、《梧月亭詞》、《罨畫溪詞》。輯清人詞選《瑶華集》。

珠投：喻有才能的人得不到賞識和重用。語出《史記·魯仲連鄒陽列傳》：「臣聞明月之珠，夜光之璧，以闇投人於道路，人無不按劍相眄者。何則？無因而至前也。」

鬱輪袍：古曲名。相傳爲王維所作。薛用弱《集異記》載：王維未冠而有文名，又精音律，妙能琵琶，爲岐王所重。維方將應舉，求王庇借。王遂引至公主第，使爲伶人。維奏新曲，號《鬱輪袍》，爲公主所激賞，乃爲之説項，維遂得高中。

女兒浦：江南地名，多泛指。黄庭堅《山谷外集詩注》卷十四《學元翁作女兒浦口詩》：「五老峰前萬頃江，女兒浦口鴛鴦雙。鷺飛何處沙上宿，夜雨釣船燈照窗。」注：「女兒浦，隸江州德化。」方岳《丫頭巖》：「君不見新婦磯，女兒浦，小姑嫁與彭郎去。」

新婦磯：即望夫山，所在多有，泛指。楊維楨《西湖竹枝歌》：「家住西湖新婦磯，勸君不唱縷金衣。」吴偉業《題鴛湖閨詠》：「女兒浦口堪同住，新婦磯頭儗種田。」

宋王楙《野客叢書》卷二十一：「徐師川云：張志和《漁父詞》曰『青箬笠，緑蓑衣，斜風細雨不須歸』，顧況《漁父詞》曰『新婦磯邊月明，女兒浦口潮平』，故魯直取張、顧二詞，合爲《浣溪沙》，曰：『新婦磯邊眉黛愁。女兒浦口眼波秋。鷺兒錯認月沉鉤。青箬笠前無限事，緑蓑衣底一時休。斜陽細雨轉船頭。』……仆觀權德輿詩，亦曰『新婦磯頭雲中斂，女兒灘畔月初明』，新婦磯對女兒浦，唐人不止顧況。」

陳維崧《渡江雲·送蔣京少下第遊楚次儲廣期原韻》：「向長安市上，仰天長嘯，悔殺彩爲毫。月明無賴極，又炤征南，萬將赤霜袍。掉頭仍向，瀟湘去、去採離騷。算襄樊、幾般往事，一半屬孫曹。舟摇。天低滴黛，竹瘦凝斑，任崖傾峽倒。恨茫茫、一軍鐵甲，九派銀濤。潯陽夜火黄州雪，應爲我、徙倚無聊。吾衰矣，漫勞送上雲霄。」(《迦陵詞全集》卷十七)

朱彝尊《渡江雲·送蔣京少入楚省覲》：「蓼蓼街鼓歇，鷺沙紛捲，白日淡幽州。望疏林郭外，剪剪酸風，觱栗響籬頭。三杯兩盞，旗亭酒、怎把人留。看一霎、鞭絲茸帽，驅馬度盧溝。離愁。萬重煙樹，千疊雲山，縱相思夢有。尋不到、清江古渡，黄鶴空樓。趨庭正值椒花讌，醉春

盤、儘許風流。能記憶，買田陽羨人否。」（《曝書亭集》卷二十五）

儲方慶《送蔣京少下第遊楚，時京少尊人督學楚中》：「漢皋灃浦正蕭蕭，欲採芙蓉洲渚遥。九月風寒吹落葉，五陵人去敝輕貂。還家尚隔丹陽路，送客重題司馬橋。誰道榮親須致主，近來桂樹日飄飖。」（《儲遯菴文集》卷十二）

渡江雲

欲雪

濕雲黏似絮，關山凍合，風色偃貂裘。玉樓寒起粟，知是仙人，咫尺駕銀虬。黄昏漠漠，窗影黑、思掛簾鉤。誰剪碎、明河冰水，一夜下皇州。　還愁。孟婆潦倒，滕六商量，怕梅花孤瘦。又化作、輕煙薄霧，繚繞枝頭。五更錯認虚生白，最分明、碧落清幽。成獨笑，飛瓊畢竟遲留。

【評】

其年曰：結語傲睨。

山來曰：句句是欲雪，妙甚。

【箋注】

玉樓：道教術語，謂肩。蘇軾《雪後書北臺壁二首》其二：「凍合玉樓寒起粟，光摇銀海眩生花。」參見卷上《祝英臺近・木稼》箋注。

孟婆：傳説中風神。蔣捷《解佩令・春》：「春雨如絲，繡出花枝紅裊。怎禁他、孟婆合皂。」

滕六：傳説中雪神。牛僧孺《玄怪録・蕭志忠》：「黄冠曰：『蕭使君每役人，必恤其饑寒，若祈滕六降雪，巽二起風，即不復遊獵矣。』」

虚生白：《莊子・人間世》：「虚室生白，吉祥止止。」謂心中純淨無欲。

珍珠簾

爲牧仲題《楓香詞》

烏絲閒寫柔情句。吟紅豆、才子梁園新賦。高調和人稀，似引商刺楚。憶佩雙鞬隨豹尾，譜出塞、淒風零雨。辛苦。早中年易感，鬢絲添素。　又向粉署爲郎，聽薰香侍史，鵾笙曲度。動魄復驚心，耿一天星露。江上青楓聞鐵撥，抵多少、海飛山怒。休訴。倩岑牟狂客，撾殘羯鼓。

【評】

山來曰：跌宕纏綿，三復此詞，並覺《楓香》佳句可挹。

鳳于曰：絶似《惜香樂府》。

【箋注】

作於康熙十七年（一六七八）。詞云「又向粉署爲郎」，粉署，尚書省別稱。此謂宋犖本年陞刑部員外郎。參見卷上《天香・詠緑牡丹爲牧仲作》。

宋犖自撰《漫堂年譜》：「（康熙）十六年丁巳，余四十四歲。正月，補理藩院院判。」「王阮亭祭酒選刻《長安十子詩略》，余及葉井叔封、林蜚伯堯英、曹升六貞吉、田子綸雯、王幼華又旦、曹頌嘉禾、顔修來光敏、汪季用懋麟、謝方山重輝也。」「十七年戊午，三月，陞刑部貴州司員外郎。」

吟紅豆：宋犖《楓香詞》無以「紅豆」為題者。《西陂類稿》卷二十二有與錢介維等人同作之《紅豆聯句》。

梁園：參見卷上《蝶戀花・送沈郎再用前韻》「記得梁園歌一闋」箋注。

豹尾：豹尾車，天子屬車，亦用以稱天子鹵簿儀仗。吴自牧《夢粱録・駕詣景靈宫儀仗》：「鹵簿儀仗，有高旗大扇，畫戟長矛，以五色。介胄跨馬之士，或小帽錦繡抹額者……或持竿上懸豹尾者，持短竿者。」宋犖十四歲即入選爲三等侍衛，其《漫堂年譜》當年云：「郊廟朝會，皆得厠屬車豹尾間」，「九月大羽獵，自午門前乘馬佩弓矢，扈蹕行歷文安、霸州、西山，凡二旬而返。」「還經桑乾河，天寒冰縮，尚數丈餘，舉揚鞭大呼，躍馬而過，上顧之色喜。」

岑牟狂客：謂彌衡。岑牟，古代鼓角吏的帽子，代指下吏。牟，通「鍪」。《後漢書・禰衡》：「（曹操）聞衡善擊鼓，乃召爲鼓史，因大會賓客，閱試音節，諸史過者，皆令脱其故衣，更著岑牟單絞之服。次至衡，衡方爲漁陽參撾，蹀躞而前，容態有異，聲節悲壯，聽者莫不慷慨。衡進至操前而止，吏訶之曰：『鼓史何不改裝，而輕敢進乎？』衡曰：『諾。』於是先解衵衣，次釋餘服，裸身而立，徐取岑牟、單絞而著之，畢，復參撾而去，顔色不怍。操笑曰：『本欲辱衡，衡反辱孤。』」

宋犖自題《楓香詞》，調用《青玉案》。同時人題詞調用《珍珠簾》同曹貞吉「句」字韻者有兩首。

陳維崧此年入京應鴻博，結識曹貞吉，有《珍珠簾・題宋牧仲〈楓香詞〉次曹實庵韻》：「當時紅杏尚書句。宋玉今朝風賦。螢火柳綿詞，鬬陽阿激楚。牧仲咏螢、咏絮二詞，尤爲絶調。五色蠻箋螺子墨，渲染縠、微雲疏雨。淒苦。滿歌坊粉壁，舞巾紈素。　一曲減字偷聲，聽小屏風後，玉簫潛度。低囀隔林鶯，碎一庭花露。鶗鴂又砉關山調，似萬馬、憑秋而怒。相訴。我中年以後，冰絃怕鼓。」（《迦陵詞全集》卷十六）

錢柏齡《珍珠簾・題〈楓香詞〉》：「等閒敲出紅牙句。多應是、仙骨藐姑同賦。何似舊蘭臺，擅風流三楚。幾疊清商高雪苑，渾洗卻、梨雲杏雨。良苦。惹雙鬟十八，爭持紈素。　那更叔夏蘋洲，到寫生絶處，頰毫輕度。若待捧吟時，定浣鬟薇露。調笑郵亭情漫切，縱怨極、何曾薄怒。如訴。莫空江夜靜，一彈再鼓。」（《瑶華集》卷二十二）按，錢柏齡，字介維，號立山，江蘇華亭人，監生。康熙十七年底，隨宋犖出京視榷贛關。

珍珠簾

賦得「水晶簾下看梳頭」

雕房幾曲桐陰裏。金塘側、第一傾城姝麗。鬟鬌照人明，學遠山螺髻。蟬影花光相撩亂，襯一片、芭蕉濃翠。清綺。更珊鉤犀押[一]，冷波横地。　疑是。月底初逢，被冰輪掩映，織綃情思。宛轉戢瓊顔，倩曉風吹起。人在銀河清淺處，倚白玉、欄干如水。心醉。想道書慵把，幽懷旖旎。

【評】

其年曰：玉殿瑶臺，一清如水。

山來曰：「清綺」二字可移以贈此詞。

【箋注】

賦題出自元稹《離思五首》其二：「山泉散漫繞階流，萬樹桃花映小樓。閒讀道書慵未起，水晶簾下看梳頭。」

按，陳維崧有《薄倖·賦得水晶簾下看梳頭》，汪懋麟有《眼兒媚·賦得水晶簾下看梳頭》。

【校】

［一］犀押：《百名家詞鈔》同，《國朝詞綜》作「遲押」。

木蘭花慢

送孫開盛假歸用稼軒韻

桑乾河畔路，沙似雪、是還非。想杖策從軍，頻年轉戰，今始成歸。金鞿。山南射虎，更淋漓醉墨染弓衣。白馬青絲未了，霜鱸紫蟹空肥。　擁麾。清渭駐全師。落日二陵西。早一騎黃塵，數聲清角，東下旌旗。依稀。四明狂客，看江湖滿地鷓鴣飛。無那孫郎病骨，不勝玉繞金圍。

【評】

羨門曰：想見傅修期一流人物。

山來曰：此調二字句最難安頓，今三闋俱妙，極自然。

【箋注】

孫開盛：未詳，詞中「杖策從軍，頻年轉戰」云云，應是武職。「清渭」、「二陵西」云云，當駐於渭水、殽山一帶。彭羨門稱此詞描摹孫開盛如同南北朝時名將傅永（字修期）。

白馬青絲：語出《隋書·五行志上》：「大同中，童謡曰：『青絲白馬壽陽來。』其後侯景破丹陽，乘白馬，以青絲爲羈勒。」後人多用以形容英武形象。蘇轍《次韻子瞻人日獵城西》：「翩翩白馬將，手把青絲挑。少小事邊徼，斬刈輕茶蓼。」

四明狂客：唐代詩人賀知章，字季真，會稽人。性放曠，善談説。開元中遷太子賓客，兼秘書監。晚年尤加縱誕，自號四明狂客，又稱秘書外監。天寶初致仕，還鄉爲道士。孫開盛或爲會稽人，故云。

鷓鴣飛：此謂會稽（越中）古城景物。李白《越中覽古》：「宫女如花滿春殿，只今惟有鷓鴣飛。」

玉繞金圍：謂歌筵舞席。羅隱《寄前宣州竇常侍》：「噴香瑞獸金三尺，舞雪佳人玉一圍。」

木蘭花慢

寄武曾

故人知我在，枉尺素，自菰蘆。想秋錦堂中，蕭然四壁，鶴徑親鋤。蘧廬。不堪回首，望青山一髮淚痕枯。九日龍番葉落，三秋葛鏡霜鋪。　歸歟。迢遞歲華徂。渺渺正愁予。想夢覺沉吟，鳥名脱佛，魚唤娵隅。南湖。先生健否，正長安冰雪上鬢鬚。辛苦馮唐老矣，煙波垂釣何如。

【評】

羨門曰：「青山一髮淚痕枯」，視「别淚滴清潁」，其句彌工，其情彌苦。

武曾曰：洗馬言愁，令人心折，況聽者如予也，雙鯉南來，斷腸久矣。

【箋注】

大概作於康熙十三年（一六七四）秋冬之際。李良年康熙十二年秋由貴州返鄉，冬抵秀水。此後與曹貞吉有書信聯繫。詞云「秋錦堂中」、「南湖，先生健否」，表達對朋友歸來後菰蘆生涯的關切，而「望青山一髮淚眼枯」，則是在曹申吉「附逆」的紛紛傳聞下，流露出内心凶多吉少的深憂乃至絶望。參見卷上《減字木蘭花・雜憶》、《留客住・鷓鴣》，卷下《賀新涼・寄李武曾用朱錫鬯韻》諸篇箋注。

李良年（一六三五—一六九四），字武曾，號秋錦，秀水人（今浙江嘉興），諸生。少有雋才，與兄李繩遠、弟李符齊名，時稱「三李」，又與朱彝尊並稱「朱李」，「浙西六家」之一。往來南北，遊蹤幾遍天下。康熙十年春入曹申吉幕，隨同入貴州，十二年秋還，僥倖未及「三藩」之亂。十八年，舉博學鴻詞，未遇。有《秋錦山房集》。

蘧廬：驛舍，旅舍。語出《莊子·天運》：「仁義，先王之蘧廬也，止可以一宿，而不可久處。」郭象注：「蘧廬，猶傳舍。」

青山一髮：青山輪廓僅如髮絲，極言其遥遠。蘇軾《澄邁驛通潮閣》：「杳杳天低鶻没處，青山一髮是中原。」

龍番：元代黔南地區苗族部名，即「八番」中的大龍番、小龍番。

葛鏡：橋名，位於今貴州省福泉市東南，横跨麻哈江，拱於兩岸絶壁之上，江心一石爲砥柱，設計絶妙，爲「西南橋梁之冠」。明萬曆年間郡人葛鏡所建。

娵隅：西南少數民族稱魚爲娵隅。《世説新語·排調》：「郝隆爲桓公南蠻參軍……既飲，攬筆便作一句云：『娵隅躍清池。』桓問娵隅是何物，答曰：『蠻名魚爲娵隅。』」

脱佛：即託佛，音譯之詞。李良年《買僮》詩：「鵠面看來似，蠻音聽總殊。鳥偏嗔託佛，魚只唤娵隅。」自注云：「託佛，猶言曬翅也。蠻地多雨，見之則喜。」（《秋錦山房集》卷四）按，李良年隨曹申吉入黔後，萬里之遥，與貞吉也有尺牘詩詞唱和，曹詞此處即用李詩之語。

馮唐：西漢扶風安陵人。文帝時爲郎中署長，敢直諫。身歷三朝，至武帝時，舉爲賢良，而年已九十餘。見《史記·張釋之馮唐列傳》。王勃《秋日登洪府滕王閣餞别序》：「嗟乎！時運不齊，命途多舛，馮唐易老，李廣難封。」

李良年歸秀水後，有《與曹實庵》書：「關河杳邈，傳聞異辭，伏處荒村，追惟曩誼，不獨先生有對床之感矣。此種情懷，非可托諸筆墨……憶昨棲遲天末，驛使裝書，郵箋乞句，天倫多贈答之章，賤子荷品題之目，此時此樂，何可再尋，鷓鳥竹雞，已成陳跡，如何如何！」（《秋錦山房外集》卷一）

按，得曹貞吉此詞，李良年有《與曹升階》書：「客冬手書賜答，仰荷垂意，更辱見懷倚聲，撫昔念今，情詞婉折，拜讀之餘，百端交集矣。」（《秋錦山房外集》卷一）

木蘭花慢

送徐方虎假歸

官河懸夕照，帆十丈，影垂垂。正白露橫空，寒蛩聲急，蘆葉爭飛。追隨。東門千騎，羨相如擁傳有光輝。驛路水明沙碧，江鄉蟹美鱸肥。　東籬。無恙柘桑圍。罨畫越來溪。早魚鳥關心，煙霞寄傲，才子初歸。燃藜。龍門太史，擬江山賀監是耶非。莫戀紫蓴紅蓼，來司玉册金泥。

【評】

羨門曰：苕霅故當不讓鑒湖。

武曾曰：逸興遄飛。

【箋注】

作於康熙十五年丙辰（一六七六）秋。

徐倬（一六二四—一七一三），字方虎，號蘋村，浙江德清人。康熙十二年（一六七三）進士。改翰林院庶吉士，授編修。因病還鄉。歸養十年後，入京任國子監司業。三十二年，陞侍讀，告老歸。著《全唐詩録》一百卷，有《蘋村類稿》。

魏象樞《送徐方虎編修假歸》一詩（《寒松堂全集》卷七），作於康熙十五年丙辰（一六七六）七、八月間，則徐方虎因病告假歸里當在是時。

相如擁傳：謂榮歸。擁傳，使用驛站車馬。《華陽國志》卷三：城北十里，有升仙橋、送客觀。司馬相如初入長安，題市門曰：「不乘赤車駟馬，不過汝下。」

越來溪：水名，在蘇州吴县横山下。范成大《紹定吴郡志》卷八：「越來溪，在越城東南，與石湖通，溪流貫行春及、越溪二橋，以入横塘，清澈可鑒。越兵自此溪來入吴，故以名。」

龍門太史：司馬遷出生於陝西龍門山，自來有「龍門太史」之稱。徐方虎職翰林院編修，爲史官，故以「龍門太史」擬之。

按，宋犖《水調歌頭・秋日送徐方虎太史給假省親歸武源》、高士奇《念奴嬌・送徐方虎編修歸吴興》，田雯《送徐方虎編修歸湖州》，皆同時送行而作。

桂枝香

蟹

風清露細。早稻熟江鄉，嫩涼無比。八跪雙螯郭索，迷離煙水。斷蘆折葦洲邊憩，羨輪囷、行沙如駛。寒潮來去，孤舟没滅，漁燈初起。　正好是、荒村雨霽。問何人[一]笭箵，蕭然汀嘴。小市平橋，過處霜天凝紫。橙黄橘緑登高會，醉東籬、酒人風致。依稀記得，魚莊設簖，夜分無寐。

【評】

武曾曰：兩尾句的是齊魯間風景，輟筆有鄉園之思矣。

鳳于曰：描寫入微，讀「橙黄橘緑」數語，更令人食指欲動，真不數「一殼玄黄玳瑁膏」也。

【箋注】

作於康熙十七、十八年間，内閣中書任上。和南宋遺民《樂府補題》五首之一，見卷上《天香・龍涎香》箋注。

橙黄橘緑：蘇軾《贈劉景文》：「一年好景君須記，正是橙黄橘緑時。」按，徐渭《錢王孫餉蟹》：「百年生死鸕鷀杓，一殼玄黄玳瑁膏。」

【校】

［一］問何人：《百名家詞鈔》作「有何人」。

齊天樂

蟬

前身疑是空山侶。遺蛻杳然仙去。露給資糧，形藏密葉，有得孤高如許。緑陰亭午。引天籟笙簧，移宮換羽。雨後微涼，餘音摇曳過庭樹。依稀銀雁柱緊，被晚風吹斷，曼聲淒楚。八尺琉璃，半簾蒼翠，睡起了無情緒。秋來更苦。咽四壁寒蛩，無聊和汝。且莫哀吟，覓疏林宿處。

【評】

錫鬯曰：數語極似草窗。

山來曰：形容盡致，後半闋更具疏引清商之感。

【箋注】

作於康熙十七、十八年間，内閣中書任上。和南宋遺民《樂府補題》五首之一，見卷上《天香・龍涎香》箋注。

齊天樂

春晚同諸子遊祖園

城南韋曲東風路。長蕪綠暗如許。帽影參差，衣香掩冉，漸入水雲多處。閒亭列俎。似鮭菜江鄉，茶煙顧渚。浣盡京塵，一雙布穀樹陰語。　深卮且共斟酌，怕穿林風雨，亂紅無數。節過浮觴，人同荷鍤，作達全忘羇旅。遊絲飛絮。倩燕嘴蜂鬚，將春繫住。芍藥開時，又攜尊看去。

【評】

其年曰：流連節物，愛惜景光，遂爾一往盡致。

山來曰：「燕嘴」句幽倩安閒，令人咀嚼不盡。

【箋注】

祖園：又名祖家園，在京都城南右安門外，近萬泉寺，園有荷亭，爲詩酒遊賞之地。

曹貞吉《春晚同牧仲湘舞二鮑顓士元禮寓鮑偶遇祖園小飲各賦絶句》，田雯《雨後出右安門自祖園至豐臺看花》，李澄中《與齊貞吉家德公伯含卧衡飲祖家園水亭》，宋犖《遊祖園雜詩七首》等，皆詠此園遊賞事。

韋曲：地名。唐代長安城南郊，址今陝西省長安縣。因韋氏世居於此得名。依山傍水，林木繁茂，貴家園亭、侯王別墅群集，爲當時遊覽勝地。杜甫《奉陪鄭駙馬韋曲》：「韋曲花無賴，家家惱殺人。」

顧渚：山名，在浙江湖州長興縣西北，唐以來以産茶著名。

節過浮觴：謂過了三月三日「曲水流觴」之上巳節。宋無名氏《齊天樂·壽碧澗三月初一》：「那堪流觴節近，一樽相慶處，何用辭醉。」

荷鍤：用「劉伶荷鍤」之典。《晉書·劉伶傳》：「初不以家産有無介意。常乘鹿車，攜一壺酒，使人荷鍤而隨之，謂曰：『死便埋我。』其遺形骸如此。」

宋犖《齊天樂·春日同諸公遊祖園分賦》：「柳煙如織綿初落。好春尚留南郭。野色分橋，輕陰漲圃，仿佛江鄉池閣。碧桃吐萼。更紅藥芽新，紫藤苞弱。斜日溪亭，半篙綠水燕低掠。舊遊歲華已遠，賓朋仍此地，共傾山酌。扇底眉彎，花間句麗，多少相思依約。東風輕薄。漸吹得羈人，鬢絲非昨。一曲高歌，醉中天作幕。」（《西陂類稿·楓香詞》）

水龍吟

詠柳絮用坡公楊花韻

千紅萬紫誰留，頻驚暗裏韶光墜。飛來何處，漫天香雪，撩人情思。纔過平橋，又穿小徑，柴門深閉。任蜂鬚燕嘴，交銜不定，三眠了，還三起。記得鵝黄初擱，等閒間、又成虛綴。曉風乍引，離魂難定，杜鵑聲碎。飄泊無心，輕狂有態，恨拋流水。願年年常傍，永豐坊側，看伊清淚。

【評】

阮亭曰：與羨門「螢」、「蓮」二詞可以頡頏。

武曾曰：冷蒨疏葩，妙無組織。

【箋注】

三眠三起：《三輔故事》：「漢苑中柳，狀如人形，曰人柳，一日三眠三起。」唐韓鄂《歲華紀麗・春》：「日夜分，草木動，柳三眠而盤地，花五出以照人。」

永豐坊：地名，在唐東都洛陽。白居易曾賦《楊柳枝詞》云：「一樹春風千萬枝，嫩如金色軟如絲。永豐西角荒園裏，盡日無人屬阿誰。」後傳入樂府，遍流京師。唐宣宗聞之，下詔取其兩枝植於禁苑中。

宋犖《永遇樂・柳絮和曹實庵》:「望去非花,飄來疑雪,輕狂如許。未作浮萍,已離深樹。此際誰爲主。隋堤三月,幾回翹首,一片漫天飛舞。最堪憐、無根無蒂,總被東風弄汝。踏歌魏女。離情多少,問道春光何處。乍撲空簾,旋黏芳徑,好倩鶯銜取。還思往日,鵝黄初染,變態頓分今古。枉垂著、長條踠地,綰伊不住。」(《西陂類稿・楓香詞》)

水龍吟

白蓮

平湖煙水微茫,箇人彷彿横塘住。碧雲乍起,羽衣初試,靚妝楚楚。露下三更,月明千里,悄無尋處。想蘆花蘋葉,溟濛[一]一色,迷玉井、峰頭路。　莫是苧蘿未嫁,曳明璫、若耶歸去。遊仙夢杳,瑶天笙鶴,淩波微步。宿鷺飛來,依稀難認,風吹一縷。泛木蘭舟小,輕綃掩映,問誰家女。

【評】

其年曰:人常呼衍波爲「王桐花」,閲此闋,我欲呼先生作「曹白蓮」矣。

武曾曰：供奉醉中作《白蓮序》，宫人以冰水沃之，若朗吟斯闋，自當勸以香醪。

【補評】

陳廷焯《雲韶集》：宋末詠白蓮名作多矣，總無此作勻貼。（换頭）運典亦輕鬆有致。（結句）閒雅之極，真古人也。

譚獻《篋中詞》：瑶臺嬋娟。

【箋注】

作於康熙十七、十八年間，内閣中書任上。和南宋遺民《樂府補題》五首之一，見卷上《天香·龍涎香》箋注。

玉井：傳説華山峰頂有玉井，産蓮。韓愈《古意》：「太華峰頭玉井蓮，開花十丈藕如船。」錢仲聯集釋引韓醇曰：「《華山記》云：『山頂有池，生千葉蓮花，服之羽化，因曰華山。』」

苧蘿：山名，在浙江諸暨，爲越國美女西施的出生地。《吴越春秋》卷九：「乃使相者國中得苧蘿山鬻薪之女，曰西施、鄭旦。」

若耶：溪名，在浙江省紹興市南。出若耶山，溪旁舊有浣紗石古跡，相傳西施浣紗於此，故又名浣紗溪。

【校】

［一］溟濛：《百名家詞鈔》同，《國朝詞綜》、《篋中詞》作「空濛」。

水龍吟

春日送客過慈仁寺感舊

尋常彈指聲中，優曇偶現空王地。海棠著錦[一]，丁香衣紫，霞烘煙細。急管哀絲，青衫白袷，嬉春情味。歎穠華電擲，風流雲散，容易下、中年淚。　身是金閨倦客，賦渭城、重過蕭寺。倡條冶葉，笑人岑寂，樹猶如此。只有孤松，似曾扶我，當時沉醉。倩禪燈老衲，往來指點，説花[二]榮瘁。

【評】

其年曰：未免有情，誰能遣此。讀此數過，髣髴「洗馬渡江」時也。

武曾曰：俯仰陳蹤，如訴如怨，僕本恨人，何能再讀。

山來曰：一字一珠。

【箋注】

慈仁寺：又名報國寺，位於今北京市廣安門大街之北。始建於元，名報國寺。明成化年間，憲宗爲周太后之弟周吉祥重修，改名慈仁寺。清康熙十八年（一六七九）大地震中坍塌，十九年重修，改名大報國慈仁寺。寺内有毗盧高閣，金代古雙松，窯變觀音像，歷來爲登高詠賞之勝地。

明孫承澤《春明夢餘録》卷六十六：「元報國寺在元彰義街，今廣寧門内，成化改大慈仁寺。後有高閣，西山翠色，以手可挹。前殿雙松，離奇飛舞，有如怒虬。閣下窯變觀音，僅高尺許，寶冠緑帔，瞑而右倚，以手承頤，宛是吴道子妙畫。」

笑人岑寂：劉克莊《賀新郎・九日》：「若對黄花孤負酒，怕黄花也笑人岑寂。」

樹猶如此：《世説新語・言語》：「桓公北征經金城，見前爲琅邪時種柳，皆已十圍，慨然曰：『木猶如此，人何以堪！』攀枝執條，泫然流淚。」

孤松扶我：辛棄疾《西江月・遣興》：「昨夜松邊醉倒，問松我醉何如。只疑松動要來扶，以手推松曰去。」

【校】

［一］著錦：《瑶華集》卷十三作「碎錦」。

［二］説花：《瑶華集》卷十三作「説他」。

水龍吟

詠蠟梅

嶺頭異種誰留，檀心初暈猶含凍。輕黄試著，歌翻金縷，曉風吹送。剪蠟王郎，等閒妝點，珠珠成鳳。想壽陽閣下，飛來一片，遠山際，蜂黄擁。記否師雄曾夢。月朧朧、拂衣寒重。颯然驚覺，天空雲淨，翠禽微哢。乳色侵鵝，流光照夜，暗香浮動。願明年更綴，如來金粟，淡煙低攏。

【評】

羨門曰：用蠟事，僻而巧，典而新。

山來曰：工於賦物，千古獨步。

【箋注】

曹貞吉《珂雪二集》有《詠將開蠟梅》、《再詠蠟梅》，作於康熙八年（一六六九）歲暮，在京殿試時。

剪蠟王郎：謂南齊王僧虔，劉宋侍中王曇首之子。《南齊書·王僧虔傳》：「曇首兄弟集會諸子孫，弘子僧達下地跳戲，僧虔年數歲，獨正坐采蠟燭珠爲鳳凰。弘曰：『此兒終當爲長者。』」

壽陽：南朝宋武帝女壽陽公主。公主人日卧於含章殿簷下，梅花落額上，成五出之華，拂之

不去。皇后留之，自後有梅花粧，後人多效之。（《太平御覽》引《宋書》）

師雄：唐五代筆記《龍城録》載，隋開皇中，趙師雄遷羅浮，一日天寒日暮，於松竹林間見美人，淡妝素服出遊，時已昏黑，殘雪未消，月色微明，師雄與語，言極清麗，芳香襲人，因與之叩酒家共飲。少頃，一緑衣童來歌舞，師雄醉寢，但覺風寒襲人。久之，東方已白，起視，乃在梅花樹下，上有翠羽，啾嘈相顧，月落參横，但惆悵而已。

憶舊遊

題郭熙《秋江行旅圖》

看迷離一片，淼淼洪波，漠漠平沙。烏桕丹楓岸，問何人驢背，悵望天涯。驚風亂葉飛墜，帽影任敧斜。況幾縷殘雲，千尋疊嶂，滿目蒹葭。　荒寒入真境，是舊日河陽，貌寫煙霞。曾記遊吴楚，泛扁舟東下，指點神鴉。少年回首一夢，江上聽悲笳。更對此何堪，京塵如霧開楝花。

【箋注】

郭熙：字淳夫，北宋畫家，河陽温縣（今屬河南焦作）人。熙寧元年（一〇六八）召入畫院。擅長山水寒林，深受神宗恩寵，有「神宗好熙筆」，「評爲天下第一」之譽。

瑞鶴仙

詠灌嬰廟瓦硯照夢窗詞填

嶙峋黄玉璞。化陶泓光怪，藝林棲託。梅花費雕琢。問何時出土，琉璃如削。漢家封爵。是潁陰、諸侯刻桷。歎灌池、遺廟荒涼，惆悵風雲刀槊。猶昨。滎陽屯後，白馬盟書，丹青酬酢。幾年索寞。人礪劍，牛磨角。論功高值得，詞華消受，十二龍賓盤礴。試代他、盾鼻磨來，筆花亂落。

【評】

阮亭曰：賦廟賦瓦賦硯，凡作數層洗發，剥芭蕉手也。

其年曰：「人礪劍」六字，是張王樂府中語。

【箋注】

《詠物十詞》之一，詠李元鼎珍藏的灌嬰廟瓦硯。時人多有題詠。此謂「照夢窗詞填」，即用吴文英《瑞鶴仙》詞體。

灌嬰（？—前一七六），睢陽（今河南商丘）人，漢朝開國功臣，封潁陰侯，官至太尉、丞相。

洪邁《容齋續筆》卷十二：「贛州雩都縣故有灌嬰廟，今不復存。相傳左地嘗爲池，耕人往往於其中耕出古瓦，可窾爲硯。予向來守郡日所得者，刓缺兩角，猶重十斤。瀋墨如發硎，其光沛然，色正黄，考德儀年，又非銅雀比。」

王士禎《池北偶談》卷十四「灌嬰廟瓦」條：「吉水李梅公侍郎元鼎，有硯五瓣如梅花狀，質如黄玉，雜翡翠丹砂之色，纍纍墳起，云是灌嬰廟瓦。一時文士多賦之。故友鄒程村祗謨作硯考，引洪文敏《容齋隨筆》灌瓦硯銘爲證。」

滎陽：劉邦與項羽相持爭奪之地，今河南滎陽市。滎陽之戰，發生於漢三年（前二〇四），灌嬰隨漢王劉邦戰，功最著。

宴清都

詠宋人大食瓷茶杯[一]

猶帶鯨波冷。遥天色、斷雲微露清影。玻璃質脆，盈盈不類，汝哥官定。曾隨貝葉金書，煩赤罽、拳鬚管領。而今作、承露銅盤，仙人淚滴猶剩[二]。　思量紫袖昭容，白頭阿監，深夜調茗。松濤罷響，流泉淡注，碧梧銀井。那堪回首天上，空暗憶、龍團鳳餅。伴高齋、瀟灑琴罇，小窗日永。

【評】

阮亭曰：無中生有，前段似閻立本畫，後段似唐人華清宮詩。

其年曰：秋槐葉落，滿紙閒愁。

山來曰：渲染自然，饒有瀟灑出塵之概。

【箋注】

《詠物十詞》之一，詠宋犖（牧仲）珍藏的宋代大食甆杯。蔣景祁有同題同調之作。

大食：原爲伊朗某部族之稱。唐以來，用以稱阿拉伯帝國。《新唐書・西域傳下》：「大食，本波斯地。男子鼻高，黑而髯。女子白皙，出輒障面。日五拜天神。」

蔣景祁《宴清都・牧翁賽大食甆杯一具，曹實庵舍人以味茶，牧翁曰子爲我酌酒，遂應命》：「雨後空青色。花甆好、殊方葬此奇質。冰綃薄似，浪紋叠就，淺深寬窄。樓船舊日東出。幾釀盡、風腥波黑。記有人、數遍山驛水驛，薦上瑤席。　誰識。紅杏前身，悲秋後裔，風骨清立。叵羅拋擲，琉璃謝卻，愛爾長吸。憐伊遠來津涉，衣典罷、玉缸春碧。最好是、花底朝回，留髡作

客。」（《瑶華集》卷十四）

【校】

［一］《百名家詞鈔》題爲「詠大食瓷茶杯爲牧仲作」。

［二］猶剩：《詠物十詞》同。《白名家詞鈔》、《瑶華集》作「還靚」。

花犯

詠花鴨[一]

傍雕欄，啄花唼葉，呼名任遊戲。依稀蘆岸，蘸拍拍煙波，成隊飛起。紅裙偷裹採蓮女，船頭競弄水。好趁取、碧天雲淡，桄榔斑暗記。　何人竹弓莫輕彈，鴛鴦交頸處，驚他濃睡。爭撲鹿，澄潭下、嫩黄難比。渾迷卻、斷霞一點，看隻影、横斜穿暮紫。倩去伴、甲煎銀葉，蹣跚香霧裏。

【評】

其年曰：字字研細，鈎剔入微。

山來曰：於枯題中有掉臂遊行之樂，洵是天才。

【箋注】

呼名：《禽經》：「鴨名呷呷，其名自呼。」參見卷上《祝英臺近・賦得「更脱紅裙裹鴨兒」》箋注。

紅裙偷裹：孫光憲《採蓮》：「菡萏香連十頃陂，小姑貪戲採蓮遲。晚來弄水船頭濕，更脱紅裙裹鴨兒。」

甲煎：香料名，以甲香和沉麝諸藥花物製成，可作口脂及焚爇，也可入藥。李商隱《隋宫守歲》：「沉香甲煎爲庭燎，玉液瓊蘇作壽杯。」

銀葉：銀片制成的薰籠，多有鴨形者。秦韜玉《詠手》：「金杯有喜輕輕點，銀鴨無香旋旋添。」陸游《初寒在告有感》：「香暖候知銀葉透，酒清看似玉船空。」

【校】

［一］《百名家詞鈔》題爲「詠花鴨爲阮亭作」。

臺城路

詠隗囂宫瓷杯

丸泥不閉函關路，神功鍛來杯斝。色映琉璃，聲隨哀玉，淺碧嫩黄交射[一]。流霞欲化。想西伯雍容，葡萄傾瀉。紫殿基平，何人收拾夜泉下。千年又成廢寺，早霜鐘粥鼓，相伴清暇。土噹花斑，魚吹浪白，過眼興亡難話。誰堪並價。有銅雀荒臺，尚留殘瓦。且盡深卮，任更闌燭灺。

【評】

阮亭曰：起句奇陡，匪夷所思。

其年曰：一起亦屬神鍛。

【箋注】

《詠物十詞》之一。此物原爲宋琬所有，後因貧困而售出。參見卷下《尉遲杯·詠朱碧山銀槎照蔡松年詞填》。

隗囂，西漢末天水人，王莽時擁兵割據隴右，爲西州大將軍，得專制涼州、朔方事。故詞中云「西伯」。

隗囂宮：在秦州麥積山北，爲其避暑之地。許容《乾隆甘肅通志》卷二十三：「隗囂連城在(秦)州北郭外，後爲崇寧寺。杜詩『秦州城北寺，傳是隗囂宮』。今土人常掘有磁器，名曰漢磁。」

丸泥：《東觀漢記·隗囂載記》，囂將王元說囂曰：「今天水完富，士馬最强，北取西河，東收三輔，案秦舊跡，表裏山河。元請以一丸泥，爲大王東封函谷關，此萬世一時也。」王猷定《正月三日宋使君荔裳攜酒過千峰閣對雪》有句云：「東武飛來君故山，故山坐對他山雪。古塔盤空何快哉，萊雞佐酒隗囂杯。」小注：「公任秦州，土人自隗囂宫掘得之者。」（《四照堂詩集》卷一）宋琬《安雅堂未刻稿》卷四有《十囂詩》，蓋因貧困，將所藏文物器玩當售，「預擬他年爲殉具，那堪此日博晨炊」也。其《囂磁杯秦州隗囂宫中物》云：「素磁劚自隗囂宫，不與柴官哥定同。泛海每邀明月影，試茶偏愛晚松風。千年磨洗魚龍氣，萬里追隨虎豹叢。此日真同秦缶棄，幾時還遇楚人弓。」

【校】

［一］交射：《百名家詞鈔》、《詠物十詞》同，《瑶華集》卷十四作「相射」。

臺城路

遼后洗妝樓

東樓春色天邊落，來時白蘋［一］風作。鳳輦曾留，瑶臺乍起，妝點遠山眉角。宫蟬綽約。想欲動晨光，未垂簾箔。炫轉熒煌，明星一一帶池閣。興亡幾番過眼，聽遊人指説，斜照城腳。窣堵波高，雨淋鈴急，壞磴莓牆蕭索。驚飆振籜。是曲裏琵琶，白翎哀雀。只有長河，潺湲聲似昨。

【評】

其年曰：隔江商女猶唱《玉樹後庭花》，均玆妍婉。

【箋注】

遼后洗妝樓：遺址在紫禁城太液池瓊華島上。瓊華島始名於金代，元代爲萬壽山（或稱萬歲山）。清順治八年（一六五一）於山頂建白塔，又稱白塔山。乾隆書「瓊島春陰」石碑，是爲「燕京八景」之一。

清戴璐《藤陰雜記》卷四：「瓊華島遼后洗粧樓，相傳爲金章宗李宸妃，非遼后。然詞人歌詠，名作如林。」

《曝書亭詞注》卷三《臺城路·遼后洗妝樓》注云：「《金鼇退食筆記》：瓊華島在太液池中，從承先殿北度石梁至島。其巔古殿，榜曰廣寒之殿，相傳本遼后梳妝樓，歷金元明，皆有宮殿，爲遊觀之地。」

白翎雀：元代樂曲名。陶宗儀《南村輟耕録》卷二十：「《白翎雀》者，國朝教坊大曲也。始甚雍容和緩，終則急躁繁促，殊無有餘不盡之意，竊嘗病焉。後見陳雲嶠先生云：白翎雀生於烏桓朔漠之地，雌雄和鳴，自得其樂，世皇因命伶人碩德閭製曲以名之。曲成，上曰：『何其末有怨怒哀嫠之音乎？』時譜已傳矣，故至今卒莫能改。」

朱彝尊《臺城路·遼后洗妝樓》：「層闌不厭波光冷，明霞遠捎魚尾。細草含茸，圓荷倚蓋，猶與舞衫相似。挼藍片水。曾簇蝶湔紅，影蛾描翠。錦石秋花，當時穩貼皂羅髻。　春城幾番士女，縱嬉遊元夕，沙界煙寺。黃面瞿曇，白頭宮監，也説千年遺事。回心院子。問殿腳香泥，可留蕭字。懷古深情，焚椒尋蠹紙。」

按，陳維崧、納蘭性德皆有同調同題之作。

【校】

［一］白蘋：《百名家詞鈔》作「駕鵝」。

臺城路

送分虎歸長水

秋陰慘澹天如墨，城頭角聲初起。野水長橋，炊煙小市，魚尾斷霞成綺。羈愁未已。

怕土銼荒涼，夜長難睡。人影幢幢，一行清露曉風裏。分湖紫蟹正美。桃鄉新稻熟，流匙香細。白雁縱横，黄花爛漫，還憶離亭曲子。行縢漫試。便腳底匡廬，不如歸計。霜冷吴根，扁舟棲暗葦。

【箋注】

康熙十二年癸丑（一六七三）秋，李良年與其弟李符自貴州歸嘉興。據其兄李繩遠《秋錦山房集序》，李良年「辛亥春，從曹侍郎入黔中」，「癸丑秋，同弟分虎東歸」。參見前《木蘭花慢・寄武曾》。李符應是歸途曾入京，再出京師還鄉。

李符（一六三九—一六八九），原名符遠，字分虎，號畊客，又號桃鄉農，浙江嘉興人，國子監博士。與兄繩遠、良年齊名，號「三李」，「浙西六家」之一。與龔翔麟交往密切，詞集中多有唱和。有《香草居集》、《耒邊詞》。陳廷焯《白雨齋詞話》云：「二李詞絶相類，大約皆規模南宋，羽翼竹垞者。武曾較雅正，而才氣則分虎爲勝。」

長水：嘉興古名。顧炎武《天下郡國利病書》：「嘉興縣，本號長水縣，在郡南一百四十三里。周敬王十年置，在谷口湖。秦始皇六年重移，改由拳縣。」

分湖：水名，位於江蘇吴江和浙江嘉善交界處，是春秋戰國時期的吴越分界湖，今又名汾湖。

桃鄉：嘉興地名。《梅里志》：「桃鄉在司馬坊，詩人李符築花南老屋於此。」梅里，今嘉興王店鎮。

匡廬：廬山。李符《自題行脚圖》：「悟得前身也是禪，碧雞隱者話因緣。草鞋只合尋廬嶽，重問山頭種菜田。」自注云：「十五年前客洱海，碧雞山道士謂予前生是廬山種菜僧。」（《香草居集》卷五）朱彝尊爲題詩云：「桃鄉一望水挼藍，擬結鄰居共釣潭。休信碧雞狂道士，閒抛老屋在花南。」

朱彝尊《臺城路・送畊客南還》：「花南老屋花無數。茅堂在花深處。薑蔗閒塍，竹梧小徑，時伴侶。有山中猿鶴，沙上鷗鷺。黄雀披綿，玉鱸堆雪，誰並船窗同煮。離居最苦。判葺帽衝霜，也尋歸路。得及春遊，紫荷田醉舞。」（《曝書亭集》卷二十六）

柳色黄

對雨和竹垞

柳絮爲萍，梅子漸黄，天氣如許。溪雲乍起遮山，釀做幾絲微雨。東西不定，摇曳淡霧輕煙，荷錢一一跳珠露。庭樹碧參差，蔭青苔無數。　平楚。斷塘遥指，如髮秧針，緑迷南浦。暗想空江，軋軋惟聞柔櫓。亂紅無影，寂寞静掩疏籬，銅街濕糁香塵路。倩斗帳高眠，小窗邊聽去。

【箋注】

朱彝尊《柳色黄·對雨》：「岸側榆錢，牆角楝花，吹已將盡。漸添緑葉陰濃，轉覺晚來風緊。絲絲縷縷，界開密霧低煙，暗催闌藥紅尖潤。怕鳳子衣單，把柔黄都褪。休問。鈿車驄馬，縱約歸期，料應難準。最憶江南，屐齒滿街聲趁。吴歌幾曲，穩坐細浪魚天，落帆笑指柴門近。任踏破苔痕，數小園新筍。」（《茶煙閣體物集》卷上）

按，《柳色黄》，即《石州慢》。賀鑄詞有「長亭柳色才黄」句，因名《柳色黄》。

拜星月慢

秋日雨後，飲宋子昭新泉亭，座上聞歌

撩亂苔錢，差池菱葉，白板橋邊秋水。點點浮漚，溜銀塘珠碎。斷雲濕，拖逗餘霞明滅，暈作遠山螺髻。薄暮樽開，正玉簫聲起。　顫冰絃[一]、百囀春鶯脆。西風冷、月落朱門閉。一朵兩朵幽蘭，共荷香迢遞。汲新泉、乍試龍團味。紅燈小、不照愁人醉。

待歸時、露滿[二]閒階，有吟蟲伴睡。

【箋注】

宋炘，字子昭，河南商邱人，大學士宋權之子，宋犖弟。康熙十六年（一六七七），以父蔭仕户部員外郎。

【校】

[一] 顫冰絃：《百名家詞鈔》作「嫋晴絲」。

[二] 露滿：《百名家詞鈔》作「露滴」。

霓裳中序第一

詠龍鬚爲渭清賦

崢泓勢猶怒。誰向層波[一]剪冰箸。憶當日、青天乍擘[二]，伴火鬣朱鱗，度雲穿霧。清秋島嶼。抱驪珠、濃睡腥雨。莫也是，湑淵戰罷，飄落翠蓬路。羈旅。生涯如許。還藏得、鮫宮幾縷。輕綃鈿合潛貯。怕一夜驚雷，破壁飛舞。何人拾鳳羽。便門草、休教換去。他年事，天風鶴背，拔下又重數。

【評】

阮亭曰：起句突兀，前段離奇光怪，似錢塘君《破陣樂》。結句有割乖龍左耳之興。

其年曰：離奇怪詭，筆墨之妙至此。如鼓天風海濤之曲，令我三日耳聾。

【箋注】

作於康熙十八、十九年間。時李澄中入京舉鴻博，以龍鬚（竹根）相贈友人。

李澄中（一六二九—一七〇〇），字渭清，號漁村、怡堂，山東諸城人。康熙壬子（一六七二）拔貢生。由監察御史鞠珣薦，康熙十八年召試博學鴻詞，任翰林檢討，陞侍講，轉侍讀。康熙二十九年（一六九〇），典雲南鄉試。康熙三十三年（一六九四）辭官歸里。與王士禎、田雯爲「山左三大家」。有《臥象山房集》。

李澄中《龍鬚小記》：「予表兄丘氏家白龍山下，種竹樹萬竿，每雨輒披蓑坐竹中。一日忽雷電大作，雨汩汩如注，既晴，見龍頦尺許，墮竹根，血淋漓，鬚猶怒張，鬚莖從龍頦骨出，映日作魚腦紋。後歸表侄丘霞標，舉以相贈。長安諸君子見而異之，共得詩詞若干首。」（《臥象山房集》）李澄中《與王阮亭少詹》：「龍鬚二莖奉獻，然柔細殊甚，大有霧鬚風鬟之態，非火鬣朱鱗比也。」

洧淵：古潭名。在今河南省新鄭縣東。《左傳·昭公十九年》：「鄭大水，龍鬬於時門之外洧淵。」

翠蓬：翠色蓬萊。吴文英《丹鳳吟·無射商賦陳宗之芸居樓》：「吟壺天小，不覺翠蓬雲隔。」

按，同時題詠之作，沈皞日《霓裳中序第一・龍鬚》、陳維崧《賀新涼・諸城李渭清贈我以龍鬚數莖，同曹舍人實庵、陸編修義山、沈大令融谷賦，余篋中舊有虎鬚，故篇中及之》、尤侗《沁園春・李渭清贈龍鬚一莖賦此酬之》、王士禎《李渭清簡討以龍鬚二莖見贈，來書云有風鬟霧鬢之態，非火鬣朱鱗比也，戲報長句》。

【校】

［一］層波：《百名家詞鈔》、《詠物十詞》同，《瑶華集》卷十四作「煙波」。

［二］擘：入聲。按詞譜，此詞依尹焕體，此處當押韻。

霓裳中序第一

爲杞園題《浮家圖》

煙波寬幾許。抖擻青蓑垂釣去。恰流水、桃花時節［一］，對西塞山前，一雙飛鷺。高風可遡。倩生綃、三尺留取。看歷歷，筆牀茶竈，泛宅畫中住。　今古。逃名漁父。怕東華、軟紅如霧。江湖自結鷗侶。正柳下移船，菰邊分路。美人共蘭渚。又何必、天家賜與。仙槎上，此生有分，鼓枻帶笭箵。

【箋注】

張貞，號杞園。見卷上《玲瓏四犯·送杞園遊西湖》箋注。此詞上片前半檃括張志和《漁父歌》。

東華：東華門。明清時中樞官署設在宮城東華門内。此代指朝廷、京都。

按，張貞《浮家泛宅圖》，當時友人多有題詠。如陳維崧《題張杞園〈浮家泛宅圖〉》、吴雯《題張杞園〈浮家泛宅圖〉》、高鳳翰《題張杞園先生〈浮家泛宅圖〉》、曹爾堪《西江月·題懸真子〈浮家泛宅圖〉和韻》。

【校】

［一］節：入聲。按詞譜，此詞依尹焕體，此處當押韻。

綺羅香

宋牧仲座上聞歌

抹麗凝香，池塘過雨，屈注明河天際。雪洒銀桃，六月燕山風味。倩數聲、玉笛吹來，似一串、驪珠擲碎。看盈盈、初日芙蕖，雙瞳剪水兩眉翠。　青衫留落［一］舊客，遮莫嬌絲脆管，難令沉醉。幾點螢光，猶照蒼苔無寐。好宫調、賀老教成，倦心情、屏風立地。漫流連、入破伊州，記楓香曲子。

【評】

其年曰：百囀春鶯，屏花俱碎。

鳳于曰：一種生香，不涉柔靡。

【箋注】

宋犖，字牧仲。參見卷上《天香・詠緑牡丹爲牧仲作》、卷下《珍珠簾・爲牧仲題〈楓香詞〉》箋注。

屈注：匯聚奔注。杜甫《奉同郭給事湯東靈湫作》：「倒懸瑶池影，屈注滄江流。」仇兆鰲《杜詩詳注》：「屈注，謂眾水奔赴。」邵晉涵《爾雅正義》：「屈與收斂義同，故爲聚也。」

賀老：唐天寶末年樂工賀懷智，善彈琵琶，世稱賀老。元稹《連昌宫詞》：「夜半月高絃索鳴，賀老琵琶定場屋。」

屏風立地：陸凝之《步蟾宫》：「夜深點緉繡鞋兒，靠那箇、屏風立地。」

【校】

［一］留落：《百名家詞鈔》同，《瑶華集》卷十四作「流落」。

綺羅香

沈融谷新娶夫人善琴書，同人共賦

柳密藏鴉，堂空語燕，大好夭桃天氣。蝶粉初消，二月東風破睡。鏡奩映、筆格珊瑚，硯匣伴、眉妝翡翠。最憐他，腕底橫斜，烏絲閒寫麗情字。　珍珠指下亂撒，彈入明光一曲，聲隨流水。兒女喁喁，點綴小窗幽致。姤兩行、銀雁輕飛，墮萬里、玉關清淚。記夜深、金鴨燒殘，迷離香霧裏。

【箋注】

作於康熙十八年（一六七九）。沈融谷，參見卷上《喝馬一枝花・送沈茶星之來賓任》。

胡愚《沈皞日年譜》：「康熙十八年：原配陸氏已卒，在京師續娶夫人，善琴書。」

明光：即《楚明光》，古琴曲名。唐閻朝隱《明月歌》：「揮玉指，拂羅裳。爲君一奏楚明光。」

按，同人共賦，有朱彝尊《綺羅香・贈沈融谷納妾》、李良年《綺羅香・贈融谷用竹垞韻》、高層雲《綺羅香・沈融谷續娶夫人善琴書》、徐嘉炎《綺羅香・沈融谷花燭詞和諸公韻》、陸嘉淑《綺羅香・和朱錫鬯彝尊爲沈融谷皞日侄倩》。

瀟湘逢故人慢

張晴峰修雷琴成有贈

千年神物，是天寶元音，宣和遺譜。零亂金徽苦。想閱遍繁華，蘧然今古。流水高山，彈不盡、喁喁兒女。當此際、燕市重遊[一]，白髮郎官知汝。續鸞膠，調鳳咮，早韻磬琤琮，響泉淒楚。百衲還堪鼓。似海岸窈冥[二]，成連徑去。危柱哀絃，抵多少、驚沙飛雨。再等到、蛇蚹紋成[三]，又是幾番旦暮。

【評】

阮亭曰：《董大琵琶》、《申胡子觱篥》、《張猩猩湖琴》，諸作可以並傳。

其年曰：碧桃已謝，素柰方開，閱末數語，殊有觀河面皺之感。

武曾曰：操縵金門，商聲淒惋，歐公晚得雷琴而意愈不樂，豈真在人不在器耶？

【箋注】

張衡，字友石，又字羲文，號晴峰，直隸景州人。順治十八年（一六六一）進士，官工部水曹郎。得唐代雷氏琴，遍邀題詠。

清汪啓淑《水曹清暇録》卷十一：「張晴峰名衡，直隸景州人，辛丑進士。性曠達，官工部水曹郎，貧甚不能舉火。一日貸錢過慈仁寺，見心愛書，即傾囊買之攜歸，啜茗展讀，怡然忘饑。」

雷琴：唐代琴工雷威製作的琴。李肇《唐國史補》：「蜀中雷氏斲琴，常自品第，第一者以玉徽，次者以瑟瑟徽，又次者以金徽，又次者螺蚌之徽。」蘇軾《遊桓山記》：「使道士戴日祥鼓雷氏之琴，操《履霜》之遺音。」

蛇蚹：指古琴上的橫鱗斷紋。其紋與蛇蜕腹下之紋相似，故稱。陸游《贈道流》：「古琴蛇蚹評無價，寶劍魚腸託有靈。」

按，黄宗羲《張晴峰雷琴篇次韻》、李良年《雷琴詩爲張晴峰户部作》、田雯《張水部修雷氏琴》、陳維崧《張晴峰水部索雷琴詩漫賦長句》等篇，皆爲雷氏琴而作。

【校】

[一] 重遊：《瑶華集》作「重逢」。

[二] 窈冥：《瑶華集》作「窅冥」。

[三] 紋成：《瑶華集》作「成紋」。

永遇樂

送孫屺瞻學士歸省

十丈蒲帆，一篙秋水，仙舟天際。繡虎才人，珥貂貴客，歸作承歡計。當年射策，五雲日下，臚唱魏公第二。羨璧人、天街衣馬，夾道爭看如蟻。　紫宸朝罷，講筵初御，金碗天漿親賜。東觀深嚴，北門清切，待署黄麻紙。君恩暫許，湖山佳處，添箇宫袍萊子。須珍重、黑頭卿相，碧紗名氏。

【評】

孫仲愚曰：一字移贈他人不得，所以大家。

山來曰：盛唐應制，遜此清華。

【箋注】

作於康熙十五年丙辰（一六七六）秋初。孫在豐歸省，當在康熙丙辰六七月間。魏向樞《寒松堂全集》卷七有《送孫屺瞻學士歸省》詩，繫年於丙辰七月立秋前。

孫在豐（一六四四—一六八九），字屺瞻，浙江德清人，世居歸安（今浙江湖州）菱湖。康熙九年(一六七〇)進士榜眼,授翰林院編修。曾任《明史》總裁。歷官至工部侍郎,總督南河,兼禮部侍郎,爲清朝治河名臣。有《尊道堂集》。

魏公第二:韓琦,字稚圭,相州安陽人,宋仁宗天圣五年進士第二名。與范仲淹久在兵間,名重一時,天下稱韓范。後拜右仆射,封魏國公。此謂孫在豐第二名及第。張英《送孫屺瞻學士歸省》:「德清學士住菱湖,七載聲華滿帝都。金石千言丹陛上,珊瑚百尺紫庭隅。紫庭丹陛紅雲起,魏公名唱紅雲裏。曉日葳蕤上苑花,春風清淺蓬萊水。」(《文端集》卷七)

東觀:東漢洛陽南宫内觀名。明帝詔班固等修撰《漢記》於此,所成書即爲《東觀漢記》。章、和二帝時爲皇宫藏書之府。後因以稱國史修撰之所。

北門:此謂翰林院。唐、宋學士院在禁中北門,因以爲學士院的代稱。

黑頭卿相:年少位高。《晉書·王珣傳》:「弱冠與陳郡謝玄爲桓温掾,俱爲温所敬重。嘗謂之曰:『謝掾年四十,必擁旄杖節,王掾當作黑頭公,皆未易才也。』」温庭筠《觱篥歌》:「黑頭丞相九天歸,夜聽飛瓊吹朔管。」

碧紗名氏:謂位重詩高。王定保《唐摭言·起自寒苦》:「王播少孤貧,嘗客揚州惠昭寺木蘭院,隨僧齋餐。諸僧厭怠,播至,已飯矣。後二紀,播自重位出鎮是邦,因訪舊遊,向之題已皆碧紗幕其上。」吴處厚《青箱雜記》卷八:「世傳魏野嘗從萊公(寇準)遊陝府僧舍,各有留題。後復同遊,見萊公之詩,已用碧紗籠護,而野詩獨否,塵昏滿壁。時有從行官妓,頗慧黠,即以袂就拂之。

野徐曰：『若得常將紅袖拂，也應勝似碧紗籠。』萊公大笑。」

永遇樂

和人望華山

誰鑿鴻濛，最驚人處，芙蓉千丈。激蕩疑潮，崩騰似馬，羅列兒孫狀。八荒雷雨，一天蒼翠，縹緲靈旗想像。待清秋、憑陵絶頂，畫裏秦川如掌。　潼關孤聳，黄河東注，俯覽翻增惆悵。颯颯天風，泠泠環珮，九節仙人杖。咄哉韓子，蒼龍迴馭，那得褰衣長往。耐可拉、青蓮居士，三峰高唱。

【評】

羡門曰：於鱗曾有言「太華以拙句取雄」，不謂又逢勁敵。讀起三句，便知非太華不足當此。

【箋注】

九節杖：葛洪《神仙傳・王遥》：「遥有竹篋……一夜大雨晦暝，遥使錢以九節杖擔此篋，將錢出，冒雨而行，遥及弟子衣皆不濕。」杜甫《望嶽》詩：「安得仙人九節杖，拄到玉女洗頭盆。」

韓子：謂唐代詩人韓愈。李肇《國史補》：「韓愈好奇，與客登華山絶峰，度不可返，乃作遺書，發狂慟哭。華陰令百計取之，乃下。」韓愈《答張徹》：「洛邑得休告，華山窮絶陘。倚巖睨海浪，引袖拂天星。日駕此迴轄，金神所司刑。泉紳拖修白，石劍攢高青。磴蘚澾拳跼，梯飆颭伶俜。悔狂已咋指，垂誡仍鐫銘。」

三峰：指華山的蓮花、毛女、松檜三座山峰。陶翰《望太華贈盧司倉》：「行吏到西華，乃觀三峰壯。」

消息

和錫鬯度雁門關

蕭瑟關門，西風吹雪，貂裘都偃。蟻垤行人，羊腸驛路，哀角邊聲怨。魚海冰寒，龍沙戍斷。歷亂蓬根飛捲。悵青衫、暮雲驅馬，望盡蒼蒼修坂。　絶壁祠堂，趙家良將，入夜靈旗如電。折戟沉沙，老兵拾得，磨洗前朝辨。塞雁南飛，滹沱東注，可惜英雄人遠。問誰是、封侯校尉，虎頭仍賤。

【評】

羨門曰：度雁門作悲壯語，人盡知之，有如此雄渾蒼老否？

阮亭曰：集中和錫鬯塞上諸作，皆有龍象蹴踏之勢，朱十幾不能堅其壁壘。

其年曰：廢驛荒祠，長吟曼嘯，當今不得不以此事推袁。

【箋注】

朱彝尊原唱作於康熙四年（一六六五），與曹溶遊山西，出雁門關。曹貞吉足跡未至山西，此作當在康熙十年結識朱彝尊之後。

雁門關：長城關隘，有「天下九塞，雁門爲首」之稱，位於今山西省忻州市代縣北雁門山。

趙家良將：謂北宋名將楊業。太平興國五年（九八〇），楊業任代州刺史兼三交駐泊兵馬都部署，在雁門關大破遼軍，威震契丹。有「楊無敵」之譽。

封侯校尉：以校尉低下之銜而封侯。《史記·李將軍列傳》：「廣嘗與望氣王朔燕語，曰：『自漢擊匈奴，而廣未嘗不在其中，而諸部校尉以下，才能不及中人，然以擊胡軍功取侯者數十人，而廣不爲後人，然無尺寸之功以得封邑者，何也？豈吾相不當侯邪？且固命也？』」

虎頭：頭形似虎，以爲貴相。《東觀漢記·班超傳》：「相者曰：生燕頷虎頭，飛而食肉，此萬里侯相也。」

朱彝尊《消息·度雁門關》：「千里重關，憑誰踏遍，雁銜蘆處。亂水滹沱，層霄冰雪，鳥道連句注。畫角吹愁，黄沙拂面，猶有行人來去。問長塗、斜陽瘦馬，又穿入、離亭樹。　猨臂將軍，鴉兒節度。説盡英雄難據。竊國真王，論功醉尉，世事都如許。有限春衣，無多山店，酹酒徒

成虚語。垂楊老、東風不管，雨絲煙絮。」（《曝書亭集》卷二十四）

按，《消息》，即《永遇樂》。《詞律》曰：「晁無咎題名『消息』，注云：『自過腔，即越調《永遇樂》。』故知入某調，即異其腔，因即異其名，如白石之《湘月》，即《念奴嬌》，而腔自不同。此理今不傳矣。」《詞譜》曰：「（《永遇樂》）仄韻者始自北宋，《樂章集》注『林鐘商』。晁補之詞名《消息》，自注『越調』。平韻者始自南宋，陳允平創爲之。」

秋霽

本意

過雨[一]長天，早露重閒階，新月如沐。射角明河，垂簷珠斗，苔影上人眉緑。流螢誰撲。霜紈小扇銀塘曲。渾無寐，風度藥欄，戛戛響修竹。　漏殘酒醒，篆冷煙銷，隱壁秋蟲，似伴幽獨。拂莓牆、花香作陣，秋蘭綽約疑空谷。故國難窮千里目。悠然歸興，只在黄葉村中，白蘋鄉裏，數間茅屋。

【評】

錫鬯曰：其源出於遺山。

其年曰：我欲倩虎頭寫此數句小景，以當還鄉，何如？

【箋注】

按，此用陳允平體，上片第九句不押韻。

【校】

［一］過雨：《百名家詞鈔》作「雨過」。

南浦

春水用玉田詞韻

新漲碧於天，近清明、做弄横塘晴曉。輕燕掠波圓，靴文細、一片麯塵誰掃。魚梭織影，跳珠只似荷錢小。催雨東風寒又暖，緑遍長堤芳草。漫漫別浦瀠洄，驚畫船簫鼓，鷗眠未了。雁齒接紅橋，漁莊遠、何處鳴榔聲到。斷煙渺渺。斜川如帶平蕪悄。撲面楊花飛作陣[一]，添入浮萍多少。

【評】

武曾曰：「鷗眠未了」襯「簫鼓」句下，輕俊欲絶。

山來曰：情景兼至，備擅詞場之勝。

【校】

［一］「撲面」二句：《百名家詞鈔》作「撲面楊花亂落，更添入、浮萍多少。」

南浦

秋水再疊前韻

片月映寒汀，碧澄澄、人對江山清曉。綠淨繞柴扉，晴磯上、已有垂楊先掃。蘆花似雪，連拳鷺占圓沙小。淡抹遥天渾一色，夾岸粘雲衰草。百川爭赴長河，看魚牀燈火，黄昏近了。白露老蒹葭，清歌發、無數採菱船到。平湖浩渺。芙蓉落盡空潭悄。又是霜明波冷後［二］，此際撈蝦人少。

【評】

武曾曰：郭熙《畫記》「秋山明淨而如洗」，此語只如秋水；詞中「淡抹遥天渾一色」，此句卻似秋山，然互易便成死句，非解人那得知其故。

山來曰：合「春水」作觀之，一句不可移易，真化工筆也。

【箋注】

南宋張炎因《南浦·春水》一詞，得「張春水」之目，當時王沂孫有和作。曹貞吉擬張炎之題，並步其韻，分詠春水、秋水。浙西詞人沈皥日、李符、龔翔麟等，皆有同調同題之作。參見卷下《摸魚子·答沈融谷》箋注。

張炎《南浦·春水》：「波暖緑粼粼，燕飛來、好是蘇堤纔曉。魚没浪痕圓，流紅去，翻笑東風難掃。荒橋斷浦，柳陰撐出扁舟小。回首池塘青欲遍，絶似夢中芳草。和雲流出空山，甚年年、淨洗花香不了。新緑乍生時，孤村路、猶憶那回曾到。餘情渺渺。茂林觴詠如今悄。前度劉郎歸去後，溪上碧桃多少。」

【校】

［一］「又是」句：《瑶華集》作「又是霜明渚冷」；《昭代詞選》作「又是霜明楓渚冷」。

花發沁園春

詠司馬相如私印

倒薤披離，朱絲零亂，土花苔葉交亞。龍文覆斗，天色垂陰，温潤玉情堪把。千秋作者。字裏認、當年司馬。歎經過、華屋山丘，閱人良自多也。　辛苦臨印書劍，倩何人昆刀，刻鏤風雅。淩雲賦就，卓女妝成，十樣蠻箋親打。纖纖欲下。早逗漏、明紅一罅。好留伴、硯匣琉璃，冷光朝暮相射。

【評】

其年曰：筆情淡冶，亦似卓家眉黛。

阮亭曰：便以風致勝。

【箋注】

《詠物十詞》之一。作於内閣中書任上。翰林編修錢中諧收藏司馬相如玉印一枚，同時文人多有歌詠。毛奇齡有《錢編修所藏司馬相如玉印歌》，朱彝尊有《瑞鶴仙·錢編修庸亭席上觀司馬相如私印》。

錢中諧，字宫聲，號庸亭，吴縣人。康熙己未科舉博學鴻詞，授翰林院編修。

紀昀《閱微草堂筆記》卷十一：「朱青雷言，高西園（鳳翰）嘗夢一客來謁，名刺爲司馬相如，驚怪而寤，莫悟何祥。越數日，無意得司馬相如玉印，古澤斑駁，篆法精妙，真昆吾刀刻也，恒佩之。」按，此條王培荀《鄉園憶舊録》亦載。高鳳翰，康熙二十二年生，山東膠州人，其得印在曹貞吉、朱彝尊輩題詠後，可知此印流傳之跡。

淩雲賦：謂司馬相如的賦。《史記・司馬相如列傳》：「相如既奏《大人》之頌，天子大說，飄飄有淩雲之氣，似遊天地之間意。」

十樣蠻箋：蜀地所産十色箋紙。齊己《白蓮集》有《謝人惠十色花箋並棋子》詩。宋韓溥《以蜀箋寄弟洎》：「十樣蠻箋出益州，寄來新自浣溪頭。」

朱彝尊《瑞鶴仙・錢編修庸亭席上觀司馬相如私印》：「土花凝古繡。見細紋卷髮，冷光塗黝。朱繅覆冰紐。愛千年未蝕，幾絲紅籀。燒春熟後。料無心、蟲魚刻鏤。算除非、賣賦金多，書券恁時纔有。　知否。遥山描罷，卓女風流，定拈纖手。摩挱已久。挑短燭，把看又。論才華不是，淩雲健筆，可許尋常消受。拚夜寒、典了鷫裘，肯教换酒。」（《曝書亭集》卷二十八）

花發沁園春

賦得「流水桃花色」

萬點殘紅，五更微雨，夜來初葬傾國。暗落無聲，飛流不定，染就明霞一色。鮫妹淚織。似淡抹、胭脂還濕。最好是、唼影游魚，翛然身住花宅。　莫也神仙作劇。賺溪邊漁人，歸路難識。一篙渡闊，千尺潭深，根葉漫從尋覓。珊瑚浪擲。任送下、東溟無力。蕩空濛、水氣花光，赤城雲起相射。

【評】

武曾曰：流水桃花，繪家須用没骨乃合，先生之詞得之。拙手但摹色相，縱饒光澤，只是鄴下桃油瓦耳。

【箋注】

賦得體。題自庾信《詠畫屏風詩》：「千尋木蘭館，百尺芙蓉堂。落日低蓮井，行雲礙芰粱。流水桃花色，春洲杜若香。就階猶不進，催來上伎牀。」

初葬傾國：周邦彦《六醜・薔薇謝後作》：「爲問花何在？夜來風雨，葬楚宫傾國。」

按，宋犖有《越溪春・賦得「流水桃花色」》，高層雲有《薄倖・賦得「流水桃花色」》。

尉遲杯

詠朱碧山銀槎照蔡松年詞填

黄流注。送扁舟、似葉淩雲渡。蟲書猶記當年，想見良工心苦。何人稱杜舉。都不管、華堂幾朝暮。但茫茫、醉了還醒，夢裏居然千古。因思博望去遠，縱苜蓿蔔萄，回首非故。太乙爐開，朱提液冷，好泛明河深處。問此去、盈盈一水，曾否有、黄姑相逢語。慢學他、羽化神奇，酌盡天漿無數。

【評】

阮亭曰：足與顧庵長歌並傳。

山來曰：刻劃處都無斧鑿痕，所以爲佳。

【箋注】

《詠物十詞》之一。作於康熙十年、十一年間，内閣中書任上。朱碧山銀槎杯，乃宋琬收藏物。時宋琬在京都。

朱碧山，字華玉，室名長春堂，嘉興魏塘人，元代著名金銀工藝匠。所制酒器最爲精妙，傳世名作銀槎杯之一爲元至正五年（一三四五）製作。杯爲枯樹槎舟，槎上老仙寬袖長袍，作乘舟淩空行遊狀，舟身四周鏤出纏繞雲紋。

杜舉：春秋晉大夫知悼子（荀盈）卒，平公飲酒、擊鐘。宰夫杜蕢責以大臣喪日，不應舉樂。平公引過自責，飲酒示罰，杜蕢洗而揚觶。平公曰：「如我死，則必無廢斯爵也。」以戒後世。事見《禮記·檀弓下》。後因以稱享宴禮畢而舉杯爲杜舉。蘇軾《見子由與孔常父唱和詩》：「願君倡此風，揚觶斯杜舉。」

博望：漢代張騫封號。傳説漢武帝令張騫窮河源，乘槎經月，又受織女楮機石而還。（見《荆楚歲時記》）。

苜蓿葡萄：皆漢武帝遣使西域，从大宛國採入（《漢書·西域傳》）。後人傅會稱説爲張騫出使事。

朱提：山名。在今雲南省昭通縣境。盛産白銀，世稱朱提銀。《漢書·地理志上》：「朱提山出銀。」亦用作銀的代稱。

王士禛《居易録》卷六：「北海宋按察琬荔裳皆藏銀槎，一上有仙人，款曰『朱碧山製』。康熙辛亥、壬子間，予兄弟與荔裳在京師，同施侍讀閏章愚山、沈文恪荃繹堂輩爲詩社，酒次嘗出此槎勸醻，因屬賦，皆詠張騫事。予亦云『窮源過大夏，鑿空取通侯』云云，盖本宗懔《荆楚歲時記》之説，然其仙人羽衣幅巾，似取太乙仙人蓮葉舟之意。」

施閏章《古銀槎歌爲荔裳作》題下小注：「背有鏤字，云元至正壬寅朱碧山製。朱名華玉，見《輟耕録》。」（《學餘堂集·詩集》卷二十一）

宋琬《銀槎歌》：「我有匣中銀鑿落，碧山山人手所作。背鏤至正壬寅字，點畫形模今宛若。斷節枯根紛錯糾，中有仙人博望侯。衣冠甚古鬚髯蒼，飄飄一似乘孤舟。肘後惜無笻竹杖，袖中或有安石榴。人言八月泛天漢，支機石畔逢牽牛。奇事流傳見圖畫，煉師何意窮雕鏤。當年親致汗血馬，飽歷條支經大夏。安知骨貌久銷歇，供人把玩充杯斝。金人已去柏梁臺，玉液常沾白蓮社。嗟我瓠落溝斷同，潦倒賴爾衰顏紅。有酒如澠不稱意，欲求仙術尋壺公。跳身此槎之腹中，窮源再入馮夷宫，爲侯改號鴟夷翁。胡爲低眉偃蹇在塵世，枕蛟騎虎愁我躬。」（《安雅堂未刻稿》卷二）

按，王阮亭評曰「足與顧庵長歌並傳」，指曹爾堪長篇七言歌行《古銀槎歌贈荔裳》：「……獨此古物在人間，感慨乾坤同轉轂。秘器偕藏埒球貝，波斯問價昂珠玉。三百年來貴有徵，請檢陶家輟耕録。亟呼從者傾郫筒，恢拓智勇開心胸。爲慶遭逢落公手，瓷碗況出隗囂宫。兩美相兼且觴月，干將莫邪亦神物。枕蛟騎虎安足愁，讀罷長歌歎奇絶。宋公本是神仙才，文筆不從人間來。何妨跳入銀槎裏，御風萬里遊蓬萊。」（《百名家詩選》卷十九）

【校】

金蔡松年《尉遲杯》，下片首句、第七句皆押韻。曹貞吉此詞二處皆未用韻。

望遠行

詠延陵季子劍

寒星黯淡，青銅色、出匣驚飛風雨。龍鱗三尺[一]，虎氣千年，彷彿精靈堪語。記得當時，曾帶故人荒隴，此道於今如土。挹神光、重見冠裳楚楚。賓旅。嗚珮中原歷聘，只解識、寸心相許。回首蘇臺，魚腸忽起，散亂長鈹無數。試弔要離墳草，鴟夷潮水，一樣英雄難訴。對州來君子，恩仇忘否。

【評】

阮亭曰：題中題外，無一不到。

其年曰：倫聲減字，吹出《吴越春秋》。

【箋注】

作於康熙十年（一六七一），《詠物十詞》之一。延陵季子劍，孫承澤所收藏。

孫承澤（一五九三—一六七六），字耳北，號退谷，山東益都人。明崇禎四年（一六三一）進士。清初被起用，官至吏部右侍郎。富收藏，精鑒别，多撰述。有《春明夢餘録》、《庚子消夏記》、《研山齋集》。

延陵季子：季札，春秋時吴王壽夢第四子，人稱公子札。因封延陵（址今江蘇常州），又稱延陵季子。善外交，精音樂。《史記·吴太伯世家》載：季札出使，北過徐君。徐君好季札所佩劍，口弗敢言。季札心知之，爲使上國，未獻。還至徐，徐君已死，乃解其寶劍，繫之徐君塚樹而去。從者曰：「徐君已死，尚誰予乎？」季子曰：「不然。始吾心已許之，豈以死背吾心哉！」

蘇臺：即姑蘇臺。又名胥臺，遺址在蘇州西南姑蘇山。爲吴王闔閭所築，夫差於臺上立春宵宫，作長夜之飲。越國攻吴，吴太子友戰敗，遂焚其臺。《史記·吴太伯世家》：「越因伐吴，敗之姑蘇。」裴駰《集解》引《越絶書》曰：「闔廬起姑蘇臺，三年聚材，五年乃成，高見三百里。」司馬貞《史記索隱》：「姑蘇，臺名，在吴縣西三十里。」

魚腸：歐冶子所鑄寶劍名，一種小型匕首。《吴越春秋·王僚使公子光傳》：「（公子光）使專諸置魚腸劍炙魚中進之。」專諸當場用鱼肠剑刺杀吴王僚，公子光得以上位，是爲吴王闔閭。何遜《學古贈丘永嘉征還》詩：「龍馬魚腸劍，蹀躞起風塵。」

長鈹：長形雙面刃的劍。《史記·刺客列傳》：「王僚使兵陳自宫至（公子）光之家，門户階陛左右，皆王僚之親戚也。夾立侍，皆持長鈹。」

要離：春秋末吴國人，吴王闔閭所養刺客。闔閭既殺吴王僚，僚子慶忌出奔。乃使要離刺慶忌。要離詐以罪而亡，令吴王戮其妻子。走見慶忌於衛，使之弗疑。後與慶忌同渡江，至吴地，刺殺慶忌，己亦伏劍自殺。（見《吴越春秋》）

鴟夷：革囊，此代指伍子胥。《史記·伍子胥列傳》：「吴王聞之大怒，乃取子胥屍盛以鴟夷革，浮之江中。」

州來君子：即季札。州來，春秋時國名，址今安徽鳳臺縣。春秋時楚滅州來國，爲淮北楚之州來城。周景王十六年（前五二九）吴滅州來。季札本封延陵，後轄州來城，故曰州來君子。

朱彝尊《周延陵季子劍銘跋》：「康熙九年冬十有二月，偕嘉興李良年、吴江潘耒、上海蔡湘，過退谷孫先生蟄室，出延陵季子佩劍相示。」（《曝書亭集》卷四十六）

王士禎《池北偶談》卷十四：「孫北海承澤家藏三劍，其一銅劍，長尺餘，有鳥篆十字，云『吴季子之子保之永用劍』，篆甚奇古。」

【校】

［一］三尺：《詠物十詞》同，《百名家詞鈔》作「千尺」。

解連環

詠蘆花遥和錢舍人

驚風淒切。滿江干一片，凍雲吹折。飄萬點、不辨東西，枉賺得行人，鬢絲添雪。明月光中，隱沙岸、鴻聲清絶。更閒隨釣艇，暗入柴門，伴人騷屑。　助他怒潮嗚咽。捲興亡舊恨，浪花明滅。笑垂楊、只解飛綿，難點上征衫［二］，迷離成鐵。露冷蒹葭，還記得、緑芽如髮。問故家、秋娘何在，風流總歇［三］。

【評】

錫鬯曰：湘瑟原詞，工緻已極，未若此意態横出，正無異子瞻之和質夫「楊花」也。

其年曰：换頭以後，有五十三顆真珠盤旋紙上。

既庭曰：「滿地蘆花和我老，舊家燕子傍誰飛」，同此淒涼感切，不獨調之珠圓玉潤也。

山來曰：不着色相，偏饒娬媚。

【箋注】

錢芳標（一六三五—一六七九），字葆馚，號蓴漁，别號蘅皋吟客，江蘇華亭（今上海松江）人。明刑部侍郎士貴子。清康熙元年（一六六二）入太學，翌年授中書舍人。五年中順天鄉試，仍留院中。既而告終養。十七年薦舉博學鴻詞，適丁母艱，不赴。以哀毁内傷，遂卒。著有《湘瑟詞》，編有《詞輭》。

《湘瑟詞》卷二《解連環・蘆花》：「暮江蕭瑟。滿汀洲點綴，楚天秋色。映一片、錦樹枯荷，肯漫學東風，柳綿無力。雪意垂垂，恰藏箇、小船吹笛。伴閒漁露頂，宿鷺聯拳，一般頭白。　宵來緒風漸側。捲銀濤萬點，頽岸千尺。認空濛、霧雨聲中，卻蟾影低篩，雁程遥碧。憔悴徐娘，悵老去、風情非昔。記年年、湔裙水畔，嫩芽乍坼。」

【校】

［一］征衫：《百名家詞鈔》同，《瑶華集》作「征衣」。

[二] 總歇：《百名家詞鈔》同，《瑶華集》作「消歇」。

一寸金

詠長平遺鏃

數點寒鉒，入眼離離土花碧。是咸陽王者，神兵親鑄，沉沙千載，耕夫重得。黯黮黄金色。試磨洗、猶堪穿石[一]。笑平原、計誤馮亭，圍合邯鄲幾輕擲。　暗想當年，武安初將[二]，疾聲撼趙壁。早沙蟲猿鶴，一軍都化[三]，粘雲衰草，戰場如昔[四]。鬼哭西風裏，最慘澹、天陰月黑。乍摩挲、綫齒銀闌，怕帶青磷跡。

【評】

阮亭曰：字字神境，一篇《弔古戰場文》。筆力如牛弩。

其年曰：仍是實庵詠史詞。

【箋注】

《詠物十詞》之一。

長平：戰國趙城邑，故址在今山西省高平縣西北。秦將白起曾大敗趙將趙括，坑殺趙降卒四十餘萬於此。事見《史記·趙世家》。

平原：戰國趙國之相趙勝，戰國四公子之一，號平原君。周赧王五十三年（前二六二），秦國攻打並佔領了韓國野王（今河南沁陽），截斷韓國上黨郡與本土的聯繫。上黨郡守馮亭欲用趙國力量抗秦，擬將上黨郡十七座城池獻給趙國。趙孝成王與平原君商議，平原君主張接受馮亭的上党郡，趙孝成王從平原君之謀，封馮亭爲華陽君，派平原君去上黨接收土地。

馮亭：戰國韓國長平人，韓國上黨郡守。秦將白起伐韓，取野王邑。上党與韓國本土的道路被斷絶。韓國決定割讓上党與秦，馮亭不肯，率上党郡降趙，引發長平之戰。馮亭陣亡。

武安：秦將白起，因攻陷楚國国都郢城，封武安君。長平之戰的秦國功臣。

沙蟲猿鶴：葛洪《抱朴子》：「周穆王南征，一軍皆化，君子爲猿爲鶴，小人爲蟲爲沙。」

線齒銀闌：弓箭、弩箭的劍鏃多爲棱形、錐形，上有槽紋。此泛指箭弩。梅堯臣《蔡君謨示古大弩牙》：「黄銅弩牙金錯花，銀闌線齒如排沙。」

【校】

［一］猶堪穿石：《百名家詞鈔》、《詠物十詞》同，《昭代詞選》作「尚堪没石」。

［二］初將：《百名家詞鈔》、《昭代詞選》同，《詠物十詞》作「親將」。

［三］都化：《百名家詞鈔》、《昭代詞選》同，《詠物十詞》作「多化」。

［四］如昔：《百名家詞鈔》同，《昭代詞選》、《詠物十詞》作「如雪」。

風流子

京口懷古

三山圍鐵甕，孫郎後、今古幾英雄。憶北府參軍，寄奴王者，金戈鐵馬，橫據江東。淩歊上、歌風追漢帝，置酒宴群公。一代偉人，龍行虎步；十年征戰，洛下關中。　只今憑弔處，佛貍祠下路，煙樹冥濛。爲念尋常巷陌，社鼓連空。算碻磝[一]戰地，幾多白骨；金焦名勝，兩點青峰。惟見驚濤滿眼，東去匆匆。

【評】

阮亭曰：倜儻權奇，如此氣概，自非靈寶敵手，唐人宋祖淩歊之詠，直田舍語耳。

其年曰：跳蕩恢奇，激揚頓挫，讀此詞，覺稼軒「千古江山」一首，猶非俊物。

【箋注】

疊用三國吴國孫權、南朝劉裕故事，感慨成章。效辛棄疾《永遇樂·金口北固亭懷古》。

鐵甕：鐵甕城，遺址在京口（今江蘇鎮江）北固山前，三國孫權所築。杜牧《潤州》：「城高鐵甕橫强弩，柳暗朱樓多夢雲。」馮集梧注：「原注：潤州城，孫權築，號爲鐵甕。」

北府參軍：南朝宋高祖武皇帝劉裕，字德輿，小名寄奴，自幼家貧，初为北府军參軍。

淩歊臺：臺名。南朝宋武帝劉裕曾於此築離宮，遺址在今安徽當塗縣。淩歊，謂滌除暑氣。許渾《淩歊臺》：「宋祖淩歊樂未回，三千歌舞宿層臺。」

佛貍祠：古祠名。遺址在今江蘇六合縣東南瓜步山上。北魏太武帝拓跋燾（字佛貍）於宋元嘉二十七年擊敗王玄謨的軍隊以後，在山上建立行宫。即後來的「佛貍祠」。（見《魏書·世祖紀下》）辛棄疾《永遇樂·京口北固亭懷古》：「可堪回首，佛貍祠下，一片神鴉社鼓。」

【校】

［一］碻磝：《百名家詞鈔》同。《昭代詞選》作「磝碻」，詞後有按語：「此詞又見宋實穎《老易軒文鈔》。」

風流子

金陵懷古

大江流日夜，寒潮急、寂寞打空城。想玉樹曲終，梁塵爭落；金釵垂後，斜月低橫。如今但、荒臺存瓦礫，廢殿走鼯鼪。桃葉渡頭，半篙春水；莫愁湖畔，一片秋聲。南唐成往事，攝山看斷碣，夢裏三生。千載澄心堂紙，撥燈書名。歎衣冠王謝，高低禾黍；文章庾鮑，冷落沙汀。依舊龍蟠虎踞，渺渺峰青。

【評】

阮亭曰：換頭妙入三昧，非慧業文人不解，括盡梅村《秣陵春》一部傳奇。

其年曰：風景不殊，舉目有河山之異，何必新亭酣讌纔能流涕也。

【箋注】

本詞疊用六朝、南唐故事，串連金陵人物名勝，化用前賢名句。

「大江」句：謝朓《夜發新林至京邑詩贈西府同僚》：「大江流日夜，客心悲未央。」

「寂寞」句：劉禹錫《金陵五題》：「山圍故國周遭在，潮打空城寂寞回。淮水東邊舊時月，夜深還過女牆來。」

玉樹曲終：《玉樹後庭花》。包佶《再過金陵》：「玉樹歌終王氣收，雁行高送石城秋。江山不管興亡事，一任斜陽伴客愁。」許渾《金陵懷古》：「玉樹歌殘王氣終，景陽兵合戍樓空。」

桃葉渡：渡口名，金陵名勝，在今江蘇省南京市秦淮河畔。相傳因王獻之在此送其愛妾桃葉而得名。

莫愁湖：金陵名勝，在今江蘇省南京市水西門外。相傳六朝時有女子莫愁居此，故名。清時號稱「金陵第一名勝」。

攝山：又名棲霞山，位於今江蘇南京東北四十里。山有南朝名寺棲霞寺及千佛巖。

澄心堂紙：南唐後主李煜所製的一種紙，以澄心堂得名，亦省稱「澄心紙」。澄心堂，南唐烈祖李昪所居室名。歐陽修《六一詩話》：「余家嘗得南唐後主澄心堂紙，曼卿爲余以此紙書其《籌筆驛》詩。」

龍盤虎踞：《太平御覽》卷一五六引吴勃《吴録》：「劉備曾使諸葛亮至京，因睹秣陵山阜，歎曰：『鍾山龍盤，石頭虎踞，此帝王之宅。』」李白《永王東巡歌》：「龍盤虎踞帝王州，帝子金陵訪古丘。」

風流子

姑蘇懷古

胥門懸落日，東風軟、人立小斜廊。是越女靚妝，舞停歌罷，捧心無賴，輾轉迴腸。難重問、錢江煙水白，檇李陣雲黄。歌吹海中，荒哉旦暮；温柔鄉裏，老矣君王。　　句章。烽火急，見姑蘇臺畔，長劍如霜。誰念鴟夷相國，目斷危檣。早輕裝一舸，浮家遠去，功成身退，磊落行藏。回首故宫花草，難遣茫茫。

【評】

阮亭曰：「姑蘇」、「錢塘」，兩起句尤勝。

其年曰：繁華逝水，樂往哀來，此昔人所以「不待管絃終，摇鞭背花去」也。

【箋注】

胥門：春秋吴國城門名，即今江蘇省蘇州市城西門。袁康《越絶書》卷二：「胥門外有九曲路，闔廬造以遊姑胥之臺。」

捧心：謂越國美女西施。西施有心痛病，经常捧心而顰。《莊子・天運》：「故西施病心而矉其里，其里之醜人見而美之，歸亦捧心而矉其里。」

檇李：古地名，在今浙江省嘉興西南。《春秋・定公十四年》：「五月，於越敗吴於檇李。」杜預注：「檇李，吴郡嘉興縣南醉李城。」

鴟夷相國：謂越國相范蠡，自號鴟夷子皮。輔佐越王句踐滅吴後，范蠡乃歸相印，盡散其財，遠遁於江湖。《漢書・貨殖傳》：「(范蠡)乃乘扁舟，浮江湖，變姓名，適齊爲鴟夷子皮，之陶爲朱公。」顔師古注：「自號鴟夷者，言若盛酒之鴟夷，多所容受，而可卷懷，與時張弛也。鴟夷，皮之所爲，故曰子皮。」

風流子

錢塘懷古

英雄開草昧，山衣錦、萬弩射潮低。彼吴越一王，高車駟馬；威靈五季，玉册金泥。驚回首、西陵煙月淡，葛嶺斷霞飛。三竺六橋，老髯曾醉；斜風細雨，和靖頻題。六飛。南巡[一]後，西湖比西子，緑拆[二]紅欹。惟憶[三]金明池水，禾黍離離。想德壽重華，兩宫遊幸[四]，綺羅絃管，繚繞蘇堤。千載江山如故，還使人悲。

【評】

阮亭曰：起句絶似杜公「慘澹風雲會」。古稱謝脁工於發端，較此四章，未知孰爲伯仲。通體感慨淋漓，謦欬作洪鐘響，真奇作也。

羡門曰：許渾、劉滄以懷古稱雄唐季，此詞亦詩之劉、許。

錫鬯曰：懷古四詞，非蘇非辛非劉，絶似陳經國。

其年曰：此四闋，吾欲倩高漸離、荆卿諸人歌之，若賀懷智、張野狐一輩，縱能略説興亡，不過喁喁兒女語耳，切勿令唱此等詞也。

既庭曰：昔人稱「馬中赤兔，人中吕布」，與今詞中珂雪，皆千古絶調也。

鳳于曰：四闋中，忽爾犀弩霜鋌，亦間作鬟雲香雨，似柳秀才宴龍宫，細聆《破陣還宫樂》也。

武曾曰：四詞非十五女郎所按，又非「大江東」比也。其年擬以悲歌擊筑之間，知言哉。

山來曰：懷古情深，激昂憑弔，自見豪邁淩雲之氣。

【箋注】

用吴越王錢鏐、南宋高宗、孝宗故事，以西湖山水人物爲襯托，寫小朝廷興亡易代之悲。

射潮：相傳吴越王錢鏐射潮築塘。參見卷上《水調歌頭・快雨》箋注。

老髯：謂蘇軾。蘇軾别稱蘇髯、髯蘇，以其多髯故。蘇軾《客位假寐》：「同僚不解事，愠色見髯蘇。」

和靖：林逋，字君復，謚和靖，北宋杭州錢塘人。初放遊江淮間，久之歸杭州，結廬西湖之孤山，惟喜植梅養鶴，自謂「以梅爲妻，以鶴爲子」，二十年足不及城市。（《宋史・林逋傳》）

六飛：亦作六騑、六蜚。皇帝車駕六馬，疾行如飛，故名。《史記・袁盎晁錯列傳》：「今陛下騁六騑，馳下峻山。」

金明池：北宋名勝，皇家遊賞地。池在宋京開封西鄭門西北，周圍約九里。《宋史・太宗紀》：「（太平興國三年）詔鑿金明池。」孟元老《東京夢華録》：「三月一日，州西順天門外，開金明池、瓊林苑，每日教習車駕上池儀範。」

德壽：南宋宫殿名，宋高宗趙構退位後常居此宫，因以代稱趙構。岳珂《桯史》：「德壽在北内，頗屬意玩好。」

重華：南宋宫殿名。宋孝宗趙昚傳位後居於重華宫，因以代稱趙昚。

【校】

［一］南巡：《百名家詞鈔》同，《瑶華集》作「南幸」。

［二］拆：《百名家詞鈔》作「坼」。

［三］惟憶：《百名家詞鈔》、《瑶華集》作「誰憶」。

［四］遊幸：《百名家詞鈔》同，《瑶華集》作「遊處」。

風流子

題劉岱儒葭水山房

城南泥水路，蒹葭滿、白露曉蒼蒼。想茅屋數間，中央宛在，青蓑箬笠，何處鳴榔。漁歌發、斜風楊柳岸，細雨薜蘿牆。鷺立晚汀，點開波面；鴉翻亂葉，界破殘陽。　伊人高卧處，有茶鐺丹竈，布被繩牀。遥指軟紅十丈，應笑人忙。似煙波釣叟，浮家泛宅，魚蝦結伴，雲水爲鄉。誰道桃花片片，誤卻劉郎。

【評】

羨門曰：擬倩好手寫此一段作畫，恐畫亦不盡也。

【箋注】

劉鍾秀，字岱儒，曹州（今山東荷澤）人，生卒不詳。考州判，改授縣丞。有葭水山房。

劉郎：東漢劉晨。劉義慶《幽明録》載，劉晨與阮肇至天台山採藥迷路，誤入桃源洞，遇二仙女，留半年，求歸，抵家子孫已七世。歐陽炯《春光好》：「流水桃花情不已，待劉郎。」此處借劉晨故事稱劉岱儒。

潘江《曹南劉岱儒見訪即事賦贈》：「早被微名誤，蹉跎直至今。問年羞老大，計日看升沉。空貫悲歌酒，誰憐感遇琴。山房吟葭水，歸路愜幽尋。岱儒有葭水山房，屬予作記，期以歸途相訪。」（《木厓集》卷十四）

疏影

詠落照遥和錢舍人

斜陽欲下。學西流弱水，如電傾瀉。未免多情，弄影蒼然，迴光更戀亭榭。明霞幾縷霜天赤，掩映作、江山圖畫。最撩人、烏桕丹楓，常是借他聲價。依約黄昏近矣，齊飛並孤鶩，秋色瀟灑。莫向樓頭，賺得愁人，一地迷離生怕。平蕪衰草淒涼處，有多少、暮雲歸馬。倩開元、小李將軍，海岸斷紅描寫。

【評】

其年曰：襯一筆，皴染入微。

山來曰：恐小李將軍描寫不出，不如仍倩佳詞寫之。

【箋注】

錢舍人：即錢芳標。參見前《解連環·詠蘆花遥和錢舍人》箋注。

小李將軍：唐山水畫家右武衛大將軍李思訓之子昭道，玄宗開元年間畫家。張彦遠《歷代名畫記》：「思訓子昭道，林甫從弟也，變父之勢，妙又過之……世上言山水者，稱大李將軍、小李將軍。昭道雖不至將軍，俗因其父呼之。」

錢芳標《疏影·落照用姜白石韻》：「歸飛屬玉。帶斷霞幾縷，洲畔尋宿。極望長沙，明滅中流，湘娥儼映斑竹。群峰紫翠交凝處，一半隔、煙江南北。怕畫樓、未放晶簾，賺出影單人獨。似線天涯趖盡，王孫尚何處，裙草空緑。自古無情，冉冉西馳，不管山丘華屋。寒冰舊路虞淵薄。莫更待、比鄰吹曲。暫挽留、野寺斜紅，勝搨郭熙千幅。」（《湘瑟詞》卷二）

疏影

黄梅和武曾

春前數點。向水邊林下，孤影淩亂。圓磬開時，一抹檀心，明霞暈去還淺。分他崖蜜餘甘後，怕金粟、如來窺見。吷短籬、初月微昏，迢遞暗香門掩。　蜂凍寒聲細細，偶來覓蕊處，飛入難辨。莫是仙人，淚滴銅盤，幻作此花生面。誰家少婦年年織，織不到、乳鶯嬌蒨。趁夜燈、移近鐏前，驗取珀光濃淡。

【評】

其年曰：纖側取姿，絶似張玉田手筆。

山來曰：採花成蜜，紅紫皆甜。

【箋注】

黄梅：即蠟梅。《廣群芳譜·蠟梅》引王世懋《學圃餘蔬》：「考蠟梅原名黄梅，故王安國熙寧間尚詠黄梅，至元祐間，蘇黄命爲蠟梅。人言臘時開，故名臘梅。非也，爲色正似黄蠟耳。」

金粟：金粟如來的省稱，即維摩詰大士。維摩，意爲淨名。《維摩經·會疏三》：「今淨名，或云金粟如來。」桂花亦名金粟。

李良年《疏影・黄梅》：「歲闌記否。著淺檀宫樣，初染庭樹。懶趁群芳，雪後春前，年年點綴寒圃。横斜月淡蜂黄影，長只傍、短垣低護。倚茜裙、欲撚苔枝，凍鳥一雙飛去。　依約荷圓磬小，剪來越鏡裏，先映眉嫵。蓓蕾匀拈，細絞銀絲，釵冷玉魚偏處。還愁羯鼓催無力，沸蟹眼、膽瓶新注。正暖香、夢惹江南，忘了隴頭人苦。」（《秋錦山房集》卷十一）

朱彝尊有《疏影・黄梅花》詞（《茶煙閣體物集》）。

按，曹貞吉《秋錦山房詞序》：「秋錦論詞，必盡掃蹊徑，獨露本色。嘗謂南宋詞人，如夢窗之密，玉田之疏，必兼之乃工。」

疏影

詠金絲荷葉[一]

絲縈别浦。似嫩荷出水，青青如許。弱帶牽風，乍密還疏，不礙蜻蜓來路。何人種向西窗外，添幾點、黄昏微雨。若遣伴、翠蓋紅衣，玉井更無尋處。　誰把嘉名錫汝。傍淇塘蓼岸，歌罷金縷。淺碧初匀，手弄柔波，淡淹難成珠露。深秋怕作闌珊别，共三十六陂淒楚。且逐他、荇葉田田，一曲風潭清暑。

【箋注】

陳元龍《格致鏡原》卷六十九：「《農圃六書》：虎耳草，一名金絲荷葉。莖間有紅絲繚繞之。《群芳譜》：虎耳，一名石荷葉。」

詞中所詠金絲荷葉爲水中植物，而虎耳草爲山間石隙陰濕地草本，恐非一物。或詞人專拈其名以吟詠。

玉井：見前《水龍吟·白蓮》箋注。

【校】

[一]《瑶華集》卷十六録此。同卷另有曹貞吉同調「蛛網」一首，《珂雪詞》未見。今輯入補遺。

八寶妝

詠未央宫銅奩

渭上西風，漁牀晚照，鐵網千絲初舉。翡翠迷離光映水，一片苔痕淒楚。咸陽遺製，花天月地樓臺，蜂黄蝶粉重重護。細字蟲魚繡斷，依稀金縷。未央拋擲何年，昆吾村外，濕燐入夜偷聚。慣點綴、鮫宮眉嫵。問飛燕、菱花曾貯[一]。思伴侶、銅駝陌上[二]，黄昏聽盡瀟瀟雨。算流落人間，玉箱也出茂陵去。

【評】

阮亭曰：詠一物具興廢之感，如讀「昭陵玉匣」之句。

其年曰：讀盡，我亦欲效陌上銅仙，淚下如雨。

【箋注】

《詠物十詞》之一。

王士禛《池北偶談》卷十四「未央宫銅奩」條：「順治中，渭南漁人於渭水中得秦時未央宫香奩一具，銅緑如鸚鵡毛可愛。溧陽狄秋水敬爲潼關道兵備副使，得之。副使子億，予辛未所取士，今官翰林。」

未央宫：宫殿名。故址在今陝西西安市西北，長安故城内西南隅。漢高帝七年建，常爲朝見之處。

昆吾：地名。在長安南，終南山旁，漢代屬上林苑範圍。《漢書·揚雄傳》：「武帝廣開上林，東南至宜春鼎湖，昆吾御宿。」晉灼曰：「昆吾，地名也，有亭。」杜甫《秋興》：「昆吾御宿自逶迤，紫閣峰陰入渼陂。」

玉箱：《漢武帝内傳》：「帝塚中先有一玉箱、一玉杖，此是西方康渠王所獻。」

茂陵：漢武帝劉徹陵墓，在今陜西省興平縣東北。《漢書・武帝紀》：「（後元二年）二月丁卯，帝崩於五柞宮，入殯於未央宮前殿。三月甲申，葬茂陵。」

【校】

［一］菱花曾貯：《詠物十詞》同，《百名家詞鈔》、《瑶華集》作「舊時曾否」。

［二］銅駝陌上：按詞譜，此句當押韻。

霜葉飛

村居

數間茅屋。荒原悄，紆迴樵徑幽獨。半竿斜照亂鴉啼，早隴頭歸牧。點幾樹、丹楓似簇。空林墮葉聲聲續。喜野老忘機，共領略、清泉白石，閒伴麋鹿。　入畫范緩倪迂，柴門雙掩，静對千尺飛瀑。繩牀高卧聽秋風，問何榮何辱。漫料理、牛衣碌簌。凝寒未到深谿谷。倩濁醪、消長夜，醉裏生涯，悠然良足。

【評】

其年曰：似向子諲。

山來曰：如讀《歸去來辭》。

【箋注】

范緩：范寬（九五〇——一〇三二），原名中正，字仲立，耀州華原（今陝西銅川）人，北宋山水畫大家。性緩，以其豁達大度，人謂之范寬，遂本名不顯。米芾《畫史》：「范寬山水，叢叢如恒岱，遠山多正面，折落有勢。山頂好作密林，水際作突兀大石，溪山深虛，水若有聲。物象之幽雅，品固在李成上，本朝自無人出其右。」

倪迂：倪瓚（一三〇一——一三七四），字元鎮，號雲林子，元明之際無錫人。嘗自謂「懶瓚」，亦曰「倪迂」。以書畫名家，善水墨山水，逸筆草草，清遠蕭疏，與黃公望、王蒙、吴鎮合稱「元四家」，影響於明清兩代文人畫者甚巨。

蘇武慢

元宵雪後作

皓魄初圓，罡風猶勁，剪破彤雲萬里。桂影扶疏，嫦娥清冷，白玉樓頭似水。銀花作陣，火樹迷空，照見離離珠蕊。想蜀天積雪，峨嵋崖下，佛燈如此。何須問、雙鳳雲間，六鼇海上，簫鼓聲中燕喜。竹葉橫窗，松陰滿徑，有箇幽人在裏。白眼誰同，青罇易歇，赤腳層冰遊戲。應難尋、千樹梅花，長笛一聲而已。

【評】

羨門曰：松筠之況，冰雪之懷，柳州所云「淒神愴骨」，境至清也。

其年曰：字字清絶，是瑶臺閬苑中人語。

武曾曰：峨嵋佛燈，自有雪以來，未經人道。

【箋注】

佛燈：又名聖燈。山谷間光線通過雲霧經衍射作用而産生的光環。葉子奇《草木子・雜俎》：「聖燈，名山之大者往往皆有之，世人多歸之佛氏之神。如眉縣峨眉山、成都聖燈山、簡州天光觀、衡山聖燈巖、匡廬之神燈巖、明州天童山、高麗之太白數處。」

赤腳層冰：杜甫《早秋苦熱堆案相仍》：「南望青松架短壑，安得赤腳蹋層冰。」陸游《夏夜泛舟書所見》：「夜半歸來步松影，真成赤腳踏層冰。」

《蘇武慢》，即《選冠子》，又名《惜餘春慢》。侯寘詞名《蘇武慢》。

惜餘春慢

雨雹

窈窕紋紗，參差曲檻，無計消他長夏。金鉦匿影，石燕穿雲，縹緲靈旗來也。隱隱輕雷度時，不惜真珠，抛殘盈把。似湘妃游泳，玉徽零亂，冰絃彈罷。　又疑是、破陣錢塘，青天飛去，雪霰一時交下。介山昨夜，風雨黃昏，霹靂車憑誰借。怊悵方塘，碧筒出水初圓，怎禁狼藉。助新涼、午夢繩牀，彷佛聲飄鴛瓦。

【箋注】

破陣錢塘：謂奏《錢塘破陣樂》。參見卷上《虞美人·雨過》箋注。

介山雷：段成式《酉陽雜俎》前集卷八：「李鄘在北都，介休縣百姓送解牒，夜止晉祠宇下。夜半有人叩門云：『介休王暫借霹靂車，某日至介休收麥。』……至其日，百姓率親情，據高阜候天色。及午，介山上有黑雲，氣如窯煙。斯須蔽天，注雨如綆，風吼雷震，凡損麥千餘頃。」

沁園春

長夏少事，撫枕輒睡，夢境荒忽，不一而足，因集古人夢事成篇

梧影初回，槐角風涼，引入華胥。見蝴蝶園中，翩翩曬粉；邯鄲道上，袞袞騎驢。蕉鹿慵看，櫻桃空啖，擬上蚍蜉王者書。南柯郡，有同昌嘉禮，覓醉何如。　排空馭氣歸歟。更媪媪、巫雲送我車。問風雨連宵，西施曾葬；鳳凰再降，蕭史焉居。黍米山川，蘧廬將相，一瞬悲歡付子虚。醒來後，對荳棚茗碗，半晌躊躇。

【評】

羨門曰：足敵子山一賦。

阮亭曰：令我說夢不能到此。

其年曰：讀末數語，是黃粱初熟時。

山來曰：如許夢境，抽揚曲盡，真大夢而大覺者。

【箋注】

題云「集古人夢事成篇」，即糅合華胥夢、莊生夢、邯鄲夢、蕉鹿夢、櫻桃夢、南柯夢、巫山夢、子虛

烏有諸典，以抒人生如夢之感慨。有如辛棄疾《賀新郎·送茂嘉十二弟》，集送别典故而成送别詞。

蕉鹿夢：《列子·周穆王》：「鄭人有薪於野者，遇駭鹿，御而擊之，斃之。恐人見之也，遽而藏諸隍中，覆之以蕉，不勝其喜。俄而遺其所藏之處，遂以爲夢焉。」蕉，通「樵」。明人車任遠有雜劇《蕉鹿夢》。

櫻桃夢：《廣群芳譜》卷五十六：「《異聞録》：天寶初，有范陽盧子在東都，春暮遊僧舍。僧方開講，盧詣之。有青衣攜櫻桃一籠，因與同餐，遂隨之行，即夢爲御史爲相。經三十年，又逢青衣，復到僧舍，下馬，忽然昏醉。講僧云：何久不起。乃見身著白衫服飾如故，問其僕，曰：日已午矣。」明萬曆時高漫卿有雜劇《櫻桃夢》，即據此。王士禎《蕙蘭芳引·春思用周清真韻》：「櫻桃夢覺，何處問、畫樓金屋。」

同昌：唐懿宗長女，初封同昌公主，下嫁韋保衡。此謂《南柯夢》中淳於棼夢至槐安國，娶公主，封南柯太守。

沁園春

贈柳敬亭

席帽單衫，擊缶嗚嗚，豈不快哉。況玉樹聲銷，低迷禾黍；梁園客散，清淺蓬萊。蕩子辭家，羈人遠戍，耐可逢場作戲來。掀髯笑，謂浮雲富貴，麯蘖都埋。縱橫四座嘲詼。歎歷落、嵚崎是辨才。想黄鶴樓邊，旌旗半捲；青油幕下，罇俎常陪。江水空流，師兒安在，六代興亡無限哀。君休矣，且扶同今古，共此銜杯。

【評】

羨門曰：柳生未足當此，借他人酒杯，澆自己磊塊耳。「扶同」二字妙，贛君分別黑白，不免多事。

其年曰：此詞旗亭畫壁久矣，今讀之猶如初脱口也。

山來曰：快讀一過，如聽柳生擊缶雄談。

【箋注】

曹貞吉贈柳敬亭詞共二首，龔鼎孳、曹爾堪見之，相繼以詞贈柳，盛傳京邑。龔鼎孳康熙十二年（一六七三）去世，曹貞吉康熙九年考授内閣中書，則此詞當作於康熙九年至十二年之間。參見後《賀新涼·再贈柳敬亭》。

柳敬亭：説書藝人。本姓曹，名敬亭，揚州府泰州人。年少時獷悍無賴，犯法當死，變姓柳，浪跡蘇北市井之間，説書度日。寧南侯左良玉渡江南下時，因人薦入其幕，使參機密，遂得大名，人目爲「柳將軍」。南明亡，憔悴失路，客於京城，以説書名動公卿。黄宗羲、吴偉業有《柳敬亭傳》。

黄宗羲《柳敬亭傳》：「亡何國變，寧南死。敬亭喪失，其資略盡，貧困如故時，始復上街頭理其故業。敬亭既在軍中久，其豪猾大俠、殺人亡命、流離遇合、破家失國之事，無不身親見之，且五方土音，鄉俗好尚，習見習聞，每發一聲，使人聞之，或如刀劍鐵騎，颯然浮空，或如風號雨泣，鳥悲獸駭，亡國之恨頓生，檀板之聲無色。」（《南雷文定》卷十）

曹禾《珂雪詞話》：「柳生敬亭以評話聞公卿，入都時邀致接踵。一日過石林，許曰：『薄技必得諸君子贈言以不朽。』實庵首贈以二闋，合淝尚書（龔鼎孳）見之扇頭，沉吟歎賞，即援筆和韻珂雪之詞，一時盛傳京邑。學士顧庵（曹爾堪）叔自江南來，亦連和二章。敬亭名由此增重。」

師兒：即獅子，謂三國吴孫策。參見卷上《滿江紅・和錫鬯吴大帝廟下作》箋注。

汪懋麟《沁園春・再贈敬亭和升六韻》：「狡黠淳于，抵掌而前，似此奇哉。任毁三罵五，河山塵芥，譚玄論白，富貴蒿萊。臨檻狂呼，仰天大笑，舌上青蓮何處來。從他語學伯倫，作達荷鍤須埋。　當筵謾道俳諧。看此老、前身是辯才。記靈巖山畔，天花曾落，遠公社裏，錫杖常陪。慷慨逢場，悲涼説法，較勝雍門樂與哀。餘生事，但楞嚴繫肘，麯米盈杯。」（《錦瑟詞》）

按，彭羨門所評，謂西漢宰相薛宣（字贛君）。《漢書・薛宣傳》：「宣數言政事便宜，舉奏部刺史郡國二千石，所貶退稱進，白黑分明，由是知名。」

沁園春

病齒戲作

檢點形骸。牙齒空存，凋零可哀。似潮囓危巖，谽谺欲墮；蟲雕敗葉，次第成灰。活玉巢邊，大郎遊戲，狗竇從君出入來。昌黎曰，倘歲常落一，兩紀奚猜。只愁三五爲儕。拚一夜、霜風散早梅。彼伏生牀上，傳經詰曲；張君柱下，覓乳徘徊。語怕成訛，食還喜軟，遮莫廉頗善飯哉。柔能久，但吾生舌在，暫此銜杯。

【評】

羨門曰：捃拾齒事殆盡，使王摘見之，何處更抽扇簟。

阮亭曰：升老《病齒》一闋，雖稼軒復起，何以過之？ 叔夏、公謹不足道也。

其年曰：俶詭離奇，妙絶千古。

武曾曰：嘻笑之章，亦復巉峭。

山來曰：我更愛其博奥。

【箋注】

活玉巢：陶穀《清異録》：「活玉巢：盩厔吏魁，召士人訓子弟，館于門。士人素有蛀牙，一日復作，左腮掀腫，遂張口卧，意似瞢騰。忽聞有聲發於齦齶，若切切語言，人馬喧閧，漸次出口外，痛頓止。至半夜，聞蚤來之聲，仍云：『小都郎回活玉巢也。』似呵喝狀，頰上蠢蠢然直入口，彈指頃，齒大痛。詰旦，具告主人，勸呼符祝，用符水。士人從之，痛已腫消，竟不知何怪也。」

狗竇：戲稱齒缺狀。《世説新語・排調》：「張吴興年八歲虧齒，先達知其不常，故戲之曰：『君口中何爲開狗竇？』張應聲答曰：『正使君輩從此中出入。』」

張君柱下：此謂張蒼，曾任御史。周秦置柱下史，後因以稱御史。《漢書・張蒼傳》：「(蒼)秦時爲御史，主柱下方書。」顔師古注：「柱下，居殿柱之下，若今侍立御史矣。」《史記・張蒼傳》：「蒼之免相後，老，口中無齒，食乳，女子爲乳母。妻妾以百數，嘗孕者不復幸。蒼年百有餘歲而卒。」

舌在：《史記・張儀列傳》：「張儀已學而遊説諸侯。嘗從楚相飲，已而楚相亡璧，門下意張儀，曰：『儀貧無行，必此盜相君之璧。』共執張儀，掠笞數百，不服，醳之。其妻曰：『嘻！子毋讀書遊説，安得此辱乎？』張儀謂其妻曰：『視吾舌尚在不？』其妻笑曰：『舌在也。』儀曰：『足矣。』」

韓愈《落齒》句云：「去年落一牙，今年落一齒。俄然落六七，落勢殊未已。」「餘存二十餘，次第知落矣。儻常歲落一，自足支兩紀。」

辛棄疾《卜算子・齒落》：「剛者不堅牢，柔者難摧挫。不信張開口了看，舌在牙先墮。已闕兩邊廂，又豁中間箇。説與兒曹莫笑翁，狗竇從君過。」

按，彭羡門所評，用王摛事。南朝齊王摛以博學見知。尚書令王儉「嘗使賓客隸事，多者賞之，事皆窮，唯廬江何憲爲勝，乃賞以五花簟、白團扇。坐簟執扇，容氣甚自得。摛後至，儉以所隸示之，曰：『卿能奪之乎？』摛操筆便成，文章既奥，辭亦華美，舉坐擊賞。摛乃命左右抽憲簟，手自掣取扇，登車而去。儉笑曰：『所謂大力者負之而趨。』」（《南史·王摛傳》）

沁園春

泛舟明湖，訪仲愚留飲即事。李道思、劉伯敘繼至

所謂伊人，一水盈盈，欲往從焉。見雁影蕭條，煙波上下；漁歌欸乃，笭箵便娟。雨笠煙蓑，瘿瓢竹杖，衰柳殘荷望渺然。櫓聲斷，恰門横短港，巷面青山。　一觴一詠流連。殊不似、扁舟雪夜還。况高議雲生，尊同北海；勝流狎集，客比西園。鴻爪遭逢，萍蹤聚散，絶勝他人交十年。拼沉醉，問中秋好月，可照湖干。

【評】

羡門曰：「衰柳殘荷望渺然」，勝於「斜陽冉冉春無際」。

其年曰：結句沉吟不盡，大有「不愁明月盡，自有夜珠來」遺意。

山來曰：如輞水淪漣，與月上下。

【箋注】

孫寶侗，字仲愚，山東益都人。大學士孫廷銓之子，官都察院經歷。有《惇裕堂集》。王士禎曰：「公子仲愚，少承家學，九經諸史皆洞貫其源委，發爲文章，汪洋演迤，旁礴閎肆，一時名卿聞人，競折節下之。」

明湖：濟南大明湖。曹貞吉康熙九年（一六七〇）仕京師之前，嘗與山東同學遊湖。

北海：漢末孔融爲北海相，時稱孔北海。融性寬容少忌，好士，喜誘益後進。及退閒職，賓客日盈其門。常歎曰：「坐上客恒滿，尊中酒不空，吾無憂矣。」（《後漢書·孔融傳》）

一觴一詠：王羲之《蘭亭集序》：「雖無絲竹管絃之盛，一觴一詠，亦足以暢敘幽情。」白居易《洛中偶作》：「遇物輒一詠，一詠傾一觴。筆下成釋憾，卷中同補亡。」

沁園春

題美人畫芙蓉

裊裊亭亭，何處折來，芙蓉一枝。是青溪女士，寫生妙手，花光粉膩，遊戲爲之。縱使無情，也應有恨，月白風輕欲墮時。堪憐處，傍沙汀蘆岸，掩冉丰姿[二]。多愁多病蛾眉。便畫出、傷心寄阿誰。憶紅樓倦繡，輕拈小筆；烏絲罷詠，淡抹唇脂。更費雌黄，枝頭點染，添箇翩翩蝴蝶兒。吹能起，笑拂蠅成誤，老眼迷離。

【評】

羡門曰：渾脱瀏利，詞家所難。

其年曰：點染寫生，不數南唐北宋。

【箋注】

青溪女士：范珏，字雙玉，號青溪。明末金陵妓，善畫山水，有「婦人中范華原」之譽。

余懷《板橋雜記》中卷：「范珏，字雙玉，靜廉寡所嗜好，一切衣飾歌管、艷靡紛華之物，皆屏弃之。惟闔户焚香瀹茗，相對藥爐經卷而已。性喜畫山水，摹仿大痴、顧寶幢，槎丫老樹，遠山絶澗，筆墨間有天然氣韻，婦人中范華原也。」

拂蠅：晉張勃《吴録》：「孫權使曹不興畫屏風，誤落筆點素，因就以作蠅，既進御，權以爲生蠅，舉手彈之。」李商隱《蠅蝶雞麝鸞鳳等成篇》：「韓蝶翻羅幕，曹蠅拂綺窗。」劉辰翁《鵲橋仙・題陳敬之扇》：「乘鸞著色，癡蠅誤拂。不及羲之醉墨。」

【校】

［一］丰姿：《瑶華集》作「風姿」。

沁園春 三首

讀子厚新詞卻寄

不見瀫庵，六年於兹，思如之何。憶大明湖畔，論心握手；之萊海上，痛飲高歌。以子襟懷，消人鄙吝，叔度汪汪千頃波。分袂後，想生平意氣，暗裏蹉跎。　驚聞一豎相苛。早伏枕、山中歲月多。幸清漳第近，時過小阮，人來不夜，問訊無他。拚事醫王，未驅窮鬼，且負青青六尺蓑。長安市，悵故人疏放，老子婆娑。

【評】

羨門曰：不事雕鏤，俱成妙詣，此絢爛極而平淡生也。

【箋注】

三闋爲聯章，寄山東鄉試同年黄垍。康熙八年己酉（一六六九）秋，曹貞吉赴京都參加會試，曾邂逅黄垍，作《都門逢黄子厚以海上文石相贈賦謝》詩：「多難如君遠世情，緇塵落落復班荆。」（《珂雪二集》此詞開篇云「不見澂庵，六年於兹」，則作於康熙十四年（一六七五），時在内閣中書任。

黄垍，字子厚，號澂菴，山東即墨人。康熙二年癸卯（一六六三）舉人。因病不仕，隱於勞山白鶴峪。有《夕霏軒詩餘》。

李焕章《夕霏軒詩餘序》：「吾友即墨黄君澂菴，名臣大司馬之孫，癸未進士高隱不仕，鏡巖公季子也。少有異慧，精制藝，癸卯舉於鄉。……造物恐澂菴時有感觸，所守不堅，畀之病，病十年之久，絶意公車。……詩餘更多，至千首，子夜由房，與大將軍鐵綽板唱『大江東去』，並臻其妙。綺情藻思，宛轉纏綿，皆其得之藥鐺卧榻、醫人方書之間者也。嗟乎！使澂菴不病，登第長安，録其名於禮部，蓋其家故物，亦所云數見不鮮矣。」（《織水齋集》）

王培荀《鄉園憶舊録》卷四：「黄垍，字子厚，號澂菴，即墨人。家世科第，一門能詩。康熙癸卯舉於鄉，一時同榜集省垣，共論文章高下。澂菴沉默不語，衆問故，答曰：『此地有水香亭、北渚亭，李北海、晁太常讌賞地，又辛稼軒、李滄溟家焉。吾方憶兩公踞青雀舫，湖光蕩漾，文思競發，詩詞並可寄興，餘不暇及也。』此段俊語，風流似晉人，兼存吾鄉故實，故録之。」

之萊：山名，又名萊山、萊陰山。瀕渤海，清代爲登州府寧海州地，今屬山東煙臺市。秦始皇巡遊天下時，曾建八主祠廟，月主祠築於之萊山。《史記·封禪書》：「八神，一曰天主……六曰月主，祠之萊山。」

叔度：黄憲，字叔度。《後漢書·黄憲傳》：「叔度汪汪若千頃陂，澄之不清，淆之不濁，不可量也。」

小阮：晉阮咸與叔父籍俱爲「竹林七賢」之一，世因稱阮咸爲小阮。後藉以稱侄兒。李白《陪侍郎叔遊洞庭醉後》詩：「三杯容小阮，醉後發清狂。」

不夜：古城名。《漢書·地理志上》，東萊郡屬有不夜縣，顔師古注曰：「《齊地記》云，古有日夜出，見於東萊，故萊子立此城，以不夜爲名。」

老子婆娑：自謂奔波勞碌。《晉書·陶侃傳》：「未亡一年，欲遜位歸國，佐吏等苦留之。及疾篤，將歸長沙，軍資器仗牛馬舟船皆有定簿，封印倉庫，自加管鑰，以付王愆期，然後登舟，朝野以爲美談。將出府門，顧謂愆期曰：『老子婆娑，正坐諸君輩。』」

憑藉飛鴻，貽我一編，花間草堂。喜風流旖旎，小山珠玉；驚心動魄，西蜀南唐。更愛長篇，嶔崎歷落，辛陸遥遥一瓣香。吟哦久，妬金荃佳句，遂滿奚囊。休論小弟行藏。歎筆硯、年來已盡荒。縱勞他精衛，難填悶海；傾來米汁，莫潤愁腸。鳥亦傷心，花能濺淚，獨對東風舞一場。如何是，羨扁舟漁父，蘆荻蒼蒼。

【評】

其年曰：瀏脱頓挫，想見公孫舞劍、張旭草書時。

山來曰：先生長調，妙絶古今，此詞乃是自爲寫照。

【箋注】

金荃：詞集名。温庭筠原有《金荃集》，歐陽炯《花間集序》：「近代温飛卿復有《金荃集》。」已佚。後人有輯其詞以名「金荃」者。

米汁：米酒。《增補類腋》引《酒史》：「蘇晉，頲之子也，學浮屠術。嘗得胡僧慧澄繡彌勒佛一本，寶之。曰：『是佛好米汁正與吾性合，吾願事之，他佛不愛也。』」

讀罷新詞，擊碎唾壺，悄然以悲。任邯鄲枕上，重裀列鼎；大槐宮裏，貂錦蛾眉。未了功名，難消磊塊，不向空門何處歸。又底事，問安期高誓，乞取刀圭。茫茫大造誰知。況世上、原無真是非。彼南華齊物，呼牛呼馬；靈均呵壁，將信將疑。我賦三章，爲君七發，得愈頭風或有之。掀髯笑，望西山一帶，暮雨迷離。

【評】

其年曰：僕題珂雪詞，有「雄深蒼穩」之贈，諸公試瞪目讀此等詞，然乎否？

阮亭曰：以詞代書，亦奇。

山來曰：讀「世上原無真是非」一語，不勝歎息。

【箋注】

安期：仙人名。葛洪《抱樸子・内篇》：「安期先生者，賣藥於海邊，瑯琊人傳世見之，計已千年。秦始皇請與語，三日三夜。」

高誓：仙人名。《史記・秦始皇本紀》：「三十二年，始皇之碣石，使燕人盧生求羨門、高誓。」張守節正義：「高誓亦古仙人。」

呼牛呼馬：謂毀譽由人。《莊子・天道》：「昔者子呼我牛也，而謂之牛；呼我馬也，而謂之馬。」

愈頭風：《三國志・魏書・王粲傳》：「太祖並以琳、瑀爲司空軍謀祭酒，管記室，軍國書檄，多琳、瑀所作也。」裴松之注引《典略》曰：「（陳）琳作諸書及檄，草成呈太祖。太祖先苦頭風，是日疾發，卧讀琳所作，翕然而起曰：『此愈我病。』數加厚賜。」

沁園春

送藍公漪還閩

閩海畸人，淩轢詞壇，飛揚若斯。況煙雲落紙，南宮北苑；錕鋙切玉，周鼎商彝。大翩山頭，鴻都門下，一藝分來自可師。延秋路，對西風黄葉，欹帽吟詩。滄浪遺派攸歸。除高棟、林鴻更有誰。喜霜濃月白，共君一醉，短衣孤劍，此去安之。三尺殘陽，兩行枯柳，衰草平蕪有所思。今行矣，想舊廬無恙，松菊依稀。

【評】

其年曰：感慨芊綿，如讀許渾、趙嘏懷古登高諸作。

山來曰：如見藍公多才多藝。

【箋注】

藍漣，字公漪，福建侯官人。布衣不仕。詩情畫筆，蕭疏高遠。毛奇齡稱其爲「閩江豪士」。年八十餘卒。有《采飲集》。

《（乾隆）福州府志》卷六十：「藍漣，字公漪，侯官人。父籀，字興漢，善篆隸書。漣博物洽聞，工諸體詩，超脱遒逸，而篆草八分，皆有父風。兼擅繪事。居道山麓，老屋三間，圖書插架，客至呼酒賦詩，竟日忘倦。自題其門曰：朱紱不貪緣骨相，滄江終老作詩人。其志尚如此。性喜遊，足跡遍齊魯衛魏吳越。在粤東羈棲尤久，與梁佩蘭、屈大均、陳恭尹交善。晚歲再至粤，人咸尊禮之，爲刻其集曰《采飲集》，遂卒於粤。」

大翮山：即海坨山，位於北京西北八達嶺外，延慶縣與赤城縣交界處。《水經注》：「海陀東側有二峰，高巒截雲，層淩斷霧，雙阜共秀。郡人王次仲改倉頡舊書爲隸書，始皇奇而召之。三徵不至，始皇怒，命檻車送之。次仲化作大鵬翻飛而上，落二翮於斯山，故其峰有大翮、小翮之稱。」

鴻都門：此指鴻都門學，東漢靈帝設在洛陽鴻都門的學校，專習辭賦書畫。《後漢書·靈帝紀》：「始置鴻都門學生。」李賢注：「鴻都，門名也，於内置學。時其中諸生，皆勑州、郡、三公舉召能爲尺牘辭賦及工書鳥篆者相課試，至千人焉。」

滄浪：嚴羽，字丹丘，一字儀卿，自號滄浪逋客，世稱嚴滄浪，邵武（今福建邵武）人。南宋詩論家、詩人。有《滄浪詩話》。

延秋：唐代長安禁苑西門。此謂藍漣出都門而歸里。

高棅：字彦恢，後改名廷禮，號漫士，明初福建長樂人，「閩中十才子」之一。論詩主唐音，著《唐詩品匯》。

林鴻：字子羽，明初福建福清人，詩得明太祖賞識。詩法盛唐，書臨晉帖，「閩中十才子」之首。

沁園春

日照李伯開作生壙成，自題云「竹帛誰千古，煙霞我一丘」，余喜其能達生也，詞以贈之[一]

表聖之徒，富貴浮雲，能齊死生。憶早年任俠，千夫辟易；中年策杖，五嶽縱橫。紫塞黄榆，短衣孤劍，鬱鬱胸蟠百萬兵。今老矣，向荒山寄跡，汐社藏形。　牛眠好卜佳城。便撒手、懸崖自在行。彼麒麐贔屭，誰當不朽；煙霞没滅，我本無營。大海潮青，嵐峰月白，樂此安知後世名。君無語，持黄金鑿落，飲若長鯨。

【箋注】

李時泰，字伯開，山東日照人，明崇禎十二年己卯（一六三九）武科進士。

光緒《日照縣志》卷八：「李時泰，字伯開，崇禎己卯武科。甲申變後，遊吳越燕代間，歷覽山川之勝。題其杖云：『交遍天下，握手無幾。朝夕依依，惟我與爾。』古稀後，作生壙於虎山之左，立石，題杜工部『竹帛誰千古，煙霞我一丘』之句，不書姓名。」

表聖：唐詩人司空圖，字表聖。《舊唐書》本傳：「圖有先人別墅在中條山之王官谷，泉石林亭，頗稱幽棲之趣。自考槃高卧，日與名僧高士遊詠其中。晚年爲文，尤事放達。」

汐社：宋遺民謝翺創立的文社。方鳳《謝君翺行狀》：「（翺）後避地浙水東，留永嘉、括蒼四年，往來鄞越復五年，大率不務爲一世人所好，而獨求故老與同志，以證其所得。會友之所名汐社，期晚而信，蓋取諸潮汐。」

牛眠：謂卜葬吉地。《晉書·周訪傳》：「初，陶侃微時，丁艱，將葬，家中忽失牛而不知所在。遇一老父，謂曰：『前崗見一牛眠山汙中，其地若葬，位極人臣矣。』又指一山云：『此亦其次，當世出二千石。』言訖不見。侃尋牛得之，因葬其處，以所指别山與訪。訪父死，葬焉，果爲刺史，著稱寧益，自訪以下，三世爲益州四十一年，如其所言云。」

撒手懸崖：禪門語。謂擺脱掛礙，義無反顧，直見本性。《景德傳燈録·蘇州永光院真禪師》：「直須懸崖撒手，自肯承當。」宋李處權《送禪客入高峰》：「須是丈夫兒，懸崖能撒手。爲語學道人，何須天下走。」

沁園春

再贈李君聊廣其意

日月跳丸，虎頭健兒，雞皮老翁。笑求仙問藥，都無憑據，靈椿朝菌，一樣成空。羊角扶摇，枋榆棲止，總在茫茫噫氣中。何處問，有南柯太守，馬鬣高封。　達人遊戲神通。便塚象、祁連蟻垤同。甚珠襦玉匣，牛羊廢壟；金鳧銀雁，禾黍秋風。天地蘧廬，乾坤窀穸，千載王孫道未窮。今古恨，是白楊衰草，掩盡英雄。

【箋注】

金鳧銀雁：金屬鑄的鳧與雁，指帝王陪葬物。王嘉《拾遺記·前漢》：「張善爲日南太守，郡民有得金鳧以獻。張善該博多通，考其年月，即秦始皇墓之金鳧也。」李白《襄陽歌》：「誰能憂彼身後事，金鳧銀鴨葬死灰。」

【校】

［一］此二首，《瑶華集》卷十七選録。

八歸

題其年《填詞圖》

散聖安禪，烏衣白袷，淡宕［一］風流如許。酒旗戲鼓人間世，博得蕭然驢背，鬚眉塵土。淩轢詞壇［二］三十載，寫六代興亡無數。翻墨瀋、歷落嶔崎，看海奔鯨怒。　誰拂生綃作照，維摩清冷，坐對散花天女。三疊霓裳，一聲河滿，曲項琵琶金縷。問英雄紅粉，可到相逢斷腸處。想歌闌、深卮微勸，銀甲春寒，水沉香慢炷。

【箋注】

作於康熙十七年戊午（一六七八）。是年夏，陳維崧赴鴻博試入京，攜帶釋大汕所繪《迦陵填詞圖》，遍徵題詠。此圖歷康熙至嘉慶四朝，其間一百五十多年，續有翻刻與題詠。

陳康祺《郎潛紀聞四筆》卷六：「康熙朝，海内老輩傳有三圖。一爲朱竹垞《煙雨歸耕圖》，一爲李秋錦《灌園圖》，一爲陳迦陵《填詞圖》。蓋三君皆命世才，仗劍出門，窮老盡氣，所交皆天下奇士，胸中鬱律不可一世，一題一詠，其詩詞盡古今之瓌寶也。三圖今不知落何許，以康祺所聞，惟《填詞圖》流傳最久，其題詠補續亦最多。」

吴衡照《蓮子居詞話》卷一：「《迦陵填詞圖》爲釋大汕傳神，掀髯露頂，真有國士風。旁坐麗人拈洞簫而吹，恍唱『楊柳岸曉風殘月』也。……大汕，字石濂，江南人。又曾爲先生作《天女散花小像》。」

謝章鋌《賭棋山莊詞話》續編卷一：「《迦陵填詞圖》，作於戊午閏三月廿四日，蓋舉鴻博之先一年也。乾隆末，其從孫藥洲中丞縮本刻之，袁簡齋爲之序。」

河滿：即《何滿子》，舞曲名。段成式《酉陽雜俎・貝編》：「荆州貞元初，有狂僧，些僧其名者，善歌《河滿子》。」

酒旗戲鼓：周邦彦《西河·金陵懷古》：「酒旗戲鼓甚處市。想依稀、王謝鄰里。燕子不知何世。」

【校】

［一］淡宕：《百名家詞鈔》同，《瑶華集》卷十七作「淡蕩」。

［二］詞壇：《百名家詞鈔》同，《瑶華集》作「詞場」。

賀新涼

再贈柳敬亭

咄汝青衫叟。閲浮生、繁華蕭索，白衣蒼狗。六代風流歸抵掌，舌下濤飛山走。似易水、歌聲聽久。試問於今真姓字，但回頭、笑指蕪城柳。休暫住，譚天口。　當年處仲東來後。斷江流、樓船鐵鎖，落星如斗。七十九年塵土夢，纔向青門沽酒。更誰是、嘉榮［一］舊友。天寶琵琶宮監在，訴江潭、憔悴人知否。今昔恨，一搔首［二］。

【評】

阮亭曰：贈柳生詩詞，牛腰束矣，當以此爲壓卷。

羨門曰：如「柳州柳刺史，種柳柳江邊」，涉筆成趣。

修來曰：摐金戛玉，亦復石破天驚，得此兩作，敬亭不朽矣。

其年曰：百十六字，括盡梅村先生《敬亭》一傳。

山來曰：兩詞嶔崎歷落，骯髒激昂，傳神阿堵。

【箋注】

作於康熙九年至十二年之間。參見前《沁園春·贈柳敬亭》箋注。

汪懋麟《柳敬亭説書行》句云：「吴陵有老年八十，白髮數莖而已矣。兩眼未暗耳未聾，猶見摇唇利牙齒。」「長安客舍忽相見，龍鍾一老胡來此。剪燈爲我説齊諧，壯如擊筑歌燕市。」詩作於康熙九年庚戌（一六七〇），見《百尺梧桐閣詩集》卷八。

汪懋麟《賀新郎·贈柳敬亭和曹升六韻》：「何物吴陵叟。儘生平、詼諧遊戲，英雄屠狗。寒夜蕭條聞擊筑，敗葉滿庭飛走。今四座、欷歔良久。説到後庭商女曲，悵白門、寂寂烏啼柳。天付與，懸河口。　可憐飄泊寧南後。記强侯、接天檣櫓，横江刁斗。亡國豈知逢叔寶，世事盡銷醇酒。歎滿目、爛羊僚友。心識懷光原未反，但恩讎、將相誰知否。少平勃，黄金壽。」（《錦瑟詞》）

蕪城柳：見前《沁園春·贈柳敬亭》箋注。

處仲：東晉王敦，字處仲。建立東晉有功，是爲權臣，後發動政變，史稱王敦之亂。此借指南明政權寧南侯左良玉。

嘉榮：米嘉榮，唐代元和年間歌者，朝庭供奉，西域米國人。劉禹錫《與歌者米嘉榮》：「唱得涼州意外聲，舊人唯數米嘉榮。近來時世輕先輩，好染髭鬚事後生。」

天寶琵琶：唐代天寶年間著名宮廷藝人賀懷智，擅長琵琶。元稹《連昌宮詞》：「夜半月高絃索鳴，賀老琵琶定場屋。」

江潭憔悴：《楚辭·漁父》：「屈原既放，遊於江潭，行吟澤畔，顏色憔悴，形容枯槁。」

【校】

［一］嘉榮：《百名家詞鈔》同，《瑶華集》卷十八作「嘉賓」。

［二］一搔首：《百名家詞鈔》同，《瑶華集》作「頻搔首」。

賀新涼　二首

送周雪客南歸

雲際孤帆捲。送將歸、登山臨水，離情難遣。年少周郎江左去，望裏寒林霜泫。問底事、頻勞雙繭。奕葉才名推繡虎，共秦淮、春水無深淺。逸興到，剡藤展。風流顧曲亭邊顯。是何年、看山讀畫，佳名題扁。擊筑燕臺文酒伴，自愧淮南雞犬。驪駒唱、寧須求免。歸矣青溪三尺棹，坐六朝、金粉翻前典。江似練，爲君剪。

【評】

羨門曰：令人卻憶謝元暉。

山來曰：險韻妙押，當與顧庵學士「二十二章」並傳。

【箋注】

送周在浚歸江寧。作於中書舍人任上。

周在浚，字雪客，号梨莊，河南祥符人，僑寓江寧（今江蘇南京）。周亮工之子，王士禎門人。國學生，官經歷，繼述家學，惟恐不力，時人以爲「蘇環有子」。曾爲太原參軍候補州牧，歷八載，康熙三十二年（一六九三）以内艱歸。有《梨莊詞》。

青溪：古水名。三國吴在建業城所鑿東渠。發源於鍾山，流經南京市入秦淮河，又名九曲青溪。

杜首昌《賀新涼・送周雪客南旋仍叠曹學士韻》：「雪傍征鞍捲。最銷魂、我留君去，獨排孤遣。三叠陽關愁黯淡，幾點青衫淚泫。對别酒、停驂揮繭。多少離情量不得，較桃花、潭水深耶淺。鞭影動，馬蹄展。黄雲出納山微顯。踐霜花、板橋人跡，重重印扁。裘帽一行殘尺掛，茅店雞聲雜犬。勤自慰、村醪莫免。水寺山家題姓字，任短長、口號皆成典。書瑣寄，休裁剪。」（《綃秀園詞選》）

汪懋麟同題同韻《賀新凉・送周雪客還白下》：「落葉飛蓬捲。此何時、客中送客，殊難爲遣。皂帽羊裘新結束，與爾淚花雙泫。歎別緒、春蠶抽繭。萬疊西山殘照裏，看蕭蕭、易水冰痕淺。平野闊，駿蹄展。天如濃墨光微顯。舞迴風、雪花如掌，馬毛僵扁。盼得人歸先白雁，不倩傳書黄犬。想顑頷、柳枝愁免。雪客寄内詩有「廿年憔悴柳枝柔」之句。臘酒正濃春菜滑，試高吟、秋水詩詞典。船早渡，對江剪。」（《錦瑟詞》）

敗葉西風捲。近河橋、六花片片，離觴聊遣。撲面驚沙森似霧，日暮蘆溝冰泫。寒夜凍、馬毛如繭。爲愛雲山歸去好，諒雲山、於子情非淺。五嶽志，向禽展。文章雖以幽棲顯。更須憑、經綸大手，爲時盧扁。路近三茅丹鼎在，洞裏一聲仙犬。塵土夢、知君其免。淮水東邊明月上，問齊梁、佳勝何人典。春草緑，不容剪。

【評】

羨門曰：稼軒意得之境。

其年曰：「剪」字妙押。

【箋注】

向禽：東漢隱士向長、禽慶。皇甫謐《高士傳》：「向長，字子平，河内朝歌人也，隱居不仕。……建武中，男女嫁娶既畢，敕斷家事勿相關，當如我死也。於是遂肆意，與同好北海禽慶，俱遊五嶽名山，竟不知所蹤。」

盧扁：戰國名醫扁鵲，因家於盧國，故又名盧扁。辛棄疾《六州歌頭》：「口不能言臆對，雖盧扁藥石難除。」

一聲仙犬：王充《論衡・道虛》：「儒書言：淮南王學道，招會天下有道之人。傾一國之尊，下道術之士，是以道術之士，並會淮南，奇方異術，莫不爭出。王遂得道，舉家升天。畜產皆仙，犬吠於天上，雞鳴於雲中。此言仙藥有餘，犬雞食之，並隨王而升天也。」杜甫《滕王亭子》：「春日鶯啼脩竹裏，仙家犬吠白雲間。」參見前首「自愧淮南雞犬」句。

賀新涼

寄李武曾用朱錫鬯韻

潦倒壇松醉。是何人、單衣白袷，維朱與李。十日蘆溝橋下別，上巳清明之際。看匹馬、蕭然高寄。幾度見詩詩總好，詠蠻花、犵鳥無前輩。石鼎倡，誰侯喜。杜鵑聲裏人憔悴。問何如、東方索米，千金裘敝。身世頓成風六鷁，不僅文章而已。慚鹿鹿、遂同餘子。夢裏故人頻握手，送離愁、幾捺瀟湘水。可想見，吾懷矣。

【評】

羨門曰：「身世頓成風六鷁」，真是不經人道語，未許輕分牙後。

阮亭曰：驅使古人處俱不見痕跡，故是神化。

鳳于曰：毫端蕭颯作秋聲。

【箋注】

作於康熙十一、十二年間。李良年康熙十年春晚隨曹申吉去貴州後，與在京友人常有書信詩詞來往，尤與朱彝尊、曹貞吉交厚。此詞首唱者朱彝尊，繼唱曹貞吉，李良年並有酬答。李答曹詞云「蠻花僰草三榮悴」，則是康熙十二年所作。參見卷上《留客住・鷓鴣》箋注。

石鼎：謂唐代韓愈與友人侯喜、劉師服的《石鼎聯句》。幻語誕辭，以資笑謔。

索米：求取米糧，謀生。《漢書・東方朔傳》：「臣朔飢欲死。臣言可用，幸異其禮；不可用，罷之，無令但索長安米也。」

風六鷁：六鷁風中退飛。《春秋・僖公十六年》：「六鷁退飛，過宋都。」杜預注：「鷁，水鳥。

高飛遇風而退。宋人以爲災，告於諸侯，故書。」此處喻身世艱難。

朱彝尊原唱《金縷曲·寄李武曾在貴竹》：「誰共金臺醉。記年時、酒徒跋扈，盡呼朱李。上巳浮杯悤悤別，雲散風流天際。報一一、平安書寄。鄴下雙丁齊入座，有多才、繡虎稱前輩。交唱和，令公喜。　離群最易添憔悴。況而今、相如賦賤，鸘鷫都敝。老去沉吟無長策，仰屋著書而已。但疑義、須尋吾子。秋錦堂前凋錦樹，問灌園、何日歸長水。倚閭望，幾年矣。」（《曝書亭集》卷二十五）

李良年《貂裘換酒·和朱十》：「尚憶青門醉。正鞦韆、翠裙入望，帝城桃李。君向揚州吾湘漢，身與沙鷗無際。感此日、瓊枝先寄。別後眠餐應似昔，奈浮雲、聚散傷同輩。緘未拆，雜悲喜。　頻年淚滴芳蘭悴。況天涯、歲華易改，錦韉俱敝。退谷僧坊留題處，舊事淒涼何已。若天意、定憐才子。潘末查容無恙在，伴竹垞、老去同煙水。楚江柳，又青矣。」（《秋錦山房詞》）按，《貂裘換酒》，即《賀新涼》別名。

李良年《貂裘換酒·曹實庵用前韻見懷有答》：「爲客心長醉。感瑶華、飛來天末，報之木李。燕市清明如夢寐，人語衣香沙際。誰解惜、閒蹤萍寄。丁卯烏絲今代好，記驪歌、次第喬（石林）汪（蛟門）輩。黯然別，暫時喜。　蠻花僰草三榮悴。笑蹉跎、灌園人遠，桔槔空敝。中歲行藏須定著，痼疾煙霞難已。判便作、樵夫漁子。定續吾家盤谷隱，有未荒、松徑鄰長水。書再到，客歸矣。」（《秋錦山房詞》）

賀新涼

壬子歲寄家弟用韻

猶記燕臺醉。歎無何、斷雲飛絮，匆匆行李。大纛高牙今異域，縹緲碧雞天際。有蘋末、清飆相寄。出守一麾誰抵掌，莫長風、萬里成吾輩。不聞見，那嗔喜。中郎阿大形骸悴。悵年年、陟釐紙尾，毛君頭澰。自是不歸歸便得，柳下寧辭三已。須認取、妄庸男子。夢裏相逢終幻劇，要徐牽、百丈牂牁水。五嶽志，有年矣。

【評】

阮亭曰：字字臻到。

山來曰：「自是不歸歸便得」，然歸後當如蒼生何？

【箋注】

作於康熙十一年壬子（一六七二），時曹申吉在貴州巡撫任上。參見前《解語花·詠水仙同家弟作》。此首即用朱彝尊《金縷曲·寄李武曾在貴竹》韻，參見前首箋注。

康熙十年（一六七一）春，曹申吉出任貴州巡撫。曹申吉《珂雪二集序》：「迨辛亥春，予拜黔中之節，奉母南還，兄送至蘆溝東數里，握手躑躅，不能成句。」「即郵筒萬里，篇什往來，彼以寫憂，此以當泣，殆拂鬱之意多而歡愉之言少矣。」

曹濂《儀部公行狀》：「先叔父以少宰出撫黔中，因奉母以歸，先大夫送至蘆溝橋下，離别之際，固難以爲懷，初不憶慈母悌弟，遂於此成永訣也。先大夫獨留京國，常鬱鬱不自樂，然而驛使星馳，月或三四至，萬里倡酬，歲常盈帙。」

碧雞：山名。在雲南昆明西南。顧祖禹《讀史方輿紀要·雲南二·雲南府》：「金馬山，府東二十五里，西對碧雞山，相距五十餘里，其中即滇池也。」元李京《初到滇池》：「珍重碧雞山上月，相隨萬里更多情。」

蘋末清飆：宋玉《風賦》：「王曰：『夫風始安生哉？』宋玉對曰：『夫風生於地，起於青蘋之末。』」

出守一麾：語出顏延之《五君詠·阮始平》：「屢薦不入官，一麾乃出守。」「麾」有揮斥、排擠意，謂阮咸受排斥，出爲始平太守。「麾」亦有旌麾意，遂多以「一麾出守」用作朝官出爲外任之典。杜甫《八哀詩·故秘書少監武功蘇公源明》：「一麾出守還，黄屋朔風卷。」

長風萬里：《宋書·宗慤傳》：「宗慤，字元幹，南陽人也。叔父炳，高尚不仕。慤年少時，炳問其志，慤曰：『願乘長風破萬里浪。』」

中郎阿大：兄弟之美稱，此作者自謂。《世説新語·賢媛》：「王凝之謝夫人（道韞）既往王氏，大薄凝之。既還謝家，意大不説。太傅（謝安）慰釋之曰：『王郎，逸少之子，人材亦不惡，汝何以恨乃爾？』答曰：『一門叔父，則有阿大、中郎；群從兄弟，則有封、胡、遏（羯）、末。不意天壤之中，乃有王郎！』」蘇軾《賀陳述古弟章生子》：「參軍新婦賢相敵，阿大中郎喜有餘。」

陟釐：一種蕨類植物，又名石髮。生池澤或陰濕巖石上，可入藥，可造紙。用陟釐製成之紙即苔紙，也稱側理紙。

「自是」句：楊萬里《新晴東園晚步二首》：「自是不歸歸便得，老來下筆筆如神。」

毛君：毛筆別稱。因韓愈作寓言《毛穎傳》以筆擬人，而得此稱。參見後《賀新涼·冬夜書懷》「頭禿毛君」箋注。

柳下：柳下惠。春秋時魯國人，展氏，名獲，字禽。食邑柳下，謚惠，故稱。爲士師，掌刑獄，三次被黜。《论语·微子》：「柳下惠为士师，三黜。人曰：『子未可以去乎？』曰：『直道而事人，焉往而不三黜？』」

牂牁水：牂牁江，即貴州北盤江。《史記·西南夷列傳》：「夜郎者，臨牂柯江，江廣百餘步，足以行船。」牂牁，亦郡名。漢武帝開西南夷而置，治故且蘭縣（今貴州省貴陽市附近）。柳宗元《柳州寄京中親故》：「林邑山連瘴海秋，牂牁水向郡前流。勞君遠問龍城地，正北三千到錦州。」

賀新涼

得來韻再和

駘蕩春如醉。踏東華、軟紅十丈，隨他趙李。前路茫茫何所似，悶海難尋邊際。得新句、佳名黔寄。聞道東山堪躡屐，須磨崖、潑墨驚時輩。頻置酒，群公喜。天南地北人同悴。歎婆娑、潘郎鬢影，經霜先敝。三世金環誰認取，顧況中情難已。彼達者、延陵季子。槐緑垂垂侵麥秀，動歸心、一片明湖水。長太息，吾衰矣。

【評】

羨門曰：使人作渌水芙蕖之想。

修來曰：清健高雅，一洗靡靡之音，快極快極！

其年曰：音節歷落，填詞神境。

山來曰：《黔寄集》已衣被海内，然未免有人琴之感。

【箋注】

作於康熙十一、十二年間，與前首先後銜接。曹申吉詞今不存。

趙李：漢以來「趙李」所指，其説不一。此處似指俠客。《漢書·何並傳》載：陽翟輕俠趙季、李款多畜賓客。唐鄭愔《少年行》：「潁川豪横客，咸陽輕薄兒。田竇方貴幸，趙李新相知。」

《黔寄集》：曹申吉任貴州巡撫時詩集名，今存三卷鈔本，起康熙辛亥七月，迄壬子歲暮。見《山東文獻集成》。

東山躡屐：《晉書·謝安傳》載：謝安早年曾隱居會稽之東山，金陵、臨安亦有東山，皆是謝安著屐遊憩之地。此借指居官遊憩。李夢陽《要謝憲使南莊泛舟》：「春來欲製東山屐，倘許花樽共謝安。」

三世金環：《晉書·羊祜傳》：「祜年五歲，時令乳母取所弄金環。乳母曰：『汝先無此物。』祜即詣鄰人李氏東垣桑樹中探得之。主人驚曰：『此吾亡兒所失物也，云何持去！』乳母具言之，李氏悲惋。時人異之，謂李氏子則祜之前身也。」唐吴融《閿鄉寓居》：「認得舊遊兼舊意，恰如羊祜識金環。」

顧況：字逋翁，自號華陽山人，蘇州海鹽（今屬浙江）人。辛文房《唐才子傳》卷三：「況暮年一子即亡，追悼哀切，吟曰：『老人喪愛子，日暮泣成血。老人年七十，不作多時别。』其年又生一子，名非熊，三歲始言：『在冥漠中，聞父吟苦，不忍，乃來復生。』」

延陵季子：春秋時吴國季札，爲吴王壽夢少子。不受君位，封於延陵，號延陵季子。《禮記·檀弓下》：「延陵季子適齊，於其反也，其長子死，葬於嬴、博之間。孔子曰：『延陵季子，吴之習於禮者也。』」嬴、博，齊二邑名。按，此處三句，似有喪子之痛。

吾衰矣：《論語・述而》：「子曰：甚矣，吾衰也。」辛棄疾《最高樓・吾擬乞歸犬子以田産未置止我賦此罵之》：「吾衰矣，須富貴何時，富貴是危機。」

賀新涼

寄鄧孝威

才子生南國。坐江樓、擁書十萬，百城難敵。高密元侯門第在，伯道清風奕奕。看威鳳、轡龍氣色。屈指騷壇誰執耳，羡葵丘、玉帛長干側。千古事，名山得。　慚余潦倒東溟客。望龍門、清塵濁水，蓬蹤疏隔。八月西風吹雁羽，漫學秋蟲唧唧。攜布鼓、雷庭偷擊。汪李比來情更好，似桃花、流水深千尺。空夢到，邗溝碧。

【箋注】

作於康熙十八年（一六七九）鴻博召試，鄧漢儀賜歸之後。

鄧漢儀（一六一七—一六八九），字孝威，號鉢叟，明末吴縣諸生，復社成員。早負詩名，與錢謙益、吴偉業、冒襄等交遊。順治元年（一六四四）爲避身遠禍，舉家遷居泰州，絶意仕進。康熙十八年，召試博學鴻儒，以年老授中書舍人，放歸。有《慎墨堂詩》，編清初詩選《詩觀》。

高密元侯：鄧禹，字仲華，河南南陽新野人，東漢初年功臣，雲臺二十八將第一位。劉秀稱帝後，封鄧禹爲大司徒、酇侯，後改封高密侯，進位太傅。謚號元侯。

伯道：邓攸，字伯道，晉平陽襄陵（今山西襄汾东北）人。永嘉末戰亂，逃至江東，晉元帝以爲太子中庶子，尋遷吴郡太守。時大饑，乃開倉救民。在郡廉潔清明，頗得民心。累遷尚書右仆射。南逃時，攜一子一侄，途中屢遇險，不能兩全，乃棄子全侄，後終無嗣。人爲其抱憾曰：「天道無知，使伯道無子。」

執耳：即執牛耳，指主盟者。古代諸侯會盟，割牛耳以敦盛血，以珠盤盛牛耳，主盟者執盤，使與盟者以血塗口（歃血），以示誠信。鄧漢儀早有詩望，「與太倉吴梅村主盟風雅者數十年」（阮元《淮海英靈集》）。入清後，傾力選編清初以來詩人詩作，名《詩觀》，凡三集四十卷，前後歷時二十年。康熙十一年（一六七二），初集出版，海内影響很大，遂在揚州、南京、北京等地建立詩稿聯絡，專事選政。

葵丘：春秋時宋國癸丘（今河南省蘭考縣東北）。周襄王元年（前六五一），齊桓公在癸丘召集魯僖公、宋襄公、衛文公、鄭文公、許僖公、曹共公會盟，齊桓公主盟，樹立威望，史稱「癸丘之盟」。

長干：古建康里巷名，借指南京。《文選》左思《吴都賦》：「長干延屬，飛甍舛互。」劉逵注：

「江東謂山岡間爲『干』。建鄴之南有山，其間平地，吏民居之，故號爲『干』。中有大長干、小長干，皆相屬。」鄧漢儀在南京組稿，編纂《詩觀》，故云。

東溟客：猶言「東海客」，垂釣之高士。《莊子·外物》：「任公子爲大鉤巨緇，五十犗以爲餌，蹲乎會稽，投竿東海，旦旦而釣。」李白《贈崔侍御》：「故人東海客，一見借吹嘘。」又《猛虎行》：「我從此去釣東海，得魚笑寄情相親。」參見卷上《減字木蘭花·天津道中》「遥指東溟是我家」。

布鼓：無聲之鼓，此自謂淺陋。《漢書·王尊傳》：「毋持布鼓過雷門。」顔師古注：「雷門，會稽城門也，有大鼓。越擊此鼓，聲聞洛陽……布鼓，謂以布爲鼓，故無聲。」葛洪《抱朴子·金丹》：「聞雷霆而覺布鼓之陋，見巨鯨而知寸介之細也。」

龍門：地名。在今山西省河津縣與陝西省韓城市之間。黄河至此，兩岸峭壁對峙，形如門闕。《尚書·禹貢》：「導河積石，至於龍門。」《藝文類聚》卷九六引辛氏《三秦記》：「河津一名龍門，大魚集龍門下數千，不得上，上者爲龍。」《後漢書·李膺傳》：「膺獨持風裁，以聲名自高。士有被其容接者，名爲登龍門。」此謂鄧漢儀。

汪李：唐代汪倫、李白。謂好友。汪倫，涇縣人。李白遊涇縣桃花潭，汪常醖美酒以待。白贈其詩，有句云：「桃花潭水深千尺，不及汪倫送我情。」

邗溝：即邗江、邗水。春秋時吴王夫差爲爭霸中原，引江水入淮以通糧道而開鑿的古運河。由揚州西北至淮安北入淮河。《左傳·哀公九年》：「吴城邗，溝通江淮。」杜預注：「於邗江築城穿溝，東北通射陽湖，西北至末口入淮，通糧道也，今廣陵韓江是。」此代指揚州，因鄧漢儀在揚州組稿。

賀新涼

送阮亭東歸兼悼西樵

倦客歸轅里。恰三秋、霜林葉散，鯉魚風起。四角紅氈驟子背，躑躅河橋之際。趁不上、東華宵騎。三疊淒涼渭城曲，感生平、清淚如鉛水。知我者，惟兄耳。　重逢蕭寺人憔悴。憶君家、中郎阿大，清言何綺。杳矣人琴千載恨，宿草吞聲未已。離緒到、中年如此。生不成名身已老，歎虎頭、食肉非吾事。空擊筑，長安市。

【評】

羨門曰：送阮亭非此詞不稱。

其年曰：長安秋夜，讀此詞一過，如聽隔家笛聲，我不忍竟此曲也。

武曾曰：尋常聚散悽惻，等於河梁，令人增交道之重。

【箋注】

作於康熙十四年（一六七五），內閣中書任上。此年秋，王士禛需次歸里省親，曹貞吉作此送行。

王士禄（一六二六—一六七三），字子底，號西樵，山東新城人，王士禛長兄。順治十二年（一六五五）進士，官吏部主事。因居母喪，哀毁而卒。好作香奩詩，有《炊聞詞》。《漁洋山人自撰年譜》：「康熙十二年癸丑，四十歲。居廬。長兄考功以毁致疾，七月卒。」「康熙十四年乙卯，四十二歲。服闋。夏，以父命赴京師。秋，需次歸里。」

轅里：即轅固里，故址在山東新城。王士禛《池北偶談》卷九：「新城有地名牛固，相傳轅固故里也，未知所據。」轅固，西漢齊（今屬山東）人，精通《詩》，为《齊詩》代表人物。王士禛是新城人，故自稱「轅里後學」，人稱其「王轅里」。王士禛《懷古詩·辕固里》：「我生睽千載，桑梓寧異鄉。寤寐思哲人，流風一何長。」其《題華泉詩稿後》云：「轅里後學王某書於慈仁寺。」翁方綱以爲：「其自題曰『轅里後學』，蓋深以六義之脈引爲己任。」（《復初齋文集》卷十八）陳維崧《滿江紅·聞阮亭罷官之信並寄西樵再疊前韻》：「華不注，樵風漾。轅固里，蠶娘唱。」

鯉魚風：梁簡文帝蕭綱《豔歌篇》：「燈生陽燧火，塵散鯉魚風。」李賀《江樓曲》：「樓前流水江陵道，鯉魚風起芙蓉老。」王琦注引《提要録》：「鯉魚風，乃九月風也。」

驝子：驢子。《説文解字》大徐本：「驝，驢子也。」

蕭寺：佛寺。李肇《唐國史補》卷中：「梁武帝造寺，令蕭子雲飛白大書『蕭』字，至今一『蕭』

字存焉。」李賀《馬》詩之十九：「蕭寺馱經馬，元從竺國來。」按，王士禛此年守母喪期滿，至京，先後寓居於天寧寺、慈仁寺。《漁洋山人自撰年譜》卷上「康熙十四年」：「山人至京師。李（天馥）、陳（廷敬）二公即日訪於天寧寺，適山人他往，二公坐塔下以待，牡鑰將下，始連騎入城。及山人之歸也，李公偕葉（方靄）公堅坐慈仁寺邸，流連至日晏不得發，其篤好如此。」

中郎阿大：兄弟之美稱，此稱王士禄。語出《世說新語・賢媛》。參見前《賀新涼・壬子歲寄家弟用韻》箋注。

中年如此：《晉書・王羲之傳》：「謝安嘗謂羲之曰：『中年以來，傷於哀樂，與親友別，輒作數日惡。』羲之曰：『年在桑榆，自然至此，頃正賴絲竹陶寫。』」

虎頭食肉：面相富貴。《東觀漢記・班超傳》：「相者曰：『生燕頷虎頭，飛而食肉，此萬里侯相也。』」

賀新涼

鴉陣

鴉陣來沙渚。逗輕寒、霜天一抹，晚紅如縷。掠下晴窗驚帛裂，影逐斷雲歸去。伴黄雲黄葉、蕭蕭亂舞。寒話空林飛且止，似商量、明日風兼雨。聲啞啞，倩誰訴。惆悵城畔知無數。趁星稀、月明三匝，一枝休妬。雁字横斜紛幾點，極目江村煙樹。煞、落霞孤鶩。啼向碧紗堪憶遠，最淒涼、織錦秦川女。空房宿，淚偷注。

【評】

羨門曰：更不須唱《烏夜啼》矣。

阮亭曰：「似商量、明日風兼雨」，句造神境。

峨嵋曰：極類史邦卿詠燕。

錫鬯曰：神似竹山。

其年曰：作使古人，妙於無跡，真飛針穩線伎倆。

武曾曰：是中有斜有整，有分有合，正如韋郎用越筆點簇鞍馬圖，手擦墨水，曲盡其妙。

鳳于曰：梅溪詠燕「軟語商量不定」，此「商量風雨」，當並推絶唱。

山來曰：觸景生情，匪夷所思。

【補評】

陳廷焯《雲韶集》：（上闋）寫鴉之神。　一「鴉」字寫得盡致，題魂俱出。通首亦脱胎李供奉《烏棲曲》一作，而波瀾轉折處過之，洵足並稱千古也。

【箋注】

此詞多點化融合前人篇句，聯綴而渾成。故陳其年評曰：「作使古人，妙於無跡。」

姜夔《點絳唇》：「數峰清苦，商略黄昏雨。」

曹操《短歌行》：「月明星稀，烏鵲南飛。繞樹三匝，何枝可依。」

王勃《滕王閣序》：「落霞與孤鶩齊飛，秋水共長天一色。」

李白《烏夜啼》：「黄雲城邊烏欲棲，歸飛啞啞枝上啼。機中織錦秦川女，碧紗如煙隔窗語。停梭悵然憶遠人，獨宿孤房淚如雨。」

賀新涼

放魚

縱爾遊深壑。早徜徉、靴文細浪，擲梭騰躍。老子長齋無所用，忍見刀砧揮霍。活汝者、陽侯一勺。莊惠臨濠頻問答，子非魚、何以知魚樂。吾意在，神冥漠。金溝流水環城郭。更何殊、滄溟無際，鯤鯨盤礴。倖免漁蠻垂釣手，咫尺江湖自若。從此去、好生頭角。恩怨於今都忘了，任隋珠、相報甘投卻。看六宇，莽寥廓。

【評】

羡門曰：想見實庵胸次。

阮亭曰：甚厭人輒以稼軒許人，如實庵遂無愧色。

山來曰：先生佐郡吾鄉，六邑皆有悠然之樂，於此詞可見一斑。

【箋注】

靴文細浪：蘇軾《遊金山寺》：「微風萬頃靴文細，斷霞半空魚尾赤。」陸游《初冬雜詠八首》其四：「微風蹙水靴文浪，薄日烘雲卵色天。」

陽侯：波濤之神。《戰國策・韓策二》：「塞漏舟而輕陽侯之波，則舟覆矣。」

好生頭角：謂魚化龍。陸龜蒙《添酒中六詠・酒龍》：「若怒鱗甲赤，如酣頭角垂。」宋無名氏《西江月》：「快乘霹靂化龍門。頭角人中有分。」參見前《賀新涼・寄鄧孝威》「龍門」箋注。

隋珠：《搜神記》卷二十：「隋侯出行，見大蛇被傷，中斷，疑其靈異，使人以藥封之，蛇乃能走，因號其處斷蛇丘。歲餘，蛇銜明珠以報之。珠盈徑寸，純白，而夜有光，明如月之照，可以燭室。故謂之隋侯珠，亦曰靈蛇珠，又曰明月珠。」

賀新涼

冬夜書懷

斜漢西南落。正繁霜、關河淒緊，攪林風惡。歷歷大星垂幾點，光射五雲樓閣。聽寒夜、數聲殘柝。濁酒一杯澆磊塊，笑枯腸、那得生芒角。吾所志，在林壑。　鰥生福相天然薄。對西風、稜稜瘦骨，支牀如削。老矣北堂人健否，夢裏乍逢還覺。慚愧煞、林邊烏鵲。頭秃毛君歸亦得，淡生涯、老瓦盆中樂。追麑犢，力耕作。

【評】

羨門曰：激昂自喜。

山來曰：英雄本色，名士風流，兼而有之。

【箋注】

作於康熙十三至十八年間。曹申吉自康熙十二年冬被吴三桂羈俘後就再無消息，而老母親遠在家鄉安邱，是以兩頭牽掛，枯腸百結，有歸去林壑之歎。

曹溓《儀部公行狀》：「先叔父以少宰出撫黔中，因奉母以歸，先大夫送至蘆溝橋下，離別之際，固難爲懷，初不憶慈母悌弟，遂於此成永訣也。先大夫獨留京國，常鬱鬱不自樂。」

枯腸芒角：蘇軾《郭祥正家醉畫竹石壁上》：「空腸得酒芒角出，肝肺槎牙生竹石。」王士禛《曹升六謝千仞攜酒過飲宋牧仲張杞園亦至同賦長句》：「一斗枯腸芒角生，五斗胸中鱗甲平。」

頭禿毛君：典出韓愈《毛穎傳》：「上將有任使，拂拭之，因免冠謝。上見其髮禿，又所摹畫不能稱上意。上嘻笑曰：『中書君老而禿，不任吾用。吾嘗謂中書君，君今不中書邪？』」孔平仲《和子瞻西掖種竹二首》：「他日如封管城子，莫嫌老禿不中書。」曹貞吉久在内閣中書任，故借此典自謂。

老瓦盆：杜甫《少年行》之一：「莫笑田家老瓦盆，自從盛酒長兒孫。」《分門集注杜工部詩》引蘇軾曰：「陳暄好飲，一日，貴客笑暄用陶器，暄曰：『莫笑此老瓦盆，多見興廢也。』客無語。」

賀新涼

送霦

慘澹征車發。正連宵、狂飆拂地，琤琮金鐵。老淚臨岐餘數點，灑向關山殘月。笑舐犢、年來更切。歸去高堂頻問訊，莫輕言、遊子傷神絶。人兩地，腸千結。　匆匆慣作天涯别。似孤鴻、雪中留爪，翩然飛越。一束書囊驢子背，老僕長鬚蹩躠。惆悵煞、鳩巢計拙。弱妹牽衣遲汝去，意徬徨、爲我添嗚咽。今夜在，誰家歇。

【評】

羨門曰：情至語，聲淚俱咽。

其年曰：讀至此等詞，不忍言佳，惟微吟密詠而已。

【箋注】

曹霦，字掌霖，號去浮，山東安邱人，曹貞吉次子，以其叔申吉恩蔭貢生。好倚聲，康熙二十九年（一六九〇），隨曹貞吉遊黄山，作詞甚多。有《冰絲詞》。

此作與後《賀新涼・地震後喜濂至都門》同調而次序在前，自非作於一時。觀詞中「歸去高堂頻問訊」之句，則其母劉守貞尚健在，當作於在京守官時期，康熙十九年庚申其母逝世之前。曹濂《儀部公行狀》：「庚申冬十月，先王母捐幃。」

賀新涼

爲其年題詞

光怪騰蛟蜃。化髯公、壺中墨汁，離奇輪囷。海若驚飛天吴走，翠節靈旗隱隱。憑誰話、六朝金粉。譜入鵾絃三千曲，寫冰車、鐵馬無窮恨。數紅豆，記宫本。烏衣王謝江東俊。是當年、將軍猿臂，虎頭猶困。羸馬敝裘銅駝陌，博士賢良待問。賦朱鷺、黄驄惟謹。擊筑且隨屠狗輩，任西風、吹老滄浪鬢。秋氣肅，雁聲緊。

【箋注】

康熙十七年（一六七八）夏，陳維崧年五十，入京舉鴻博，授檢討，在館四年即謝世。曹貞吉此詞當作於陳維崧在館期間。參見前《八歸・題其年〈填詞圖〉》。

髯公：謂陳其年。秦瀛《己未詞科録》卷二：「其年少清臞，冠而于思，鬚浸淫及顴準，天下學士大夫號爲『陳髯』，與字並行，由是陳髯之名滿天下。性落拓，視錢帛如土，每出遊，饋遺隨手盡，空囊而歸。所歷南舟北轅，檣危馬駭，髯咿唔自如，未嘗釋卷。」

數紅豆：以豆記曲。唐大曆中，歌者張紅紅與其父丐食於路，將軍韋青聞其歌喉，納爲姬。嘗有樂工撰新聲未進，先印可於青。青潛令紅紅聽於屏後，以小豆數合記其拍。樂工歌罷，青入問，云：「已得矣。」青出云：「有女弟子曾歌此，非新曲也。」即令隔屏風歌之，一聲不失。樂工大驚異。尋達上聽，召入宫，宫中號曰「記曲娘子」。見段安節《樂府雜録・歌部》。毛奇齡《西河・答和王西園送别》：「憶當日，方邂逅。按歌新記紅豆。」

猿臂虎頭：用漢李廣、班超故事。《史記・李將軍列傳》：「廣爲人長，猨臂，其善射亦天性也。」裴駰《集解》引如淳曰：「臂如猨，通肩。」《東觀漢記・班超傳》：「相者曰：『生燕頷虎頭，飛而食肉，此萬里侯相也。』」劉子翬《别安子允》：「尚記虎頭初擲筆，終憐猿臂未封侯。」

朱鷺：樂曲名。《漢鼓吹鐃歌十八曲》之一。姜夔《聖宋鐃歌吹曲十四首總序》：「臣聞鐃歌者，漢樂也。殿前謂之鼓吹，軍中謂之騎吹，其曲有《朱鷺》等二十二篇。」

黄驄：《黄驄曲》、《黄驄疊》，曲調名。段安節《樂府雜録·黄驄迭》：「太宗定中原時所乘戰馬也。後征遼，馬斃。上嘆惜，乃命樂工撰此曲。」

賀新涼

送洪昉思歸吴興

年少愁如許。歎羈棲、京華倦客，雄文難遇。廣漠寒風吹鬌葉，彈鋏歌聲太苦。且白眼、看他詞賦。單絞岑牟直入座，拚酒酣、撾碎漁陽鼓。欹帽影，掉頭去。　湖山罨畫迎人住。溯空江、白雲紅葉，一枝柔櫓。歸矣家園燒笋熟，五嶽胸中平否。學閉户、讀書懷古。舟過吴門煩問訊，是伯鸞、德耀傭春處。魂若在，定相語。

【箋注】

作於康熙十六年丁巳（一六七七）歲暮。是年冬，洪昇取道大梁南返，擬卜居武康（今浙江湖州），在京以詩詞送行者有王士禛、曹貞吉、方象瑛、楊瑄等人。

洪昇（一六四五—一七〇四），字昉思，號稗畦，又號稗村、南屏樵者，錢塘（今浙江杭州）人。王士禛門生。康熙七年（一六六八）北京國子監肄業，多年科舉不第，布衣終身。其戲曲與孔尚任齊名，稱「南洪北孔」。有傳奇《長生殿》、《四嬋娟》等。今人輯有《洪昇集》。

查爲仁《蓮坡詩話》：「洪昉思以詩名長安，交遊燕集，每白眼踞坐，指古摘今，無不心折。作《長生殿》傳奇，盡删太真穢事，深得風人之旨。一時朱門綺席，酒社歌樓，非此曲不奏。」

王士禛《送洪昉思由大梁之武康》句：「北風吹雪如鸖鵝，急裝結束皀驢馱。欲向夷門訪朱亥，便從燕市辭荆軻。三年京國何所見，日中攘攘肩相摩。」（《帶經堂集》卷三十二《漁洋續詩·丁巳稿》）

按，方象瑛《健松齋集》卷十八《送洪昉思遊梁兼寄毛祥符會侯》一詩，依年編次在丁巳。

賀新涼

二月二日宣岳州捷，是日大雪，和其年

鐵騎連營下。羨奇謀、真同六出，鋒銷荆野。試問洞庭深幾許，春水纔堪飲馬。露布到、甘泉宫也。殿上雲迷三素色，正仙人、玉戲飄鴛瓦。簾影動，冷光射。方圭圓璧渾無價。近蓬萊、天顔喜氣，玲瓏欲化。白虎幢前霜戟擁，茶作軍容豈借。積三尺、瑶華不夜。遥想璚樓歌舞處，延鄒生、枚叟珠璣瀉。恩波淼，入清灞。

【箋注】

作於康熙十八年（一六七九）二月。正月，清軍收復岳州，二月二日，康熙皇帝於午門宣凱。曹貞吉作詞歌頌，感戴恩波，而其弟申吉生死未卜，消息未來，其心情可以想見。

清初，明朝降將吴三桂、尚可喜、耿仲明歸附有功，分别受封雲南、廣東、福建，稱爲「三藩」。此後三方各擁重兵，形成强大的地方割據勢力，對清朝統治構成嚴重威脅。康熙十二年（一六七三）春，康熙皇帝作出撤藩的決定，三藩先後起兵反清。經過長達八年的戰爭，清朝平定了「三藩」之亂。《清史稿·聖祖本紀》：「十八年己未……甲寅，貝勒察尼督水師圍岳州，賊將吴應麒遁，復岳州。上御午門宣凱。」

六出：此處雙關。花之分瓣名「出」，雪花六瓣，故别名六出花。民間傳説諸葛亮曾六出祁山攻魏。《三國演義》第一二〇回：「孔明六出祁山前，願以隻手將天補。」

甘泉宫：故址在陝西淳化西北甘泉山，本秦宫。此謂皇宫。《三輔黄圖·甘泉宫》：「始皇二十七年作甘泉宫及前殿，築甬道自咸陽屬之。漢武帝建元中增廣之。周回一十九里，中有牛首山，望見長安城。」

三素色：謂各色雲煙。李商隱《和韓録事送宫人入道》詩：「九枝燈下朝金殿，三素雲中侍玉樓。」

陳維崧《賀新涼·岳州大捷，上以二月二日宣凱午門外，是日正值大雪》：「紫陌春如綺。正巴陵、征南昨夜，捷書飛至。閶闔門開排彩仗，夾道笙歌鼎沸。都不用、魚龍百戲。頃刻鳳樓抛鈿屑，笄今朝、玉做人間世。洗兵馬，豐年瑞。　臨軒彌覺天顔喜。喜春城、九衢花滿，千官珠綴。更向銀刀都里望，小襯粉侯殊麗。想入蔡、軍容如是。謙罷不須宣翠燭，水晶毬、萬盞天邊墜。長似晝，晃歸騎。」

賀新涼

詠茨菰

急雨跳珠濺。洗長汀、琅玕三尺，亭亭如箭。燕尾點波渾不定，一縷碧霞輕剪。笑菱角、雞頭價賤。葉爛西灣人別後，最蕭條、玉露秋風戰。空極目，楚江遠。　漂流萬顆沉雲散。伴寂寥、蓮房墜粉，紅妝零亂。蘋末驚飈連紫籜，穩宿沙洲梟雁。任漁艇、釣絲斜罥。聞道彫葫堪作米，荞披離、太液池頭遍。留取配，青精飯。

【箋注】

茨菰：亦名慈姑，水生植物，葉如箭頭，開白花。根下球莖，形似荸薺而色青白，可食用和藥用。李時珍《本草綱目・果六》：「慈姑，一根歲生十二子，如慈姑之乳諸子，故以名之。」

按，詞詠茨菰，與菰米（雕葫，又作雕胡、彫葫）混淆，以爲「聞道彫葫堪作米」，「漂流萬顆沉雲散」，化用杜甫《秋興八首》「波漂菰米沉雲黑，露冷蓮房墜粉紅」之意。菰，即茭白，仇兆鰲《杜詩詳注》引《本草圖經》：「菰即茭白，其臺中有黑者，謂之茭鬱，後結實，彫菰米也。」

賀新涼

地震後喜濂至都門

乍見銜悲喜。又經過、空花泡影，途分人鬼。瘦骨嵒嵒驢背下，强拭闌干别淚。帶秋雨、秋風情味。爾未成名吾將老，問荒山、負耒何年事。生計在，尚餘幾。傳聞消息驚千里。累衰親、蕭條白髮，關心遊子。無限蒼生歸劫火，我輩偶然活耳。還共飽、長安珠米。苦語難終嫌夜短，燈熒熒、一點摇窗紙。燕酒薄，那能醉。

【評】

其年曰：樸老高渾，老杜歌行。

山來曰：真率中自饒至味。

【箋注】

作於康熙十八年（一六七九）秋，京師地震後。參見卷上《百字令·中秋和其年，時甫過地震》。

曹濂，字廉水，號去矜，邑廩生，曹貞吉長子。撰《儀部公行狀》。能詞。

曹貞吉《濂兒省余都門兩宿而去作此送之追録》：「入門驚我瘦，相對各沾襟。十日燕齊路，三秋患難心。來如萍不定，去似夢難尋。寄語諸兄弟，人琴感正深。」（《珂雪三集》）

摸魚子

拜墓

幾年來、西州拜掃。羊曇傷盡懷抱。心驚寒食棠梨雨，又是粘天衰草。尋壞道。知多少。飛烏銜紙青山繞。頹垣桑棗。算只有牛羊，日斜來下，拍手牧童[一]笑。千秋事，誰定榮華壽考。北邙松栢多了。豐碑贔屭崢嶸處，一樣西風憑弔。吟望好。君不見、玉泉流水濺濺到。單衫破帽。對吹角[二]殘霞，打頭敗葉，寂寂古原悄[三]。

【評】

羡門曰：色絲幼婦，虀臼含辛；白髮門生，薤歌助挽。俯仰千秋，同兹一痛。

其年曰：傷逝之言，極其淒惋。

【箋注】

作於康熙十、十一年間，初任京官時。拜外祖父劉正宗之墓。順治十六年（一六五九），以雲南底平，復舉會試，彭孫遹以二甲第六名中進士，主考官正是劉正宗，故其評語云：「白髮門生，薤歌助挽。」

劉正宗（一五九四—一六六一），字可宗，號憲石，賜號中軒，山東安邱人。曹貞吉外祖父。明崇禎元年（一六二八）進士，官翰林編修、侍講。清初應詔復舊職，歷官至吏部尚書，調秘書院大學士。後以少傅、文華殿大學士兼吏部尚書之職，參謀朝廷機要事宜，深得順治帝器重。順治十七年（一六六〇）遭彈劾，從寬免死，不放回籍，遂鬱鬱病卒。

按，劉正宗逝世，寄葬在北京西直门外玉泉山一帶，康熙四十五年（一七〇六），始准其歸葬。故詞云：「玉泉流水濺濺到。」

羊曇：《晉書·謝安傳》：「羊曇者，太山人，知名士也，爲安所愛重。安薨後，輟樂彌年，行不由西州路。嘗因石頭大醉，扶路唱樂，不覺至州門。左右白曰：『此西州門。』曇悲感不已，以馬策扣扉，誦曹子建詩曰：『生存華屋處，零落歸山丘。』慟哭而去。」羊曇乃謝安外甥。

曹申吉《少傅公行狀》：「康熙壬寅元夕，舅氏自京邸遺一札云：『先少傅棄諸孤而長逝矣，不孝擗踴之中，瞀眛益甚。先少傅生平懿行，不克略陳其概，思骨肉間惟甥受知最深，敢以狀請。』小子申吉捧函涕泗，而始信我公之歿也。念申吉自藐孤以迄成立，撫育教誨，无非外王父之德。」

曹貞吉《哭外祖墓》：「音容欲遡竟茫茫，三尺蕭然尚異鄉。兩地松楸存馬鬣，十年感慨痛羊腸。原邊衰草迷離色，日下頹垣慘澹光。漫向九京思故國，天涯到處足悲涼。」（《珂雪集》卷一）

曹貞吉《拜先外祖墓》句云：「東門不許二疏還，北山空使猿鶴怨。虞淵日落蒼梧愁，我公示病歸丹丘。三年墳向玉泉峙，遺書無復茂林求。午橋緑野皆寂寞，秋花慘澹浮雲薄。叔敖之子行負薪，廉吏於今那可作。」（《珂雪二集》）

【校】

［一］牧童：《瑶華集》卷十九作「小兒」。

［二］對吹角：《瑶華集》作「眺城角」。

［三］寂寂古原悄：《瑶華集》作「簌簌一林悄」。

摸魚子

詠蓴

好清秋、江湖滿眼，畫船鷗鳥爭路。柔花嫩葉何人摘，兩兩輕舠如鶩。君莫誤。須珍重、迷離白露爲霜處。滑絲凝箸。憶千里東吳，未施鹽豉，入洛舊時語。　青門外，蘋末涼風微度。片帆乘興歸去。此行但爲鱸魚鱠，那得關情如許。君莫妬。須記取。青山紅樹空江渡。夢回鳴櫓。溯萬頃平波，田田荇葉，欹枕對煙雨。

【評】

武曾曰：士龍語翻剔盡矣，正以直書見老。

山來曰：逸致遥情，翛然自遠。

【箋注】

作於康熙十七、十八年間，内閣中書任上。和宋人《樂府補題》之一。參見卷上《天香・龍涎香》箋注。

鹽豉：《晉書・陸機傳》：「又嘗詣侍中王濟，指羊酪謂機曰：『卿吴中何以敵此？』答云：『千里蓴羹，未下鹽豉。』時人稱爲名對。」

青門：泛指歸隱處。《三輔黄圖·都城十二門》：「長安城東，出南頭第一門曰霸城門。民見門色青，名曰青城門，或曰青門。門外舊出佳瓜，廣陵人召平爲秦東陵侯，秦破，爲布衣，種瓜青門外。」

鱸魚鱠：《世説新語·識鑒》：「張季鷹辟齊王東曹掾，在洛，見秋風起，因思吴中菰菜羹、鱸魚膾，曰：『人生貴得適意爾，何能羈宦數千里以要名爵？』遂命駕便歸。」

摸魚子

西直門外作

北邙邊、高低丘壟，縱横無數羊虎。玉魚金碗何時葬，又見斷碑如礎。魂自語。須認取。文章功業難憑據。白楊老樹。戰一片秋聲，向人頭上，颯颯作涼雨。　西州路。敗笠青衫羈旅。緇塵撲面來去。黄蘆苦竹千秋恨，都付紙錢飛處。天已暮。想入夜、雲旗風馬精靈度。荒涼三户。共塜上狐狸，山中木客，同結歲寒侣。

【評】

其年曰：月黑燈青，魂銷千古，絶作絶作！

竹垞曰：此等詞，惟白石飛仙有之，叔夏、仲舉亦不能道也。

書樵曰：「白楊老樹」以下，字字驚心動魄。

【箋注】

西直門：北京古城的西北門。元代爲大都城和義門所在地，明清時爲京師内城九門之一。通西山，有明代皇家墓塚。故詞之首句曰「北邙」，感慨人世之榮衰興亡。

顧炎武《昌平山水記》卷上：「(明)妃嬪、太子、諸王、公主之葬西山者以百數，自沙河而南三十里紅石口入山，陵塚相望，皆在京師西直門外。」

北邙：即邙山，又名北芒，在洛陽之北，東漢、魏、晉，王侯公卿多葬於此。梁鴻《五噫歌》：「陟彼北芒兮，噫！顧瞻帝京兮，噫！」

羊虎：唐封演《封氏聞見記・羊虎》：「秦漢以來帝王陵前有石麒麟、石辟邪、石象、石馬之屬，人臣墓則有石羊、石虎、石人、石柱之屬，皆所以表飾墳壟如生前之儀衛耳。」王建《北邙行》：「澗底盤陀石漸稀，盡向墳前作羊虎。」

玉魚金碗：謂殉葬物品。杜甫《諸將五首》：「昨日玉魚蒙葬地，早時金碗出人間。」

摸魚子

答沈融谷

坐江樓、冰甌滌筆，新翻水調南浦。瑶華飛落長安市，紅豆譜來非誤。良夜聚。有多少、烏衣白帢同罇俎。悠然懷古。甚蘭畹金荃，尊前復雅，未抵玉田句。深巵勸，從事青州太苦。匆匆鮭菜無序。虎房橋畔霜花冷，撲上征衫如霧。君且住。君不見、團圞好月參旗度。高齋歸去。想鳳味嶙峋，龍賓磊落，又寫麗情賦。

【箋注】

作於康熙十七年戊午（一六七八）十月。招在京應博學鴻儒試尤侗等人，於虎坊桥畔夜集，沈皞日有贈詞，此爲賦答。沈皞日此年九月再遊京師，與諸友多有唱和。沈皞日，參見卷上《喝馬一枝花・送沈荼星之來賓任》箋注。

沈皞日《摸魚兒・戊午十月宋牧仲、謝方山刑部、曹實菴内翰、正子主政招同尤展成、宋既庭、陳其年、錫鬯、武曾諸徵君夜集》詞四首，分别贈宋犖、謝重輝、曹貞吉、曹廣端。贈曹貞吉一首云：「敞銀屏、夕陽沽酒，紅牙新譜詞句。西清吟管鑾坡出，誰得遠攜樽俎。松釀貯。又昆布調辛，脆比蓴絲煮。冠彈舊侶。笑下第劉蕡，冷風白袷，共坐碧窗語。　雙臺側，衰草淒迷幾度。傳杯今夕歡緒。天街星斗閒金狄，涼月露盤如許。懷紫路。正画角沉沉，霜滑催人去。留髡不住。向半卷離騷，一庭落葉，枕手背燈處。右贈實菴」（《柘西精舍詩餘》）

「坐江樓」二句：康熙十七年春，沈皞日客江寧，寓於龔翔麟瞻園。同時李符亦在，三人同賦《南浦·春水》、《南浦·秋水》，分別用張炎、王沂孫韻。沈皞日二首全用張炎韻。

水調：曲調名。杜牧《揚州》：「誰家唱水調，明月滿揚州。」自注：「煬帝鑿汴渠成，自造《水調》。」此泛指詞曲。王士禛《柳含煙·本意》：「何處行人歌水調。極目黏天芳草。」

紅豆：參見卷下《賀新涼·爲其年題詞》箋注。

蘭畹金荃：《蘭畹集》，晚唐宋初詞選集名，已佚。《金荃集》，晚唐温庭筠詞集，已佚。歐陽炯《花間集序》：「近代温飛卿復有《金荃集》。」

尊前復雅：《尊前集》，未知編撰者，唐五代詞選。《復雅歌詞》，鮦陽居士編，五十卷，録唐北宋詞四千餘首，並附以詞話，是宋代規模最大的一部詞總集。

從事青州：謂好酒。《世説新語·術解》：「桓公有主簿善別酒，有酒輒令先嘗。好者謂『青州從事』，惡者謂『平原督郵』。青州有齊郡，平原有鬲縣。從事，言到臍；督郵，言在鬲（膈）上住。」意謂好酒的酒氣可直到臍部。從事、督郵，均官名。

虎坊橋：京城橋名。程穆衡《箕城雜綴》：「虎坊橋在琉璃廠東南，其西有鐵門，前朝虎圈地也。」

鳳咮：硯石名。蘇軾《鳳咮硯銘》序：「北苑龍焙山，如翔鳳飲下之狀。當其咮，有石蒼黑，緻如玉。熙寧中，太原王頤以爲硯。余名之曰鳳咮。」

龍賓：墨。參見卷上《月下笛・悼何蕤音》箋注。

摸魚子

題錫鬯《蕃錦集》

裊茶煙、吟成樂府。旗亭畫壁無數。龍梭一擲光淩亂，碎剪碧霞千縷。紅豆譜。彷彿似、方圭圓璧冰花鑄。高岑李杜。入主客圖中，新聲古調，總屬麗情句。　前身是，白石仙人非誤。精靈虎僕輸汝。長安簫鼓千門熱，閉户著書良苦。寒欲去。又早是、春燈金薤琳琅處。天衣重補。羨妙手針神[一]，絲絲無縫，莫被夜來妬。

【箋注】

作於康熙十八年（一六七九）春。時朱彝尊舉博學鴻詞，在京師。值其集句詞《蕃錦集》成，曹貞吉欣然賞讀，並爲題詞。參見卷上《百字令・朱錫鬯過訪不值悵然有寄》：「記得昨夕燈前，流連蕃錦，無縫仙衣接。」二詞作於同時。

楊謙《朱竹垞先生年譜》：「（戊午）夏，自江寧應召入都，舍於三里河橋之南泉寺，與李徵士良年同寓……《蕃錦集》成，柯維楨序，刊行之。」

旗亭畫壁：畫壁，在牆壁上畫記號。《博異記》載：唐開元中，詩人王昌齡、高適、王之渙共詣旗亭，貰酒小飲。有梨園伶官十數人登樓會宴，奏樂所歌，多爲三人絶句，遂畫壁計數以爲樂，歡醉盡日。

主客圖：張爲《詩人主客圖》，論述中晚唐詩人流派，共設「六主」，以白居易爲「廣德大化教主」，將風格類同的若干詩人分别列入六主門下爲客，故名。

虎僕：獸名。張華《博物志》：「有獸緣木，緑文似豹，名虎僕，毛可爲筆。」因以爲筆之代稱。

夜來：三國魏女子薛夜來，有「針神」之美稱。王志堅《表異録・帝王》：「魏文帝所幸美人薛夜來妙於針功，雖處深帷之内，不用燈燭，裁製立成，宫中號爲針神。」

【校】

［一］針神：《百名家詞鈔》作「神針」。

摸魚子

寄贈史雲臣

繞荆溪、數間茅屋，竹山舊日曾住。吟花課鳥無遺恨，領袖詞場南渡。逐電去。誰更續、哀絲脆管紅牙譜。湖山如故。又幻出才人，鏤冰繪影，抒寫斷腸句。　鵾絃上，彈入蝶庵金縷。平分髯客旗鼓。搓酥滴粉方成調，偷换羽聲淒楚。推獨步。須信道、秦黄蘇陸無今古。江東日暮。想席帽風欹，春衫酒濕，行過翠藤路。

【評】

其年曰：結數語，如見蝶庵風度。

武曾曰：起調清蒼，尾音閒雋。

【箋注】

史惟圓，字雲臣，號蝶庵，又號荆水釣客，宜興人。陽羨派詞人。陳維崧姻表親，交往唱和較多。以隱逸終。有《蝶庵詞》。

陳維崧《蝶庵詞序》：「蝶庵者，史子雲臣讀書處也。……史子居之栩栩然適也。性不善飲，又不能輟飲，飲少輒醉，醉則都無省記。惟喜作小詞，常謂余曰：今天下詞亦極盛矣，然其所爲盛，正吾所謂衰也。家温、韋而户周、秦，抑亦金荃、蘭畹之大憂也。夫作者非有《國風》美人、《離騷》香草之志意，以優柔而涵濡之，則其入也不微，而其出也不厚。」（《陳迦陵文集》卷二）

尤侗《蝶庵詞序》：「吾友陳子其年，工於填詞，有一千餘首。予笑語之曰：『古人無是也，使子爲之不已，則《花間》、《草堂》，塞破張公、善卷二洞矣。』然不獨陳子，陽羨諸子無不群起爲之。於是史子雲臣《蝶庵詞》出，亦不下數百首，命予序之。予邮然駭焉，如石崇、王愷兩家門富，珊瑚樹，火浣布，紫絲錦步障，遞獻雜陳，顧盼不暇，使史子爲之不已，髯其危哉。」（《西堂雜組》三集卷三）

荆溪：又名荆水，在江蘇宜興。宜興古称荆邑、陽羡。

竹山：南宋詞人蔣捷，字勝欲，號竹山，陽羡（今江苏宜興）人。咸淳十年進士。元初，遁跡不仕。有《竹山詞》。

髯客：陳維崧。見前《賀新涼·爲其年題詞》箋注。

摸魚子

方渭仁葺健松齋，幸園松之存也，詞以贈之

響晴濤、緑陰半畝。神龍拏攫煙霧。闕門一夜喧銅馬，波上鯨鯢[一]爭怒。嗚戰鼓。

有多少、蘭亭梓澤皆塵土。午橋如故。縱刼火茫茫，斧斤不到，交讓大夫樹。　江東秀，王謝衣冠最古。五陵佳氣呵護。霜皮黛色年年在，點綴菊畦桑苧。俱園名。誰種汝。須記取。黄山白嶽移根處。婆娑自舞。看五鬣蒼然，向人頭上[二]，謖謖滴秋雨。

【箋注】

作於康熙十八年己未（一六七九）。按，李良年《秋錦山房集》卷六《健松齋詩贈方太史渭仁》，依編次，在此年花朝後。

方象瑛（一六三二—一七〇二），字渭仁，號霞莊，遂安（今屬浙江淳安縣）人。康熙六年（一六六七）進士，與汪懋麟、喬萊同榜。候選中行評博。康熙十八年（一六七九）舉博學鴻詞，授編修。官至翰林院侍講。康熙二十二年（一六八三）典四川鄉試，乞歸。有《健松齋集》。

方象瑛《重葺健松齋記》：「健松齋在遂安城内西偏，先君子所嘗讀書處也。……順治甲午，遊新安得栝子松於許氏舊園，載以歸植池之東。」（《健松齋集》卷六）

陳僖《健松齋記》：「健松齋者，方君渭仁讀書所也，松者，渭仁先子手植之於其勺圃者也。甲寅閩變，樵於兵者三年，凡環邑之喬柯薤藿暨此圃桃柳梧竹悉薪之，而松獨存。初渭仁以松名其齋曰健松，取唐詩『松涼夏健人』之義。余謂至今日而健，始不虚也，重葺之存先人手澤，幸也。不得先人而見之，見其松而護之葺之，如見先人焉，孝也。」（《燕山草堂集》卷三）

梓澤：即晉石崇别墅金谷園，故址在今河南省孟縣境。《晉書·石崇傳》：「崇有别館在河陽之金谷，一名梓澤。送者傾都，帳飲於此焉。」

午橋：唐裴度所建别墅，遺址在今河南洛陽。《新唐書·裴度傳》：「時閹豎擅威，天子擁虚器，搢紳道喪，度不復有經濟意，乃治第東都集賢里，沼石林叢，岑繚幽勝。午橋作别墅，具燠館涼臺，號緑野堂，激波其下。度野服蕭散，與白居易、劉禹錫爲文章把酒，窮晝夜相歡，不問人間事。」

大夫樹：《史記·秦始皇本紀》：「二十八年，始皇東行郡縣，上鄒嶧山。立石，與魯諸儒生議，刻石頌秦德，議封禪望祭山川之事。乃遂上泰山，立石，封，祠祀。下，風雨暴至，休於樹下，因封其樹爲五大夫。」

霜皮黛色：杜甫《古柏行》：「孔明廟前有老柏，柯如青銅根如石。霜皮溜雨四十圍，黛色參天二千尺。」

白嶽：齊雲山山峰之一，亦代指齊雲山，位於安徽省休寧縣城西，因最高峰廊崖「一石插天，與雲並齊」而得名。《圖書編》卷六十：「環休寧縣，山皆平遠，不足以當大觀。出縣西三十里，至白嶽嶺，山始高，峰始奇，石路盤迴如線。」

五鬣：參見卷上《山花子·爲人題簾上畫松》箋注。

按，沈皞日有《百字令·寄題健松齋》詞，高層雲有《邁陂塘·題方渭仁健松齋》詞，陳維崧有

《遂安方氏健松齋記》詩。

【校】

［一］鯨鯢：《百名家詞鈔》作「鯨鯤」。

［二］頭上：《百名家詞鈔》作「有意」。

摸魚子

謝念東先生惠藥

問先生、丹砂幾粒，是誰搓得如許。金膏九轉匆匆熟，吹落半天風雨。顔可駐。君不見、淮王雞犬雲中去。且留小住。待紺髮徐生，虯髯更紫，重覓玉京路。人間世，只有鬚眉良苦。地黄藿菔相誤。黑頭自笑渾無用，一任秋霜千縷。飄弱絮。有多少、北邙年少無尋處。尻輪堪馭。縱親到神山［二］，便能屈曲，俯首看人否。

【評】

其年曰：作達之言，更增淒楚，病中讀之，尤難爲情。

山來曰：憂能傷人，恐藿菔、地黄不任受過，奈何。

【箋注】

高珩（一六一二—一六九七），字蔥佩，號念東，晚號紫霞道人，山東淄川（今屬山東淄博）人。明崇禎十六年（一六四三）進士。清順治朝授秘書院檢討，陞國子監祭酒。後晉吏部左侍郎、都察院左副都御史、刑部左侍郎。晚年信佛。有《棲雲閣集》。於曹貞吉爲山東前輩，故爲《珂雪詞》作序。

【校】

［一］神山：《百名家詞鈔》作「神仙」。

金明池

大熱有懷蓬萊閣

大海涵青，丹樓聳翠，淼淼鴻濛奥府。蜃氣蕩、雲車鬼馬，貝闕擁、鮫姝龍女。望扶桑、幾點煙螺，便打疊鼇背，匆匆歸去。更荒島人煙，斜陽草樹，蟹籪魚罾淒楚。　安得披襟常卧此，對銅井金波，冰輪初吐。無從覓、湘靈鼓瑟，但可向、安期乞霧。醉婆娑、晞髮臨流，任萬斛天風，捲晴吹雨。縱爍石流金，憑欄一嘯，試問暑歸何處。

【評】

阮亭曰：起二語奇偉，有千仞萬里之勢。

其年曰：瑰麗非常，總是龍宫機杼。

【箋注】

蓬萊閣：在山東省蓬萊縣北丹崖山上，瀕臨渤海、黄海。舊傳漢武帝於此眺望海中蓬萊山。東西二面，石壁巉巖。宋嘉祐年間建閣，自古爲山海登臨勝概，文人學士雅集之地。

銅井金波：蓬萊閣十景之一。蓬萊閣東三十里漏天巖海面，有一天然石井，投石下井，其聲如銅鐘，名曰銅井。亦云因井口色青若銅，故名。

笛家

九日長安遣興和其年

黄菊浮觴，紫萸盈把，露涼風細，匆匆早是秋將暮。天街如蟻，燕尾鬟鬆，卓金車響，紛紛兒女。剪綵旗旛，花糕擔子，知送誰家去。葉爭飛，雁初緊，只少滿城風雨。

情緒。不堪摇落，龍山戲馬，何處追遊，破帽單衫，一襟塵土。試問、故國荒涼宅樹，草長欲齊階否。深巷人歸，華堂客醉，作陣鳴腰鼓。聊送目，夕陽邊，惟見碧雲千縷。

【箋注】

作於康熙十九年（一六八〇）。陳維崧原唱「閒算去年九日」云云，即憶及康熙十八年重九黑龍潭登高之遊。參見下《笛家・九日蛟門招集諸子遊黑龍潭》。

花糕：即重陽糕。劉侗、于奕正《帝京景物略・春場》：「九月九日……麪餅種棗栗，其面星星然，曰花糕。糕肆標紙綵旗，曰花糕旗。父母家必迎女來食花糕。」朱彝尊《洞仙歌》：「花糕九日，綴蠻王獅子。圓菊金鈴鬢邊媚。」

滿城風雨：惠洪《冷齋夜話》卷四：「黄州潘大臨工詩，多佳句，然甚貧。東坡、山谷尤喜之。臨川謝無逸以書問：『有新作否？』潘答書曰：『秋來景物，件件是佳句，恨爲俗氛所翳耳。昨日閒臥，聞攪林風雨聲，欣然起，題其壁曰：滿城風雨近重陽。忽催租人至，遂敗意。止於一句奉寄。』聞者笑其迂闊。」

龍山：《晉書・孟嘉傳》載：九月九日，桓温曾大聚佐僚於龍山。後遂以「龍山會」稱重陽登高聚會。

戲馬：即戲馬臺，古蹟名，傳説項羽於此戲馬。在江蘇省銅山縣南。南朝劉裕曾九月九日大會賓客賦詩於此。《昭明文選》謝瞻《九日從宋公戲馬臺集送孔令》，李善注：「蕭子顯《齊書》曰：

宋武帝爲宋公，在彭城，九月九日，出項羽戲馬臺射，其後相承，以爲舊準。」

陳維崧《笛家·九日長安遣興》：「壯士心情，女兒節物，懨懨愁坐，緑樽雖滿何心勸。帝京此夜，鏤棗成斑，煎酥凝獸，題糕才健。麝帕紛貽，綉旗細裊，點綴侯門讌。正新晴，恣遊賞，天氣不寒不暖。　閒算。去年九日，有人樓上，笑摘黄花，斜倚西風，任他簾卷。今日、懶覓登高伴侣，愁望秋槐宫殿。幾度逡巡，一番追悔，且倚闌干遍。怕萬一，鳳城邊，瞥遇南飛沙雁。」（《迦陵詞全集》卷二十九）

笛家

九日[一]蛟門招集諸子遊黑龍潭

野水拖藍，遥峰疊翠，嫩涼時候，閒人那不登高去。城陰杜曲，幾樹枯楊，幾層頹壁，當年遊處。橘井苔腥，曉堂霧濕，莫作重陽雨。話新寒，晚鴉急，客子羈愁添否。　良晤。峭帆乍歇，玉盤蝦菜，斟酌南烹，蟻緑鱗紅，十觴連舉。只少、繞砌黄花爛漫，空負數聲金縷。拂拂鞭絲，垂垂帽影，行過風潭路。月上也，恰當頭，共聽荒畦人語。

【評】

其年曰：幽窅崢泓，似子厚遊山諸小記。

山來曰：景中有情，詞中有畫。

【箋注】

康熙十八年己未（一六七九）作。此年秋，汪懋麟（蛟門）至京，重陽前二日，諸友人集飲於曹禾邱齋，爲汪洗塵，汪有《重九前二日其年升六子綸頌嘉子靜舟次家兄喜余抵京集飲頌嘉邸齋同用六月韻》詩（《百尺梧桐閣遺集》卷一）。重陽日，汪懋麟招諸人作黑龍潭之遊。

戴璐《藤陰雜記》卷十：「黑龍潭，康熙中爲讌遊之地。……張匠門大受《遊黑龍潭地爲新城尚書遊讌處》賦詩云：『可惜尚書去，城南日影斜。高亭一悵望，林外總歸鴉。』」

李衛《（雍正）畿輔通志》卷二十一：「黑龍潭有三，一在南城黑窯廠，一在府西畫眉山，一在房山縣西北，皆禱雨之地。」

按，田雯《古歡堂集》卷六《九日同其年升六舟次蛟門石林集黑龍潭和韻》，有「西山」、「城南」等語，可知此黑龍潭在城南，可遥望西山。

陳維崧《笛家·己未九日蛟門招同諸子遊黑龍潭次實庵韻》：「滿目新晴，無邊野興，休論萬事，且須載酒題糕去。靈湫鏡黑，仄磴泥青，有人言是，老龍蟠處。一様重陽，兩年羈宦，往事零如雨。被遊人，問昨歲，破帽猶然存否。重晤。竹西詞客，剛來京國，亟拉吾徒，洗琖持螯，翩然豪舉。只憶、深院小黄花朵，空顫釵梁鬌縷。獨夜茫茫，他鄉惻惻，飲罷迷歸路。風急也，白楊邊，颯颯定和誰語。」（《迦陵詞全集》卷二十九）

按，此遊，曹貞吉、陳維崧、田雯有詩紀之，即用汪蛟門前二日宴集時「月」韻。

【校】

［一］九日：《百名家詞鈔》前有「己未」二字。

畫屏秋色

送舅氏之唐山廣文任

行李蕭條去。騁遠目、禾黍芃芃驛路。督亢陂荒，滹沲浪急，亂雲天暮。韋杜舊家聲，早打疊、寒氈辛苦。聽一片、鳴蟬訴。況夢繞西州，哀湍壞道，知在斜陽一帶，蒼然平楚。無語。銷魂羈旅。更莫去、傷今懷古。十年蹤跡，一番離别，悲歡無據。馬首又他鄉，烏衣巷口人何處。苜蓿闌干堪煮。上日及新秋，爲語天邊好月，分照兩人愁緒。

【評】

阮亭曰：「生存華屋處，零落歸山丘。」讀「夢繞西州，哀湍壞道」數語，令人氣盡。

【箋注】

舅氏，當謂其二舅劉忞之。《坷雪集》卷一有《良乡道上送舅氏之大名》。

曹申吉爲外祖劉正宗所撰《少傅公行狀》云：「子三：長處仁，原配黄夫人出，郡庠生，娶太學生王公臺女，前己丑進士大參王公孟煦孫女也，早卒；次忞之，側室張氏出，官蔭生，娶順治丙戌進士户部郎中周西曆長女；次承中，側室畢氏出，官蔭生，出繼伯父思石公後，未聘。」

廣文：泛指清苦閒散的儒學教官，縣學教諭。《新唐書・鄭虔傳》：玄宗愛鄭虔才，爲置廣文館，以之爲博士。杜甫《醉時歌》：「諸公衮衮登臺省，廣文先生官獨冷。甲第紛紛厭粱肉，廣文先生飯不足。」

督亢陂：古地名，戰國燕國膏腴之地。遺址在今河北省涿州市東南。《史記・燕召公世家》：「太子丹陰養壯士二十人，使荆軻獻督亢地圖於秦，因襲刺秦王。」

滹沲：即滹沱，水名。在河北省西部。出山西繁峙東之泰戲山，穿過太行山，東流入河北平原。

韋杜：唐代韋、杜二姓並稱。韋氏居韋曲，杜氏居杜曲，皆在長安城南，世爲望族。時稱「韋杜」。宋程大昌《雍録》卷七：「杜縣與五代都城謹相並附，故古事著跡此地者多也。語謂『城南韋杜，去天尺五』，以其迫近帝都也。」

西州：參見卷上《南鄉子・夏夕無寐》五首其三「西州」箋注，卷下《摸魚子・拜墓》「羊曇」箋注。

按，本調《畫屏秋色》，即《秋思耗》别名。調見《夢窗詞》，吴文英自度腔。因詞有「偏稱畫屏秋色」句，又名。

蘭陵王

送二舅之沅州

嶺雲白。湖草粘天弄碧。湘煙淡，沅水分流，弱柳絲絲罥行色。武陵南下驛。漸入。桄榔瘴黑。鵑聲裏，鐵騎連營，一髮青山望京國。　　依依感疇昔。記巷口烏衣，門邊霜戟。電光石火音塵寂。愁一肩行李，半林斜照，空祠榕暗嘯木客。衡陽雁程隔。　　難覓。謝公屐。問橘井遺蹤，郢雪荒宅。參軍蠻府工書檄。念東第淒冷，北堂晨夕。寒螿啼徹，聽砌語，助太息。

【評】

鳳于曰：語帶風煙，以此作南征幛子，當夜聞水聲，不但鵑啼猿淚也。

【箋注】

沅州：清初隸辰州府，領黔陽、麻陽二縣。乾隆元年，升沅州爲沅州府，府治芷江（今湖南省芷江侗族自治縣）。

武陵：郡名，亦縣名，泛指湖南沅澧流域「武陵蠻」之地區。《舊唐書·地理三》：「武陵：漢臨沅縣地，屬武陵郡。秦屬黔中郡地。梁分武陵郡於縣置武州。陳改武州爲沅陵郡。隋平陳，復爲嵩州，尋又改爲朗州。煬帝爲武陵郡。武德復爲朗州。皆治於武陵縣。」

橘井：舊址在今湖南郴州市。葛洪《神仙傳·蘇仙公》：「（蘇）先生曰：『明年天下疾疫，庭中井水，簷邊橘樹，可以代養，井水一升，橘葉一枚，可療一人。兼封一匱留之，有所闕之，可以扣匱言之，所須當至，慎勿開也。』言畢即出門，踟躕顧望，聳身入雲，紫雲捧足，衆鶴翱翔，遂升雲漢而去。來年，果有疾疫，遠近悉求母療之，皆以水及橘葉，無不愈者。」

參軍蠻府：《世説新語·排調》：「郝隆爲桓公南蠻參軍，三月三日會，作詩。不能者，罰酒三升。隆初以不能受罰，既飲，攬筆便作一句云：『娵隅躍清池。』桓問：『娵隅是何物？』答曰：『蠻名魚爲娵隅。』桓公曰：『作詩何以作蠻語？』隆曰：『千里投公，始得蠻府參軍，那得不作蠻語也？』」按，李良年《酬曹升階中翰》：「但得瑶華長見訊，未妨蠻府作參軍。」（《秋錦山房集》卷四）

東第：王侯顯貴者府第。《漢書·司馬相如傳下》：「故有剖符之封，析圭而爵，位爲通侯，居列東第。」顔師古注：「東第，甲宅也。居帝城之東，故曰東第也。」此謂外祖劉正宗府第。

大酺

石林席上聞絃索

正酒船行，人聲寂，好月如珪偷照[一]。鵾雞初入破，響風箏刀尺，麻姑手爪。銀甲徐調，冰絲輕撥，啄木丁丁小鳥[二]。空山無人處，任花開花落，洞天深窅。忽變作玉關，千群鐵馬，平沙衰草。吴儂歌縹緲。歎舊曲、誰似臨川好。遮莫向、岐王筵上，崔九堂前，琵琶彈出傷心調。未抵繁絃巧。引蝶翅、蜂鬚相惱[三]。但羈客、青衫老。奈何頻唤，頓減中年懷抱。鬢邊明日白了。

【箋注】

喬萊，號石林。見卷上《山花子·題石林小照》箋注。

朱彝尊《翰林院侍讀喬君墓表》：「（喬萊）性不飲酒，好觀人飲，竟席不倦。嘗闢一峰草堂於宣武門斜街之南，暇與布衣糾履之士詩篇酬和，退朝輒考證史事。」（《曝書亭集》卷七十三）

鵾雞：古曲名。《文選》張衡《南都賦》：「寡婦悲吟，鵾雞哀鳴。」李善注：「《寡婦》曲未詳，古相和歌有《鵾雞》之曲。」

臨川：南朝宋劉義慶。劉襲封臨川王，故稱。徐堅《初學記》卷十六：「《烏夜啼》，宋臨川王義慶造也。義慶爲江州刺史，爲文帝所徵，家人大懼，妓妾夜聞烏啼，憂思而成曲。」朱彝尊《清平樂・贈歌者陳郎》：「惱亂多情人欲死，只有臨川曲子。」（《曝書亭集》卷二十六）

岐王、崔九：岐王，李範，唐睿宗第四子，玄宗之弟。崔九，崔滌，唐玄宗時殿中監，中書令崔湜之弟。此借此王公官宦。杜甫漂泊湖湘，有《江南逢李龜年》詩：「岐王宅裏尋常見，崔九堂前幾度聞。正是江南好風景，落花時節又逢君。」

【校】

［一］偷照：《百名家詞鈔》同。《瑤華集》卷二十作「相照」。

［二］小鳥：《百名家詞鈔》同。《瑤華集》作「林鳥」。

［三］相惱：《百名家詞鈔》同。《瑤華集》作「縈繞」。

玉女摇仙珮

與米紫來論詞即書其集後［一］

才人剩技，削玉團香，有得離奇如此。繡嶺宫前，苧蘿溪上，一一傾城姝麗。更把繁紘倚。似飛仙劍客，乘風遊戲。　怨離別、青衫紅袖，消向琵琶羯鼓聲裏。沙石砉然驚，苦竹黄蘆，暗啼山鬼。　省識紅鹽妙理。换羽移宫，墮盡關河人淚。細數名家，晚唐南宋，漫説蘇豪柳膩。海嶽[二]當年裔。平分取、書畫船中風味。又證入、金荃蘭畹，小山白石，天花亂撒珊瑚碎。酒邊珍重烏絲字。

【評】

其年曰：迷離惝怳，渾脱激昂，都不作吴兒細咳。

鳳于曰：騈金儷玉中丰神飛動，此贈言絶妙好詞也。

【箋注】

作於康熙十七、十八年間。時米漢雯舉鴻博入都。

米漢雯，字紫來，號秀巖，宛平人，明太僕米萬鍾（海嶽外史）孫。順治十八年（一六六一）進士，康熙十二年知長葛縣。康熙十八年（一六七八）舉鴻博，授編修，官侍講學士。喜交遊，多才藝，猶工篆刻。書畫俱仿米芾，頗得家法，時呼小米。有《始存詞》，陳維崧爲序。

王士禛《香祖筆記》卷三：「（漢雯）以長葛縣行取，適有博學宏詞之舉，改翰林院編修，以典試詿誤。久之召入，供奉内廷，遷侍講，賜宅西華門，尋病卒。」

繡嶺：山名。即陝西臨潼縣驪山的東繡嶺、西繡嶺，以山勢高峻，如雲霞繡錯，故名。唐玄宗與楊貴妃在此避暑。杜牧《華清宮三十韻》：「繡嶺明珠殿，層巒下繚牆。」《過華清宮絶句》：「長安回望繡成堆，山頂千門次第開。一騎紅塵妃子笑，無人知是荔枝來。」

苧蘿溪：浙江諸暨苧蘿山之溪，又名香溪，越溪。傳説爲美女西施浣紗處。李白《西施》：「西施越溪女，出自苧蘿山。」

紅鹽妙理：此謂詞中正味。蘇軾《橄欖》詩：「紛紛青子落紅鹽，正味森森苦且嚴。」宋陳鵠《耆舊續聞》卷二：「徐師川云：『……世只疑紅鹽二字，以爲別有故事，不知此即《本草》論鹽有數種：北海青，南海赤。橄欖生於南海，故用紅鹽也。』」

蘇豪柳膩：謂蘇軾詞豪放，柳永詞多脂粉氣。陳維崧《賀新郎・題曹實庵〈珂雪詞〉》：「多少詞場談文藻，向豪蘇、膩柳尋藍本。吾大笑，比蛙黽。」又《摸魚兒・哭王生》：「任膩柳豪蘇，一宵立辦，詭説蠹餘課。」曹溶《玉漏遲・宣府嚴弁宅女樂》：「十八女郎，須用大蘇描寫。莫被柳家惡句，把膩粉、塗汙春社。」

書畫船：北宋書畫家米芾佚事。黄庭堅《戲贈米元章》之一：「滄江靜夜虹貫月，定是米家書畫船。」任淵注：「崇寧間，元章（芾）爲江淮發運，揭牌於行舸之上，曰『米家書畫船』云。」

金荃蘭畹：參見卷下《摸魚子・答沈融谷》「蘭畹金荃」箋注。曹貞吉《韓環集序》：「而自有《金荃》、《蘭畹》以還，若歐、晏之大雅，秦、李之風流，姜、史之清新，辛、劉之豪宕，亦安能踽踽然孤行於世也乎？」

【校】

[一]《瑶華集》卷二十，題爲「與米紫來論詞即題其《始存集》」。

[二] 海嶽：《百名家詞鈔》同。《瑶華集》作「火正」。

玉女摇仙珮

詠魚苔箋

剡溪玉葉，渲染神工，卻倩銀塘丹鯽。波面揚鬚，鏡中吹雨，飄入碎萍無力。一抹空明碧。問何人拾取，水天顔色。欲偷寄、飛瓊片紙，怕似方諸滴淚難識。驚萬縷千絲，莫是珠宫，鮫妹輕織。　不辨河山一氣，潮落潮平，納納乾坤生白。杳靄嵐光[二]，迷離樹影，總帶蠻雲腥澀。造物莽搜索。有多少、寒火温泉奇跡。渾未抵、浮漚隱現，緑瀛滄島，苔痕掩映荆關筆。憑誰爲訊騫霄國。

【評】

阮亭曰：題不經見，詞亦迷離。奇幻如觀化人之戲。

其年曰：一氣混茫。

鳳于曰：組織工細。（校按，此條《珂雪詞》諸本不載，見《詠物十詞》。）

【箋注】

《詠物十詞》之一。

魚苔箋：有魚鱗似細紋的苔箋。苔箋，用水苔（藻類）製成的箋紙。李肇《唐國史補》卷下：「紙則有越之剡藤、苔箋。」施宿《（嘉泰）會稽志》卷十七：「會稽出紙尚矣，剡之藤紙得名最舊，其次苔箋。」

寒火：謂似火而不能燃燒的光。李時珍《本草綱目·火一》：「此外又有蕭丘之寒火，澤中之陽焰，野外之鬼燐，金銀之精氣，此皆似火而不能焚物者也。」原注：「蕭丘在南海中，上有自然之火，春生秋滅。」

騫霄國：王嘉《拾遺記》：「秦始皇元年，騫霄國獻刻玉善畫工名裔。使含丹青以漱地，即成魑魅及鬼怪群物之象；刻石爲百獸之形，毛髮宛若真矣。皆銘其臆前，記以年月。」

【校】

［一］嵐光：《百名家詞鈔》同。《詠物十詞》作「風光」。

多麗

送葉慕廬南歸

恰新秋，一夜涼颸聲急。指湘皋、晚煙淡處，章華臺下荒宅。掛蒲帆、白蘋鄉裏，鱠鱸魚、破玉盈尺。赤壁江聲，烏林戰地，楚南形勝，依稀記得。擊銅斗，歌成慷慨，棹碎空明碧。東籬畔，黄花滿徑，應待歸客。　憶燕市、匆匆文酒，西山亂入遊屐。動公卿、五雲詞賦，才子人稱掞天筆。姑射仙姿，苧蘿姝麗，如君流落也堪惜。悲團扇、班姬未老，永巷青苔隔。桑乾路，驢背書囊，席帽欹側。

【評】

其年曰：聲情婉惻，極似片玉詞。

山來曰：忼慨悲歌，纏綿悽惋，直欲敲碎唾壺。

【箋注】

作於康熙十八年（一六七九）秋。時葉封舉鴻博未中，歸里。

葉封，字井叔，號慕廬，嘉興人，籍於湖北黄岡。順治十六年（一六五九）進士，仕延平府推官，改登封縣令，遷兵馬司指揮。康熙十八年，舉博學鴻詞，未中，銓授工部虞衡司主事。即南歸，居於武昌樊湖，以漁釣自娛。與曹貞吉同爲「金臺十子」。有《慕廬集》。

章華臺：又名章臺。春秋時楚國離宫。故址今湖北省監利縣西北，《左傳·昭公七年》：「及即位，爲章臺之宫，納亡人以實之。」杜預注：「章臺，南郡華容縣。」

烏林：地名。在湖北省嘉魚縣西，位於長江北岸。《三國志·周瑜傳》：「是歲又與周瑜、程普等西破曹公於烏林，圍曹仁於南郡。」

按，葉封出都，在京以詩詞送行者，有曹貞吉、陳維崧、宋犖、朱彝尊、施閏章、高層雲等人。朱彝尊《臺城路·送葉井叔主事還南鄂》：「新霜未染香山葉，黄花已開秋圃。側帽風前，囊萸酒畔，不分故人先去。忽忽里語。忍别了吴儂，竟歸樊楚。一色魚天，車湖爭似鶴湖住。蒲萄滿江緑漲，愛翻鴉落雪，門對南浦。訪舊襄陽，題襟漢上，芳草知誰同賦。相思最苦。夢雁影飛邊，月明多處。楊柳青青，武昌何限樹。」（《曝書亭集》卷二十六）

小諾皋

輓尤展成夫人

德耀眉齊，少君車挽，十載牛衣人淚。憶當年、白帢翩翩，比肩蘭蕙。夫子龍城綰綬，紫塞風沙難避。賦歸來、還共東籬憔悴。詠絮庭閒，篝燈門閉。慰白頭、佳兒佳婦，百歲相看何已。蝶夢醒，偏無幾。　日下蒲輪，江邊桂楫，驚起山中濃睡。全不管、西風病骨，懨懨情思。環珮珊然去矣，垂老寧堪傷逝。轉眼便、泡影空花相似。綺户絲縈，鏡奩塵細。怕黄昏、微雨疏簾，滴到愁人兩耳。更莫聽，蛩吟碎。

【評】

鳳于曰：繁音哀亂，似潯江夜奏，不堪終曲。

山來曰：可作賢媛小傳。

【箋注】

作於康熙十七年（一六七八）冬。

尤侗（一六一八—一七〇四），字展成，號西堂，蘇州府長洲人。順治三年（一六四六）副榜貢生，九年授永平推官。康熙十八年（一六七九），以六十二歲高齡舉博學鴻儒，授翰林院檢討，與修《明史》。二十二年致仕還鄉。有《西堂全集》。

尤侗《祭先室曹孺人文》：「維康熙十七年十月十六日，杖期拙夫尤侗，在京聞吾妻勅封孺人曹氏於九月十九日病故，驚痛幾絶。以奉旨候試不得歸，乃遣長男珍星夜奔喪，滴淚和墨，以一言告奠於吾妻之靈。」（《西堂雜組》三集卷八）又有《哀絃集》悼亡詩，並和宋人《樂府補題》五首，以志哀慟。附曹貞吉、陳維崧、朱彝尊、李良年等人輓詞。

《小諸皋》，明王世貞自度曲。詞序云：「偶有所感，信筆爲長短句一首，第以新名，不足繩墨。曰《小諸皋》，蓋取酉陽生之旨云。」按，諸皋，太陰神名。段成式《酉陽雜俎》有《諸皋》、《支諸皋》等篇，記怪力亂神之事。

德耀：漢梁鴻妻孟光，字德耀。此用舉案齊眉故事。見卷上《南鄉子》五首其四箋注。

少君：西漢末人。勃海鮑宣妻，桓氏之女，字少君。鮑宣少時就學於桓氏，桓氏奇其清苦，妻以女，嫁資豐盛。宣不悦。少君乃悉歸資御服飾，更著短布裳，與宣共挽鹿車歸鄉里。拜姑禮畢，即治家事，盡婦道，鄉里稱之。（《後漢書》卷八十四《列女傳·鮑宣妻傳》）

牛衣：供牛御寒用的披蓋物，氈塊、蓑衣之類。《漢書·王章傳》：「初，章爲諸生學長安，獨與妻居。章疾病，無被，卧牛衣中，與妻決，涕泣。其妻呵怒之曰：『仲卿，京師尊貴在朝廷人誰踰仲卿者？今疾病困厄，不自激卬，乃反涕泣，何鄙也！』」

龍城：河北盧龍縣，亦稱龍城，明清時永平府府治所在。今隸屬河北秦皇島市。尤侗初仕，授永平推官。

佳兒佳婦：《資治通鑒·唐高宗永徽六年》：「（褚）遂良對曰……先帝臨崩，執陛下手謂臣曰：『朕佳兒佳婦，今以付卿。』」郝經《天賜夫人詞》：「八月十五雙星會，佳婦佳兒好昏對。」

哨遍

題萬柳堂

何處嬉春，踏青挑菜，鄠杜城南地。過危橋，夕照恰當門，亂擁入、群峰螺髻。鬱坡陀，緑遍粘天芳草，粼粼十畝風潭水。看萬縷千絲，交柯接葉，掩映長空無際。問當年誰折永豐枝。已彷彿靈和殿裏時。欲起還眠，帶雨拖煙，昵人情思。是相國滄洲逸興萬象含生氣。忘機魚鳥，穿林啖影任游戲。更石筍排雲，花香作霧，東風一剪蘼蕪翠。梁苑詩篇，西園賓從，點綴平泉佳麗。羨新荷驟雨，遺蹤如此。似歐冶池邊溯漣洏。恨只少、篔簹谷意。喜得賜沐餘閒，小駐東華騎。河上清明，洛濱袯禊，油壁鈿車來矣。年年渲染費春工，且自與人同樂耳。

【評】

武曾曰：二百一十字外，尚似有餘，此長調中能事也。諸家無此筆力，輒以狹巷短兵移之車騎之地，鮮不敗矣。

書樵曰：是爲鐘吕大聲，不同絲竹細響。

【箋注】

萬柳堂，又名亦園，清初大臣馮溥别墅，在京都東南廣渠門内。清人詩文唱詠甚夥。

于敏中《日下舊聞考》卷五十六：「萬柳堂在廣渠門内，爲國朝大學士益都馮溥别業。康熙時開博學鴻詞科，待詔者嘗雅集於此。檢討毛奇齡曾製《萬柳堂賦》。今其基周圍一頃餘，内有小土山，即昔蓮塘花嶼也。」

陳康祺《郎潛紀聞》卷八：「京師廣渠門内萬柳堂，爲國初益都相國别業。康熙時大科初開，四方名士待詔金馬門者恒讌集於此。後歸倉場侍郎石文桂，旋施爲寺，聖祖賜額爲拈花禪寺。」朱彝尊《萬柳堂記》：「度隙地廣三十畝爲園，京城東南隅聚土以爲山……園無雜樹，迤邐下上皆柳，故其堂曰萬柳之堂。今文華殿大學士益都馮公取元野雲廉公燕遊舊地以名之也。」（《曝書亭集》卷六十六）

鄠杜：鄠縣與杜陵。杜陵，漢宣帝陵墓。二地靠近長安，爲勝地。班固《西都賦》：「商洛緣其限，鄠杜濱其足。」

歐冶池：故址位於福建福州冶山北麓，相傳是春秋時歐冶子鑄劍淬火之池。梁克家《三山志》載：「今將軍山之北，昔冶山之麓也，亦名東冶，及俗呼甌冶，皆以東越故耳。程大卿師孟創甌冶亭，作詩，又爲《後序》云：『予至州之明年，新子城，城之東北隅灌木陰翳，因爲開通，始問此水，或對曰：甌冶池。予竊喜其蹟最古，且愛其平闊清泚。』」

篔簹谷：谷名，産竹，在陝西洋縣。見卷上《滿江紅・題阮亭寓竹》箋注。

按，同時陳維崧有《徵萬柳堂詩文啟》、《萬柳堂修禊倡和詩序》，毛奇齡有《萬柳堂賦》，朱彝尊有《萬柳堂記》、《送益都馮先生集萬柳堂次韻二首》詩。

鶯啼序

送牧仲榷稅贛關

憶隨羽林十二，作英雄指顧。正補袞、黃閣初開，城南尺五韋杜。屬車下、參差豹尾，新豐樹杪旌旗度。佩雙鞬、馳電長河，馬嘶冰路。

獵騎纔回，小篆乍裊，誦琳琅好句。宴梁苑、賓客鄒枚，勝流齊奉樽俎。泛扁舟、重尋赤壁，是玉局、舊曾遊處。歎臨皋、一段風流，杳然千古。

京塵再染，屬國旂常，九賓看拜舞。又移入、白雲司裏，雞舌香賜，綽約雙鬟，旗亭歌賭。衍波紙寫，驚心動魄，廣平冰鐵梅花賦。問枝頭、紅杏今能否。銅龍命下，持衡賧布賨錢，片帆欲飛南浦。

清江似鏡，章貢分流，是天開大府。最好向、鬱孤臺上，極目夕陽，幾道蠻煙，亂垂平楚。乘槎漢使，登樓清嘯，驚濤拍拍千尋下，聽榕陰、木客吟詩苦。載將廉石歸來，滿酌蒲桃，歌翻舊譜。

【評】

其年曰：章法絶妙，是廬陵一篇送行文字。　一起陡健舉。

山來曰：石破天驚，洵可推倒一世，開拓萬古。

【箋注】

作於康熙十七年（一六七八）歲暮。參見卷上《天香・詠緑牡丹爲牧仲作》箋注。

宋犖自撰《漫堂年譜》卷一：（康熙）「十七年戊午，余四十五歲。」「十一月，堂官保舉才能，奉命視榷贛關。是月，男至來省。」「十一月，偕錢介維柏齡、男至出都。時博學鴻詞諸公集闕下，以詩文相送者甚夥，朱竹坨彝尊題曰《使虔録别》。」

城南尺五：謂與宫廷相近。語出《辛氏三秦記》：「城南韋杜，去天尺五。」漢長安城南韋曲、杜曲皆三輔地，爲貴族豪門所聚居。杜甫《贈韋七贊善》「時論同歸尺五天」，自注：「俚諺曰：城南韋杜，去天尺五。」參見卷下《畫屏秋色・送舅氏之唐山廣文任》「韋杜」箋注。

玉局：蘇軾曾任玉局觀提舉，因以稱。紹聖元年（一〇九四），蘇軾貶官嶺南途經贛州，有《虔州八境圖》（八首）等詩。

白雲司：刑部别稱。相傳黄帝時以雲命官，秋官爲白雲。掌刑獄之官屬秋官，故以「白雲」用作刑官别稱。《漢書・百官公卿表上》：「黄帝雲師雲名。」顔師古注引應劭曰：「黄帝受命有雲瑞，故以雲紀事也。由是而言，故春官爲青雲，夏官爲縉雲，秋官爲白雲，冬官爲黑雲，中官爲黄雲。」唐李洞《感知上刑部鄭侍郎》：「寄掩白雲司，蜀都高卧時。」王禹偁《送都官梁員外同年之江南轉運》詩：「出職未吟紅藥樹，轉官新入白雲司。」自注：「都官刑部正司。」

衍波：詩箋名。王直方《直方詩話》：「蕭貫少時，嘗夢至宫廷中……貫自陳進士，能爲詩。中有一人授貫紙，曰：『此所謂衍波箋，煩賦《宫中曉寒歌》。』貫援筆立成。」

廣平：唐玄宗時名相宋璟，封廣平郡公，世稱宋廣平。皮日休《桃花賦》：「余嘗慕宋廣平之爲相，貞姿勁質，剛態毅狀，疑其鐵腸石心，不鮮吐婉媚辭，然睹其文而有《梅花賦》，清便富豔，得南朝徐庾體，殊不類其爲人也。」

枝頭紅杏：北宋宋祁，字子京，任工部尚書，所作《玉樓春》詞，有「紅杏枝頭春意鬧」之句，張先稱之爲「紅杏枝頭春意鬧尚書」。見胡仔《苕溪漁隱叢話》前集引《遯齋閒覽》。

賧布：南方少數民族向朝廷輸納布帛。賧，所輸貨物。《晉書·食貨志》：「元后渡江，軍事草創，蠻陬賧布，不有恒準，中府所儲，數四千匹。」

賨錢：秦漢時西南少數民族作爲賦税交納的錢。《後漢書·南蠻傳》：「秦地既定，乃遣還巴中，復其渠帥羅、樸、督、鄂、度、夕、龔七姓，不輸租賦，餘户乃歲入賨錢，口四十。」

章貢：章水、貢水。二水在江西贛州市城西合流，是爲贛江。

鬱孤臺：贛州城臺名。祝穆《方輿勝覽》卷二十：「鬱孤臺，在麗譙，坤維隆阜，鬱然孤起平地數丈，冠冕一郡之形勢，而襟帶千里之江山。唐李勉爲虔州刺史，登臨北望，慨然曰：『余雖不及子牟，而心在魏闕一也，豈令名乎？』改爲望闕。」

廉石：即鬱林石。《新唐書·陸龜蒙傳》：「陸氏在姑蘇，其門有巨石。遠祖績嘗事吴爲鬱林太守。罷歸無裝，舟輕不可越海，取石爲重。人稱其廉，號『鬱林石』。世保其居云。」

按，宋犖出京赴任，送行詞作有李良年《祝英臺近·送宋牧仲比部奉使虔關》、沈皞日《瑞龍吟·送牧仲榷使贛關》、朱彝尊《蘭陵王·送宋員外牧仲視榷贛州》、龔勝玉《玉燭新·都門送宋牧仲比部之贛關》、徐嘉炎《浣溪沙·送宋牧仲比部之贛州》、陸棻《玲瓏四犯·送宋牧仲之贛州》、蔣景祁《望遠行·送宋牧仲員外督贛關税》。王士禛、尤侗、陳維崧、孫枝蔚、吴雯、李良年等人又有送行詩。

補遺

卜算子

秧針

欲製水田衣，難學天衣縫。倦繡空中亂唾絨，點點楊花弄。　卓影刺波明，補得青莎空。乞巧穿來定幾時，秋老無人共。

【箋注】

按：此家刻本補遺共九首，張潮本無。觀其内容，當是康熙二十四年（一六八五）曹貞吉出都，任徽州府同知以後所作。徽州府，治所在安徽歙縣。

浪淘沙

午夢

午夢費追尋。行遍園林。落梅如雪滿庭陰。粉蝶遊蜂紛去住，又是春深。　鄉信抵黄金。雲水沉沉。先生老矣廢長吟。喫飯著衣些箇事，忙到如今。

【箋注】

喫飯著衣：謂日用，日常實踐。禪宗語。黄庭堅《休堂頌》：「北鬱單越，西瞿耶尼。事同一家，喫飯著衣。」

浪淘沙

詠史

秋老伏波營。海氣淒清。鷓鴣啼上越王城。玉几金牀何限恨，紫殿苔生。霸業總飄零。青蓋亭亭。五千甲楯憶行成。回首羊車遊幸地，多少娉婷。

【箋注】

詠戰國越國歷史。《左傳・哀公元年》：「越子以甲楯五千，保於會稽。」

鷓鴣啼：李白《越中覽古》：「越王句踐破吴歸，義士還鄉盡錦衣。宫女如花滿春殿，只今惟有鷓鴣飛。」

伏波營：此指兵營。西漢路博德、東漢馬援都曾封爲伏波將軍。《史記・衛將軍驃騎列傳》：「博德以衛尉爲伏波將軍，伐破南越，益封。」按，路博德所征伐之越爲南越，非春秋之越國境。王世貞《送吴韜之浙閩》：「燕卒盡饒都護餉，越人爭下伏波營。」自注：「路博德也。時有越寇警，故云。」

行成：議和。《左傳·哀公元年》：「越子以甲楯五千，保於會稽，使大夫種因吴太宰嚭以行成。吴子將許之。」胡應麟《題帷幄元勳册》：「島虜行成祈北面，蕃臣重譯到西飛。」元袁華《分題得南武城送顧仲瑛之濠梁》：「大夫種至請行成，屬鏤卒賜忠臣死。」

木蘭花

重九發皖城

黄昏急雨跳珠露。五兩迎潮打槳去。煙螺一點認龍山，暗憶西風吹帽處。　魚牀蟹簖紛無數。夜火陰沉隔江步。寒蘆颯颯走濤聲，十萬饞蛟爲誰怒。

【箋注】

作於康熙二十四年（一六八五）至三十一年（一六九二）任徽州府同知時期。嘉慶《徽州府志·職官志》：「曹貞吉，安邱人，進士，二十四年任。」

皖城：今安徽安慶市潛山縣古稱。

五兩：亦作「五緉」。測風器。雞毛五兩或八兩繫於高竿頂上，借以觀測風向、風力。《文選·郭璞〈江賦〉》：「覘五兩之動靜。」獨孤及《下弋陽江舟中代書寄斐侍御》：「東風滿帆來，五兩如弓弦。」

龍山：即大龍山，位於安徽安慶北。

春草碧

題梅雪坪小照

春風作意淹愁客。晞髮弄琅玕，千條碧。脈脈空谷佳人，翠袖無言鎮相憶。過雨嫩苔生，流光濕。莫是擁髻燈前，翩然獨立。認他桃花紅，梨花白。劇憐畫裏都官，朱霞天半無人識。高唱紫雲回，消受得。

【箋注】

梅雪坪，梅庚（一六四〇—一七二二），清初畫家、詩人。張庚《國朝畫徵録》：「梅庚，字耦長，號雪坪，又號聽山翁，宣城人。康熙辛酉舉人，爲竹垞所得士。工詩，善八分書，寫山水花卉皆雅韻。然不多作，唯遇知名士贈之，爲阮亭輩所重。晚年知泰順縣事，尋以老乞歸，有『兒童失學田園廢，也算從官一度回』之句。所著有《吴市吟》、《山陽笛》、《漫與集》。」

空谷佳人：杜甫《佳人》：「絶代有佳人，幽居在空谷。……天寒翠袖薄，日暮倚修竹。」

都官：宋代詩人梅堯臣，字聖俞，世稱宛陵先生，宣州宣城人。曾任尚書都官員外郎，故世稱「梅都官」。此處因同姓同籍，以稱梅雪坪。宋犖《題梅雪坪畫即送歸宣城》：「詩是都官裔，畫追清閟蹤。」（《西陂類稿》卷十六）

滿江紅

詠青陽署中老桑

輪囷離奇，常自是、參天溜雨。仿佛是、龍纏蛟鎖，獸蹲鯨怒。衣被神功歸草木，絲綸大業生機杼。笑倡條、冶葉亦何爲，紛如許。　溝中斷，青黄取。冥靈壽，蹉跎補。幸斧斤不到，先生宥楮。定有煙霞興左右，何年廟社煩鐘鼓。數春秋、又過八千餘，喬松侶。

【箋注】

作於康熙二十七年（一六八八）。曹貞吉以同知攝青陽縣令職事。

青陽：縣名，以其地在青山之陽而得名，今安徽池州屬縣。明清屬安徽池州府。

張貞《曹公墓誌并銘》：「公之由中翰出而同知徽州也，平簡温敏，洗手奉公。逾年，政大洽，會祁門令闕，公即以材攝令事。……是秋，復視篆青陽。諸吏抱牘進曰：『兑漕例徵三千金爲公私費。』公笑曰：『猾吏欲以腐鼠嘗我邪？水次近縣門，何須多金？當事知我貧，或不過督也。』宿弊遂洗。」

百字令

婺源道中記所見[一]

濕雲潑墨，儘連宵[二]做弄，碎瓊零玉。灘雪驚飛[三]流不定，軋軋水車翻軸。山鬼荒祠，女郎遺廟，擬聽秋墳曲[四]。亂鴉枯樹，峰腰猶抹青緑。　莫是洪谷雲林，匆匆渲染，健筆能醫俗。一縷炊煙來木末，籬落人家堪宿。烏桕紅銷，棕櫚葉散，掩映千竿竹。數杯濁酒，敵他簷際風肅。

【箋注】

洪谷：荆浩，字浩然，後梁河内沁水（今山西沁水）人，五代畫家。避亂，隱於太行山洪谷，遂自號洪谷子。

雲林：倪瓚，字元鎮，號雲林居士，常州無錫人，元明間畫家。

【校】

［一］按，《山東文獻集成》第二輯第四十三册，有曹尊彝鈔本《珂雪詞補遺》三首，此作爲三首之一，題作「歸途記所見」。

［二］儘連宵：鈔本《珂雪詞補遺》作「連宵來」。

［三］灘雪驚飛：鈔本《珂雪詞補遺》作「嗚咽溪聲」。

［四］「擬聽」句：鈔本《珂雪詞補遺》作「點綴蒼厓腹」。

木蘭花慢

題文孝祠壁

拜昭明遺廟，臺下水，自淪漪。想文選樓中，銅龍晝暖，玉簡宵披。摛詞。六朝金粉，遍千秋作者沐恩暉。兆始乘雞牽犬，禍成白馬青絲。　靈旗。雜佩葳蕤。鼓坎坎，舞僛僛。歎故國山川，鄉人伏臘，捨此安歸。追維。湘東太忍，使江陵文武盡灰飛。

但奉九郎神在，重遊幾度沾衣。

【箋注】

文孝祠：即昭明太子祠，祀南朝梁昭明太子蕭統。安徽境内祁門縣、黟縣、蕪湖皆有文孝祠。見何紹基《重修安徽通志》。

文選樓：址在湖北襄陽，昭明太子蕭統建。蕭統集劉孝威、庾肩吾等十餘人於此輯《文選》，故名。

銅龍：漢太子宫門名銅龍門，門樓上飾有銅龍。泛稱太子所居。南朝齊陸厥《奉答内兄希叔》：「屬叨金馬署，又點銅龍門。」

乘雞牽犬：歐陽修《五代史記注》卷六十二下：「《方輿勝覽》：南唐將歸我宋，升元寺殿基掘得古記，乃詩讖，其詞曰：『若問江南事，江南自有憑。乘雞登寶位，跨犬出金陵。……』至李氏國亡，好事者稍稍尋見其意，蓋應在江浙也。後主丁酉生，又以辛酉年即僞位，是乘雞登寶位之應；至甲戌年國破，是跨犬出金陵之應。」此處用後出之典，不論朝代，但取謡諺，謂南朝梁政權自武帝蕭衍登位以來，禍端已顯露。

白馬青絲：南朝梁普通年間，有童謡曰：「青絲白馬壽陽來。」其後侯景作亂，乘白馬，以青絲爲轡，兵皆青衣，從壽春進軍建康。見《梁書·侯景傳》、《隋書·五行志上》。參見卷下《木蘭花慢·送孫開盛假歸用稼軒韻》箋注。

湘東：南朝梁元帝蕭繹，繼位前爲湘東王。即位第三年，西魏攻陷江陵，被殺。

九郎神：民間所祭祀之神，道教人物許遜，人稱許九郎，又號間山九郎真君。

臺城路

爲熊封題《金陵覽古》詩卷

騎驢踏遍臺城路。秋風更兼秋雨。朱雀航邊，莫愁湖畔，有底關情如許。英雄割據。歎鐵鎖銷沉，龍驤飛渡。彈指聲中，匆匆暗送六朝去。　金牀玉几盡變，變涼螢滿院，動人愁處。夢裏三生，奈何頻喚，禪榻鬢絲千縷。精靈虎距。和冷雁哀猿，江山重數。嗚咽寒潮，蘆花飄正苦。

【箋注】

熊封，靳治荆，字熊封，號書樵，時任歙縣令。後遷固原州，再遷寧波同知。王士禎門人，博雅嗜古，好刻書，王士禎以爲「亦一奇士」。曹貞吉在皖期間，熊氏以屬吏從遊，並爲曹貞吉的詩集《朝天集》、《鴻爪集》、《黄山紀遊詩》題跋。

禪榻鬢絲：杜牧《題禪院》：「今日鬢絲禪榻畔，茶煙輕颺落花風。」

附録一　珂雪詞補輯

采桑子

春閨

東風小立簾櫳靜，蛺蝶飛飛。蛺蝶飛飛。撲面楊花燕子歸。　困人天氣無些事，金鴨香微。金鴨香微。睡損芙蓉一半兒。

采桑子

秋閨

梧桐小院黃昏後，茉莉風涼。茉莉風涼。一縷香生鬉鬌妝。　窺人斜月渾無賴，又上西窗。又上西窗。金井烏啼夜未央。

（聶先《百名家詞》）

疏影

蛛網

柔絲幾縷。學柔腸亂結，簷牙低處。雨濕還明，一任風吹，時有暗塵凝聚。多情慣惱閒蜂蝶，更惹遍、落英飛絮。憶那回、拂面牽衣，也解暫留人住。　一一疏籬都罥，看晚紅屋角，又添如許。記得前宵，鈿盒齊開，輸與癡騃兒女。怪他不礙愁城路，只隔斷、夢來魂去。把花枝、欲拭還休，獨自憑欄情緒。

（蔣景祁《瑶華集》卷十六）

【按】

本首《全清詞·順康卷》據《瑶華集》補遺，入曹貞吉詞。《全清詞·順康卷補編》，又據曹霦《冰絲詞》，補入曹霦詞中。未知孰是，姑兩存之。

金縷曲

同頌嘉飲綸霞齋讀新詩

羅酒清如乳。共燈前、宣窯一色，十觴連舉。我醉倒持銅綽板，儗倩花奴擊鼓。竟弟勸、兄酬無數。疑是吾州從事者，問何年、卻向平原住。鄉耆舊，還相遇。主人鸜鵒初成賦。動光芒、天孫五色，長篇短句。比似峨眉天半雪，奇秀差堪儔伍。高歌罷、眉峰欲舞。一卷漢書傾一斗，借斯文、下酒君須誤。扶上馬，夜方午。

（田雯《古歡堂集》卷十一附録）

浪淘沙

波内美人影

秋水澹空明。形影雙清。洛妃乘霧去亭亭。明月蘆花多少恨，環珮無聲。疑傍若耶行。溪畔香生。還愁煙靄鎖娉婷。只似深閨鸞鏡裏，檀暈輕輕。

（《古今詞匯三編》）

賀新涼　二首

賀汪蛟門納姬

十二珠簾卷。恰三秋、月明人醉，客懷都遣。通德燈前擁袖立，不定流光欲泫。映繡被、兜羅如繭。小婢青衣雙掩户，恨兒郎、排突窺人淺。銀蒜落，手慵展。　九嶷作黛明妝顯。問何如、黃金名屋，芸輝題扁。幾日温柔鄉裏坐，謝客一聲吠犬。惆悵事、輸君全免。珍重烏絲盟紙尾，聽花間、小呪終成典。鶯嚦嚦，還同剪。

意似蕉心卷。譬當年、佽霜初搗，茫茫難遣。翩若驚鴻雲際去，洛女臨波光泫。真好事、吴蠶成繭。飛燕玉環誰彼此，問蜂黃、一夜眉深淺。清漏永，更須展。　無多軟語聽成顯。訂三生、文鸞彩鳳，月圓風扁。漏洩春光今八九，妬殺陸機黄犬。長麈柄、安能求免。且向臨邛沽一斗，鸘鷞裘、未被郎君典。情脈脈，如何剪。

（《秋水軒倡和詞》）

念奴嬌

讀畫樓，周子雪客言近將以甘露閣改作，爲賦此

神遊飛閣，見周郎説在，雨花臺畔。僧是尸黎人李白，醉裏逃禪汗漫。地湧浮圖，天開雙闕，金粉年年换。移山掇水，更能事，英賢慣。　奇哉四面煙雲，中間□□，應接無昏旦。便下深帷燒樺燭，遮莫恣情柔翰。畫作山看，山將畫讀，主客誰能判。前身摩詰，還教裴迪作伴。

（《清平初選後集》卷九）

【按】

本首《全清詞・順康卷》標爲據《清平詞選》補遺，入曹貞吉名下。又另收入同書紀映鍾名下。檢《全明詞》亦收爲紀詞，出自《今詞苑》。《全清詞》所録曹詞，注明「後段少二字」；所録紀詞，後段起首第二句「中間」下正多「是晝」二字，據詞譜當如是。所謂《清平詞選》，即清初張淵懿、田茂遇所輯《清平初選後集》，本首收於卷九，下片即作「中間應接無昏旦」，作者標爲曹升六（即曹貞吉），《全清詞》照此所録不誤。姑仍繫於此處，下片據詞譜補缺字符二。

雙蕖怨

辛未重九

好清秋、曾拖雙屐，一天凄冷難賦。祇今遥憶垂珠洞，迢遞銀河誰渡。雲外樹。早姹紫、嫣紅霜葉濃如許。舊遊似霧。擬摒擋巾車，招攜勝友，共踏翠微路。　　恰重九，忽到滿城風雨。吹殘箬笠何處。荒齋坐對瀟湘色，爭换幾群腰鼓。斜日暮。喜倒暈、明霞片片依人住。叵羅十舉。便百尺嵐光，千尋練影，未抵此中趣。

買陂塘

題荻雪村莊爲西畇作

恰先生、結茅之地，滿陂渾是濃霧。非關玉蕊吹零亂，遮斷菱舟歸路。憐薄暮。趁一陣、西風飛過前村去。魚莊蟹浦。映幾縷斜陽，幾株疏柳，寂寂伴鷗鷺。　人間世，只有楊花無主。芳菲卻占時序。蒹葭等待爲霜後，剩得淒清如許。秋色苦。糝亞字、紅橋雁齒低迷處。徐娘淡嫵。鎮孤影蕭騷，餘情懶慢，隔水夜燈雨。

（曹尊彝鈔本《珂雪詞補遺》）

附録二　傳記序跋

誥授奉政大夫禮部儀制清吏司郎中曹公墓誌并銘

張　貞

公曹姓，諱貞吉，字迪清，一字升六，别號實菴。幼具夙惠，初學爲文章即有神解。甫髫，與弟澹餘同負儁聲。辛卯，澹餘膺鄉薦，而公獨不利於有司，益自奮厲，博極群書，篝燈雒誦，深夜不休。年三十中康熙癸卯鄉試第一，甲辰成進士，庚戌以推擇爲中書舍人。壬子，余充貢賦入京師見公。自公之暇，專力攻詩，與今户部侍郎田公綸霞、巡撫都御史宋公牧仲、刑部郎中謝公千仞、故國子祭酒曹公頌嘉、給事中王公幼華、刑部主事汪公季角，更唱迭和，都人有「十子」之目。新城王阮亭先生尤激賞公詩，爲鑒定版行之。自是學日益博，名日益著，人間以史傳故實相咨，事雖隱僻，公應對如流，論者謂不減張司空在典午之代也。所著有《珂雪詩》、《珂雪詞》、《十子詩略》，暨後《朝天》、《鴻爪》、《黄山紀遊》諸集，共若干卷。此公之文學於古有考，於後可傳，海内之人無不知之者也。

公之由中翰出而同知徽州也，平簡温敏，洗手奉公。逾年，政大洽，會祁門令闕，公即以材攝令事。其治行非一而大者，罷門攤船課，汰磁土水車之税，祁人作《卻金歌》以美之。新令既至，公首以貪暴相戒，令不能從，大反公所爲。未幾而閭左變起，圍署罷市，夷竈塞井。令不堪其辱，雉經以死。人情洶洶，恐致他虞。太守請於臺曰：「非曹君不能定此亂。」遂檄公以往。公故示整暇，紆道遊白嶽，信宿始達，徐抵其魁於法，盡除其政之煩苛者，邑中外皆帖服。及將還郡，行有日矣，公念邑中大旱，亟用東坡先生「虎頭祈雨法」禱於西峰九龍潭。虎首甫沉，風雷驟起，澍雨霑足，邑人立石放生池記其事。是秋，復視篆青陽。諸吏抱牘進曰：「兑漕例徵三千金爲公私費。」公笑曰：「猾吏欲以腐鼠嘗我邪？水次近縣門，何須多金？當事知我貧，或不過督也。」宿弊遂洗。又署安慶、黟縣諸篆，公治之如前政。壬申計吏，公首登薦剡，視歙篆，尚未竣事，遷户部廣東司員外郎以去。癸酉，遷禮部儀制司郎中。其居儀曹最久，於貢舉學校悉遵舊典，政尚寬平，胥吏有毛舉細過以文法中人者，輒格不行。公尤有人倫鑒，甲子分校順天鄉試，得解元王君顯等，正副榜十二人多文章知名。庚午分校江南武闈。甲戌分校武會試。丙子典試粤西，所取亦皆奇偉之士。安民而復知人，又因以知公之爲吏能不負其所學者也。

公九歲而喪父宗伯公，毀瘠如成人。又痛宗伯公蚤世，事母劉太夫人，色養甚備，與其弟同學恣友愛，煦煦怡怡，終身無間言。庚辛之交，公在中書，澹餘爲少宗伯，居同邸舍，夜雨對牀，銜栖譚藝，兄弟之樂，人艷稱之。未幾，澹餘以少宰填撫貴竹。公留京師，中懷結轖，然而驛使月必三四至，歌吟互答，歲常盈帙。癸丑冬，滇逆之變，澹餘身陷其中，公進退維谷，日夕惟以眼淚洗面。辛酉，澹餘盡節滇雲，公聞之一慟幾絶，作《中秋慟哭詩》五章，其辭酸愴不可讀，然後知公内行淳至不愧古人，而非僅以文章名世者也。

公生而嗜書，以歌詩爲性命，始得法於三唐，後乃旁及兩宋，泛濫於金元諸家。世之矜言體格而以剽賊塗塈爲能事者，公深鄙之。其爲人亦然，介特自許，意所不顧，萬夫不能回其首也。以是多取嫉於人，而亦以是爲清議所重。會銓曹闕員，上命大臣各舉才望堪任者一人，大宗伯特以公應，眾謂其且峻擢，而公病矣。丙子十一月秩滿，陞僉事提學湖廣。引見之日，以跪久膝軟不能起，侍衛扶掖以出，竟解官歸。既抵里，猶與余輩數人脩香山洛社之會，有司舉公鄉飲大賓，亦能成禮。不意戊寅八月偶失食飲節，舊疾大作，而公不起矣，則康熙三十七年十一月四日也，距生崇禎七年正月二十二日，得年六十有五卒之。

又明年十一月二十日，葬吾縣東北十二固之原。配王宜人，側室李氏。子男七：濂，邑廩生；霖，官監生；霈，太學生，候選州同知；湛，辛酉舉人，揀選知縣；澶，太學生，候選州同知；瀚，涵，尚幼。女四，嫁邑庠生王倓、郡庠生韓助、太學生候選州同知劉仁京、歲貢生李棨。孫男八：曾衍，曾符，曾怡，曾譽，曾紹，曾祚，曾桂，曾祐。孫女六。曾孫男二：崇厚，勉厚。曾孫女一。

烏乎！余與公生同里閈，猶憶順治乙酉，余纔總角，吾先君自外歸，曰：「今日於劉太史家見其曹氏兩外孫，爽朗玉立，精神足以蔭暎數人，真一時龍鸞也。」於時，余雖不知爲何人，然已竊心識之。亡何，先君厭代，余以孤童持門户，早通賓客，既見二曹，始知爲先君所稱者，因與定交。且與其兄弟先後結爲昏因，同休戚，共憂樂，以肺腑相託者垂五十年。此公之諸子目余爲知公，具狀請銘，余即任之而不辭者也。以嘗誌澹餘墓，不復次其世家。繫之銘曰：

不媚其骨，不甘其言。不薄霜雪，而愛陽春。其脩辭也，得諸晉魏以上；其立政也，直追兩漢以前。於惟實菴，妮古成性，絶俗非忤。取往哲以相儗，庶幾乎人中之龍，文中之虎。

（《杞田集》卷七）

祭曹實菴先生文

張 貞

維康熙三十七年，歲在戊寅十一月初四日。皇清誥授奉政大夫禮部儀制清吏司郎中實菴曹先生，卒於里第。姻弟張貞於未斂之前，已服深衣哭先生於牀；既斂之後，復制朋友之服哭先生於殯宫。迨歷三旬，又率男在辛、在戊、在乙，暨孫壯輿、敬輿、扶輿、重輿、簡輿、岱輿，爲文一章，寓絮芻而告先生之靈曰：

嗚呼！先生遂不起耶？理數可憑，今竟不可知耶？天道無親，常與善人前脩之言，亦不足盡信耶？既而思之，先生蔭藉高華，才名奕奕，領解額，登甲科，敭歷内外三十餘年，位躋容臺，秩列三事，兒孫繞膝，壽考令終，先生之得於天者不爲薄矣。獨是余與先生戚誼交道，有出於尋常締結之外者，何能已於悲耶？

余初識先生在學詩誦勺之年，時余門祚乍衰，觸境多畏，見儔人廣坐，輒思引去。君家兄弟初露頭角，嶄然自異，邑人望之，以爲秀出天外不可梯接，乃獨與余有水乳之合。每一聚晤，促膝引手，移日分夜，既講同人之好，復締兩姓之歡，熙熙怡怡，白首無間。曹張之交，論者以爲有終始也。憶丁未首夏，先生需次里居，結伴南游，泛棹長淮，艤舟邗上，時四方名士多僑寓其間，投紵贈縞，論交甚衆。相與登紅橋，過竹西，上下平山堂，籃輿畫舫，匏尊竹杖，歡聚月餘，始各散去。是後經行其地，痛良朋之遽往，歎勝踐之難逢，又何能不悲耶？歲庚在戌，先生筮仕中翰，儤直禁中，旬日休沐，用其暇以讀書，所養愈深而詩亦加工。又與諸寮友迭吟遞唱，一時有「十子」之目。壬子，余以選拔充賦入都。先生以余名譽未彰，爲遊揚於公卿間，至今猶有知余姓字者，先生力也。乙卯秋，余下第東歸，先生搤擥累日，賦詩贈行，有「故交失意明朝別，孤燭離筵此夕真」之句。先生朋友之義至是極矣，又何能不悲耶？乙丑，先生同守新安。又三年，余悼亡傷逝，家居無聊，買舟南下，羈棲白門。先生聞之，遣平頭挾資斧，邀余爲黄山之遊。余雖未赴，而先生之意厚矣。亡何，先生内擢版部，旋進秩宗，余以老病崔隤，裹足不入長安，尺一之牘，歲必數至。當其官南宫也，以在中書日久，朝章國故已極博綜，故居儀曹深諳典禮，宗伯取裁焉。郎潛五年，以才望推擇視湖廣學政，未赴而宿疾頓增，遂免歸。先生雖以病歸，猶與余晨夕過從，栝酒言歡。維歲之春，又與劉、馬諸君脩睢陽九老、睢陽五老之會。不肖如余亦相招入社，坐無拘忌，不限醉醒。方謂此樂可常，孰意追隨未幾，典型忽遠，豈不尤可悲耶？

嗚呼！先生已矣。余邈焉寡儔，書有疑義，誰與共析；壺有名酒，誰與共斟？蘭時蕭辰，誰與共賞；東阡北陌，誰與共遊？哀樂互乘，誰爲可語；緩急時有，誰爲足恃？興言及此，匪木人石心，何能不噭然其一哭耶？涕泗之餘，寔難閔默，欲爲長些大招而不能；欲摛詞拈韻而無暇。因略述交情，告哀楮幕，先生有靈，或能鑒此悃誠也耶？嗚呼哀哉！尚饗。

（《杞田集》卷十三）

儀部公行狀

曹濂

先大夫諱貞吉，字迪清，一字升六，號實菴，世爲安邱之連池里人。高祖諱一麟，字伯禮，嘉靖丙辰進士，官吴江縣知縣，有治聲。曾祖諱應塤，字友甫，太學生，官遵化縣縣丞，敕贈徵仕郎光禄寺大官署署丞。祖諱銓，字籲，明太學生，官光禄寺大官署署丞，以先叔中丞公貴，累誥贈通奉大夫禮部右侍郎，加一紀。前祖妣張氏、祖妣王氏，俱誥贈夫人。考諱復植，字雲將，郡廩生，贈如先曾王父官。妣劉氏，少傅大學士正宗公女，累誥封太夫人，入邑乘《列女傳》。甲戌，生先大夫，己亥，生先叔父。

先大夫生而英挺絶倫，讀書過目不忘。七歲，攜先叔父出就外傅，規行矩步，履蹈有恒，鄉鄰有識者早已決爲大成器。九歲，居先王父之喪，哀毁如成人。時值鼎革，滿地兵戈，先王母攜煢煢兩孤，不遑寧處。然每當遷徙，必載遺書以從，至則和熊課讀，焚膏繼晷，究未嘗以亂離廢學。歲乙酉，先大夫年甫十二，先叔父年十一，俱有奇童之目。邑侯石觀張公聞之，召與諸生同試，拔置前茅，大加奬異。知己之感，先大夫終身念之不忘。丁亥，補邑博士弟子員。戊子，娶吾母王宜人。辛卯，先叔父舉於鄉，先大夫發憤下帷，攻苦益力。無何，以高材生餼於官。乙未，先叔父成進士，官翰林，敭歷中外，不六年而躋九列。而先大夫方潦倒諸生間，布衣徒行，無改寒素。人有以閥閲相稱者，面輒發赤。惟一意讀書，篝燈雒誦，常漏下三十刻，是以文名日起。試輒冠軍，而於學憲施愚山先生，則尤受國士之知。癸卯，舉鄉試第一人。放榜之日，主司知爲大廷尉之兄，以爲年必遲暮，意稍不懌，及進謁，固翩翩少年也，乃復大喜。越明年，遂登進士第。

時先曾王母王太夫人猶能健飯，先叔父以假歸里，先王母率二子稱觴上壽，三世一室，貂褕耀映，先曾王母顧而樂之，即同里之人亦詡詡然，稱曹氏兩孤能榮親也。是年冬，居曾王母憂，讀禮之暇，鈎貫經史，搜擷苑部，於一切周秦兩漢六朝唐宋諸書，靡不縱觀。既除喪，以其所學，發而爲詩爲詞爲古文辭，無不登峰造極。蓋大夫少即工詩，恐妨制舉業而不爲，迨一至中江而再泛聖善湖，而《珂雪初集》成矣。戊申六月，夜，地大震，有聲如雷霆，先大夫最先覺，恐先母受驚，徒跣急叩雙扉，大聲哀號，比鑰魚初啟，而坤輿漸寧，廻視階面，瓦礫已盈數尺。假使當時稍移跬步，即身罹其灾矣。人謂誠孝格天，神實默佑云。

庚戌，考授秘書院中書，迎先王母於京邸，與先叔父同舍而居，朝夕承歡，連牀風雨者，凡八閲月。而先叔父以少宰出撫黔中，因奉母以歸，先大夫送至蘆溝橋下，離别之際，固難以爲懷，初不憶慈母悌弟，遂於此成永訣也。先大夫獨留京國，常鬱鬱不自樂，然而驛使星馳，月或三四至，萬里倡酬，歲常盈帙。迨自甲寅亂後，南天鮮雁足之書，故鄉有垂白之母，先大夫欲歸不能，欲留不可，日夕惟以眼淚洗面。視草餘閒，則同新城今大司寇王先生阮亭、德州今少司農田先生漪亭、商邱今中丞宋先生牧仲，秀水今檢討朱先生錫鬯、宜興故檢討陳先生其年、江都故比部汪先生蛟門及一時諸名公，商量風雅，消滅歲月，此《十子詩略》、《珂雪詞》之所由成也。雖著述日富而心則傷矣。

先大夫以友朋爲性命，投縞贈紵，幾遍天下，汲引後進，有昌黎、廬陵之風。故凡詞人墨客之入春明者，咸以爲當代龍門，各持所業以相質。苟片長足録，先大夫必加意拂拭，逢人説項，士之以此名者，指不勝屈。己未，纂修玉牒告成，欽賜金金二十兩。（按，疑衍一「金」字。）庚申冬十月，先王母捐孺人。乙卯，欽奉恩詔加一級，敕授文林郎，封吾母爲孺人。（按，「鴒原」疑有誤。）再藥始甦。急僦牛車一輛，冒雪星奔，憑軾號啕，感傷行路。其抵家也，望廬而哭，血淚交流，舉家百口，踊擗助哀，地坼天崩，生氣都盡。今先王母墓木已拱，而不孝濂等回思曩日景況，每不禁淚淫淫下也。辛酉七月，得先叔父盡節滇雲之信，先大夫痛切鴒原，朝夕號泣，中秋遥奠，作痛哭詩七律五首，一字一淚，讀者莫不酸鼻。即後此先叔父即葬數年，先大夫每過，未嘗不長慟失聲也。書云「惟孝友於兄弟」，竊謂先大夫有焉。壬戌，葬吾先王母。癸亥，葬叔父訖，起復，補原官。

甲子，分校北闈，得解元王君顓等正副榜十二人，皆一時知名士。乙丑四月，陞内閣典籍。六月，陞徽州府同知，《過泊頭題壁》詩云：「慵草十行下鳳池，偶隨南雁到江湄。也知佐郡非吾事，只欠黄山數首詩。」其襟懷灑落，概可知矣。十月抵徽，適當輯瑞之期，未踰月，復隨計册入覲。於時歲暮王程，叱馭而進，先大夫憑車覽眺，賦物懷人，雨雪往而楊柳還，吟詠不輟。益都趙秋谷先生投贈詩云：「除却鳴騶兼束帶，更無一點世間塵。」真得先大夫之曠懷雅致也。明年回新安，視篆祁門。祁，巖邑也，山高灘急，土瘠民貧，素稱難治。先大夫至則慎重詞獄，屏絶羡耗，罷門攤船課之徵，免磁土水車之税，洗手奉公，不名一錢，祁人作《卻金歌》以美之。簿書稍暇，延接士類，與之談文講藝，恂恂若儒生。及其履堂皇，親案牘，則星瞳戟髯，老吏猾胥，咸股栗不敢仰視，而邑中不遑子弟亦皆屏跡郊關之外，數月間無敢入公府者。先大夫之治行，固於祁門略見一斑矣。

丁卯暮春，有事於宛陵。宛陵，故先大大舊遊地也，郡中諸賢豪，多於先大夫稱素心交，至是文酒流連，詩篇往復，清讌敬亭，有「鴻爪重尋感舊遊」之句，遂以「鴻爪」名集。因得展拜愚山先生野殯，荒陌宿草，爲之大慟，賦詩三章，情詞悽惻。經紀其後，不遺餘力，一時大江南北，莫不高先大夫之義焉。當其去祁門也，代者爲某君，臨歧請益，先大夫具以所以治祁者告之，某君弗善也。既乃果反先大夫之所爲，不半年，激成民變，圍署罷市，夷竈塞井，某君不堪其辱，投繯以死。死之日，人情洶洶，幾致不測。太守和臣朱公謂先大夫曰：「非先生無能定此變者。」以先大夫舊有德於祁人也。先大夫乃引車就道，而故示之以暇，紆道往遊白嶽，次日始抵縣。徐置首惡於法而民畏，盡芟煩苛之令而民悦，咸洗心革面，以聽約束，而先大夫乃引車就道，如前日也。戊辰夏，大旱，新令尹將至，行有日矣，先大夫愀然曰：「我豈以五日京兆而於祁漠不相關也。」憶東坡寓惠，集中有「虎頭祈雨」之術，乃禱於西峰九龍之潭。虎首甫沉，風霆驟作，大雨傾盆，遠近霑足。祁人異之，立石放生魚池畔，以記其事。先大夫亦爲長歌以誌喜，有

「使君無德及爾祁，此事乃關於職司」之句，是歲乃有秋。九月，復視篆於池之青陽。下車之日，諸吏抱牘以進，曰：「刻日兑漕，例徵白金三十以濟公私之費。」先大夫啞然笑曰：「猾吏無狀，乃敢以腐鼠嘗我耶！水次近在縣門，何須多金。若督糧監税，或悉我之清貧，不過督至；慮丁弁跳梁，則吾制梃而撻之矣，橫征奚爲哉！」是歲兑漕宿弊一空，而事卒辦。會值校試童子，先大夫手自披閱，不假幕賓。後督學高素侯先生歲科兩試，凡居二十名以内者，悉録無遺，一縣孤寒有奬拔之感。冬十月，再遇覃恩，晉階奉政大夫，誥封吾母爲宜人。己巳返署，檢點行篋，惟有摺疊扇數十握，則出俸金之所購也。長夏多暇日，與歙令靳熊封先生及新安諸名士，坐修篁濃翠中，講求聲韻之學。客去，則弄紅絲小研，磨方、程諸家舊墨而衡其甲乙，磨已復洗，躭玩不厭，雖瓶甑生塵，不問也。

庚午，署安慶府篆。先大夫正己率屬，交勵清節，一時僚幕諸賢、六邑大令咸凜凜奉法，無敢隕越焉。十月，分校武闈，得士八人。辛未之秋，又一視黟篆，黟人德之。比其返也，爭置旗扁以榮其行，朱彩迷離，照耀川谷，數十里不絶。今臺中廖蓮山先生時宰海陽，目睹其盛，謂先大夫曰：「反懷塼之俗而變卧轍之風，今而知先生之善化民也。」歲杪計吏，兩臺廉得先大夫治狀，首列薦剡。

壬申，視歙篆未竟，遷户部廣東司員外郎。甲戌，陞禮部儀制司郎中。是時，今相國桐城張公方正位容臺，與先大夫故爲同年好友，雅相推重，凡儀曹所上條奏，經先大夫所手定，無不畫可上聞。先大夫每從奉對之後，咫尺天威，進止合度，在廷咸屬目焉。會遇皇太子大婚之期，先大夫以儀臣專司其事，晨昏趨署，勤勞有加，禮成，欽賜文綺二表裏。是秋，復分校武會試，得會元倪君錦等二十六人，《闈中詠懷》詩有「頻經馬稍神猶王，三過龍門鬢已霜」之句，先人夫至是蓋已三司文柄矣。儀曹固號清華，而所領職務殊不爲簡，其中貢舉學政，尤事之大者。先大夫蒞事，一切悉尊舊章，政尚寬大，胥吏輩有毛舉細故中人以法者，輒格不行。乙亥夏，吏部選郎闕人，上諭五部大臣，各舉才望正郎一員以備簡用，於是大宗伯佛公以先大夫應詔，引見暢春苑。上親詢籍貫出身，先大夫以次對畢，佛公復跪奏曰：「此故貴州撫臣曹申吉之兄也。」上慘然動容，始知先叔父滇南就義，聖心未嘗忘也。乃復諭先大夫曰：「好生做官。」是日固以循資用户曹袁公，而天顔和霽，告語温文，在廷諸臣咸將有不次之擢焉。

丙子正月，偶以飲食失調，兩足癱軟，狀有似於風痰，服藥廿劑，旋即平復。日猶趨署供職。五月奉命典試粵西，次趙州，疾作，延醫調理數日，病良已。冒熱兼程，車煩馬殆，而瘴雨蠻煙，又不能無所感觸，雖參苓日進，元氣不能再復。三閱月始抵桂林，閉瑣闈者旬有五日。比事竣，得士劉君如晏等正副榜四十八人。撤棘之後，既星馳復命，入署辦事。會磨勘直省試卷，兼考覈各學差，辰入酉出，日以爲常，而食少事煩，不孝灝等心竊憂之矣。十一月，陞湖廣提學道，三楚人士固夙耳先大夫盛名，又以新經持衡右廣，八林人才，搜羅殆盡，莫不引領傾心，樂就皋比。迨引見之日，以膝軟故，跪不能起，上顧左右侍衛曰：「此虚症也，何不扶之？」於是侍衛周、鮑二公扶掖而起，送出中左門，而先大夫病實不支，遂解組歸矣。先大夫宿負文章經濟，而西清一席，浮沉金馬者十餘載，悠悠索米，無所見長，及官典午、晉郎署，雖循分盡職，少有建樹，而抱負未盡展舒也。乃二豎相侵，不竟其用，朝野惜之。

丁丑三月，先大夫始抵里門，疾勢稍減，至戚好友時相過從，笑言終日。又與劉先生崑右、張先生杞園及一時諸耆宿，倣白社遺意，結老人之會，月凡再舉，未嘗不扶杖舉鄉飲大賓，猶能成禮。而歸或獨乘肩輿，遺興郊原，或時過野墅，與田夫野老閒話農桑，怡然自適。不孝灝等私計先大夫既脱軟紅，自此優遊林下，順時頤養，可冀延年。乃戊寅之秋，舊疾復作，不孝濂等雖甚惶怖，猶謂先大夫是疾，前此乍劇乍減，當不至遽爲大患也。詎意自此以後，牀褥支離，藥餌無效，沉綿數月，竟棄不孝諸孤而長逝耶！嗚呼，痛哉！

先大夫素性恬淡，通籍三十餘年，所至屢空，不識阿堵爲何物。與郡邑大夫交，即極相引重，而甘貧守約，竿牘不至公門，此又通邑所知，無俟喋喋者也。處友朋交遊間，落落穆穆，不輕然諾。遇人有緩急，則周旋患難，身任不辭，生死窮通，不以易念。或義所當爲，不俟請求，往往陰爲之地，而究亦不以告之。君子之交淡若水，其先大夫之謂矣。先大夫隆準豐頤，氣體凝重，居恒正襟危坐，靜若枯禪，啜茗焚香，意泊如也。一生愛惜物命，細逮昆蟲，即放魚之作，屢形篇什。凡此皆壽徵，亦貴徵也，乃年不登髦耋，位不過曹郎，理數豈足憑而天道尚可問耶？嗚呼痛哉！

先大夫所著有《珂雪集》二卷，《十子詩略》一卷，《朝天》、《鴻爪》、《黄山紀遊詩》各一卷，《珂雪詞》一卷行於世。《古文辭》一卷，《實菴未刻詩稿》、《經書制藝》各千餘首，藏於家。先大夫在國爲名臣，在家爲孝子，在海内爲聞人，在鄉黨爲善士，不孝濂草土餘生，語無倫次，亦何能仰述萬一。伏冀仁人君子，鑒兹本末，哀其質直，錫以鴻章，用光泉壤，不孝濂等生生世世，戴德靡有涯際矣。先大夫生於崇禎七年正月二十二日，卒於康熙三十七年十一月初四日，享年六十有七。配吾母王氏，同邑處士爰莊公女，誥封宜人。生子七人，長即不孝濂，次霂、霈、湛、澶、澣、涵。（下略）

（《山東文獻集成》第二輯第四十四册）

清史列傳·曹貞吉傳

曹貞吉，字實庵，山東安邱人。康熙三年進士，官至禮部郎中。生而嗜書，以歌詩爲性命。始得法於三唐，後乃旁及兩宋，泛濫於金元諸家。所爲詩，氣清力厚，一往情深，而不喜矜言體格。嘗爲《黄山紀遊》諸作，宋犖見之曰：「此山名作，向推虞山，今被實庵壓倒矣。」在京師時，和王士禎《文姬歸漢》等長歌，極有筆力。士禎選《十子詩略》，貞吉與焉。間倚聲作詞，追蹤宋人。吴綺《名家詞選》以爲壓卷，流傳江左，一時推爲絶唱。爲人介特自許，意所不欲，萬夫不能回。以是多取嫉於人，而亦以是爲清議所重。

尤篤於師友，嘗從施閏章遊，閏章殁，經紀其後，不遺餘力。每與汪士鋐話及往事，涕泗交頤。所作《拜愚山野殯》三章，低迴欲絶。著有《朝天》、《鴻爪》、《黄山紀遊》等集。其後人彙刊之，曰《珂雪詩》。然士禎《感舊集》所撰諸詩，皆不見集中，蓋全稿多散失云。

（《清史列傳》卷七十）

題珂雪堂咏物詞譜

張　貞

實菴詩文妙天下，間倚聲作詞，遂奪宋人之席。近吴薗次有《名家詞選》，得《珂雪集》，即用壓卷，流傳江左，一時皆推爲絶唱。吴介兹最愛其咏物諸調，手録廿一闋，屬王宓草繪爲圖譜。凡八幀，氣韻生趣，秀溢楮墨間，徐熙野逸，黄筌富艷，既兼有之。至分布配合，參差掩映，可謂人巧極天工錯矣。宓草固以寫生名家，未必便能盡如此合作，良由佳句，逼出精思，因成詞壇雅語。實菴出示索題，留几案者三閱月，盤礴展翫，幾不能舍。然余既得附名前後，託以不朽，已有偏幸矣，何必更效據舷狡獪邪。康熙癸亥重午日張貞識。

（《杞田集》卷十四）

四庫全書總目提要·珂雪詞

《珂雪詞》二卷，國朝曹貞吉撰。貞吉有《珂雪詩》，是編則其詩餘也。上卷凡一百三十四首，下卷凡一百五首。其總目所載補遺，尚有《卜算子》、《浪淘沙》、《木蘭花》、《春草碧》、《滿江紅》、《百字令》、《木蘭花慢》、《臺城路》等八調，而皆有録無書，殆以附在卷末，裝緝者偶佚之歟？其詞大抵芊綿清麗，寄託遥深，古調之中，緯以新意。不必模周範柳，學步邯鄲，而自不失爲雅製，蓋其天分於是事獨近也。陳維崧集有貞吉《詠物詞序》云：「吟成十首，事足千秋。趙明誠《金石》之録，遜此華文；郭弘農《山海》之篇，慚斯麗製。」雖友朋推挹之詞，不無溢量，要在近代詞家，亦卓然一作手矣。舊本每調之末必列王士禎、彭孫遹、張潮、李良年、曹勳、陳維崧等評語，實沿明季文社陋習，最可厭憎，今悉删除，以清耳目。且以見文之工與不工，原所共見；傳與不傳，在所自爲。名流之序跋批點，不過木蘭之櫝，日久論定，其妍醜不由於此。庶假借聲譽者，曉然知標榜之無庸焉。

四庫全書簡明目録·珂雪詞

《珂雪詞》二卷，國朝曹貞吉撰。貞吉詩集、詞集，皆以珂雪爲名，而其詞寄託遥深，風華掩映，實遠過其詩，蓋才性有所偏全也。

珂雪詞跋

張　潮

從來詞家小令多而長調少，大抵合中調、長調計之，其幅數僅足與小令相等。實庵先生獨優於長調，其中有似序者，有似記者，有似賦者，有似書牘者，可謂極詞家之能事。因爲壽之梨棗，與天下共讀之，當令海内文人一齊拜服耳。新安張潮山來氏敬跋。

（張潮本《珂雪詞》卷後）

附録三　珂雪論詞

秋錦山房詞序

秋錦數遊都下，與予論詩相倡和，蓋自己亥之歲。其後秋錦遊處相半，雖在萬里外，緘書寄詠，歲必一二至以爲常，若倚聲一事，秋錦固素爲之，未嘗示予也。予近頗廢詩，以填詞自遣。適秋錦以應詔北至，復時時過從，相與論詞，遂録其曩作，合以新製如干首見示。然其散失者多矣，非全帙也。秋錦論詞，必盡掃蹊徑，獨露本色。嘗謂南宋詞人如夢窗之密，玉田之疏，必兼之乃工。今讀是集，洵非虚語。以秋錦之才，顧落魄不偶，頃者賦詩殿上，竟遭擯落。其詩得之惋惜者之口，始傳於外，或有相勞苦者，惟笑謝而已。出都時自吟斷句云：「還家未敢焚詩草，翻恐人疑是不平。」又云：「兒童莫笑詩名賤，已博君王一飯來。」其意致灑然，不近於榮利如此。著述不足以盡秋錦，而況乎其爲詞也。安邱曹貞吉。

（《浙西六家詞・秋錦山房詞》卷首）

未邊詞序

余家瀕海之鄉，椎魯少文。比學爲填詞，發音輒傖鄙不可耐，正如扣缶擊髀，其聲嗚嗚，斷不能擁鼻作一情語，方自厭之。每思曰：此豈才有所限耶？抑求之而未得其道也。丙辰冬，分虎自南來，見示《未邊》新製，其温麗者，真可分周、柳之席而入《花間》之室，即間作辛、陸體，而和平大雅，亦不至於鐵將軍銅綽板。余曰：道在是矣，持此以往，雖上掩昔人，可也。因題數語歸之，且以誌余愧云。北海弟曹貞吉。

（《香草居集·未邊詞》卷首）

韓環集序

詞至今日而盛極矣。顧言《草堂》者，多失之流易，而宗南渡者，又過於雕鎪。二者交譏，蓋迄今未有定論也。余壬申歲底，衝北風，冒急雪，復入春明，憊矣。意興闌珊，比於曉風殘月。誦古人「相遇無故物，安得不速老」之句，以爲感慨。又誦「舊友皆霄漢，此身猶路歧」之句，以自附於孟郊、梅聖俞常秩之倫以爲娛樂。而所遇詞人則幾於肩摩踵接，其成書亦不啻汗牛充棟。蓋余自束髮入都，未嘗見人文之盛如此也。柯子南陔，武唐職志，其著作久已唱遍旗亭。一旦過余而言曰：「吾將偕吾友曼真合刻《韓環集》以行，子盍爲我序之。」余曰：奇偶之數，豈漫然而已哉。古來士君子立身制行，未有不資乎麗澤而孑焉以處者，故曰「友者，身之半也」。即善作爲言語之人，亦各有偶，彼蘇李、曹劉、沈宋、元白、皮陸之流，其最著也。而自有《金荃》、《蘭畹》以還，若歐晏之大雅，秦李之風流，姜史之清新，辛劉之豪宕，亦安能踽踽然孤行於世也乎？今二子之詞具在，大要温柔敦厚，出入於清真、玉田、天遊、仁近之間，固已絶二者之交譏，而詞場於是乎有定論矣。獨是余以垂暮之年，宜銷聲匿影，息絶交遊，讓裙屐少年出一頭地，猶賓賓焉取詞章而衡論之，如白頭老嫗，爲他人作嫁衣裳，不自知醜且老也，陋矣。然不能塞其請，爲書數語歸之。安邱曹某。

（《珂雪文稿》）

華荊山詞序

以詞爲詩之餘，則曲亦詞之餘乎哉。推而上之，詩亦文之餘，等而下之，凡子夜吴歌、掛真兒、打棗竿之類皆曲之餘乎哉。總之，元音自在天地，隨其所觸而文生焉。猶之以鳥鳴春，以雷鳴夏之意云爾。故詞者，詩之變，而不可謂詩之餘；曲者，詞之變，而不可謂詞之餘也。顧其變也，亦出於不得不然之數，而非人力之所能與，謂非天地之元音爲之乎。詞昉於唐，説者以青蓮二闋爲星宿海，今頗疑其含宫嚼徵，非青蓮本色。且其時旗亭畫壁所歌皆唐人絶句，無所謂《憶秦娥》、《菩薩蠻》者，大約自温、韋諸人始也。而趙宋一代，則自天子以至於庶人，由宫闈而逮夫草野，莫不有詞，而詞於是乎大盛。「曉風殘月」，奉爲章程；「滴粉搓酥」，形諸對偶。「張三影」、「柳三變」，至名滿天地間。即大蘇填詞，雄逸變化，猶謂其不解唱曲子。蓋彼時主於諧聲，故有詞客操觚，美人按拍，不瞬息而唱遍國中者，所以難也。今歌詞之法既不傳，文人墨士偶然涉筆，不過作紙上觀，而乃以鹵莽滅裂之道行之，惑矣。華子荊山，雲間雅士也，而又爲吾友寓瓠快婿，「山抹微雲」，其來有自。頃從楊子學萊許余，寄《尋雲草》一帙。余讀而善之，方欲與熊封大令謀壽諸梓，而荆山死矣。嗟乎，夫工於詞即可以死人乎哉。彼不工於詞而死者何限也，工於詞而不死者又何限也。不得已而歸之於命，又不得已而託之於偶然。然其詞則不可以不傳也。故援筆而爲之序。

（《珂雪文稿》）

高槎客詞跋

今天下言詞者，非辛、蘇則秦、柳，然亦襲其貌耳，至於神理，都未夢見。若語以南渡諸家，舌撟而不下矣。高子槎客投余一編，大都出入於玉田、碧山之間，而細膩過之。若《畫堂春》之「一痕煙浪長柔藍」，《蝶戀花》之「黄葉清江，换卻來時路」，《燕山亭》之「别院秋千，閒了樹頭紅影」，《疏影》之「問取纖痕，雨瓣殘紅，可得輕盈如此」，雖使昔人復生，吮毫按拍，無以加也。高子年在終賈，便已凌轢詞壇，遲之數年，吾知有井水吃處莫不歌《羅裙譜》也。爲題數語歸之。試質之竹垞先生，以僕言爲然否耶？

（《珂雪文稿》）

附録四　詞話輯評

蔣景祁《刻瑶華集述》

曹解元升六清思密致，與新城王、萊陽宋别爲一派。

聶先《百名家詞鈔》諸家評

吴綺：《珂雪詞》字字香豔，至議論風生處，有烘雲托月之勢。

汪俊：家仲繩侄，極艷稱《珂雪詞》，如嬌鶯欲醉，花曉初舒。一日令歌者按紅牙度之，會心處幾令心癢欲搔，惜不能向麻姑借爪耳。請付諸梓，以公同好。

張潮：先君視學山左，每謂詞章之妙，無過宋萊陽、王新城昆季，而尤重曹安邱，每抄其《珂雪詞》，把玩不釋。以其才情淵博，寄調清新，能於咀商嚼羽處，凌轢蘇、黄，揶揄秦、柳，真山左三大家也。

聶先：實庵先生長調之妙，妙絶古今，若使《花庵》選手見之，亦不能局於令、慢間矣。是刻初得之薗次、山來二處，再得於槎客歸舟所攜，恐俱非全帙，擬借羽向黄山白嶽間求之，必能一時紙貴，百家增色，恨余之抱痾不能也。

沈雄《古今詞話》

實庵詞，久從南溪讀其一二，恨未窺其全豹。珂雪新箋，欲想見其丰采而未可得。兹覽陳檢討題詞云：「愛佳詞、一編珂雪，雄深蒼穩。算蝶板、鶯簧不準。多少詞場談文藻，向豪蘇、膩柳尋藍本。吾大笑，比蛙黽。」君詞更出其望外。（《詞評》下卷）

田同之《西圃詞説》

本朝士夫，詞筆風流，自彭、王、鄒、董，以及迦陵、實庵、蛇門、方虎，並浙西六家等，無不追蹤兩宋，掉鞅後先矣。而其間惟實庵先生，不習閨襜靡曼之音，既細詠之，反覺嫵媚之致，更有不減於諸家者，非其神氣獨勝乎。由是知詞之一道，亦不必盡假裙裾，始足以寫懷送抱也。

謝章鋌《賭棋山莊詞話》

歙淩次仲廷堪教授著《梅邊吹笛譜》，按篇注明宮調。自序云：「……我朝斯道復興，若嚴蓀友、李秋錦、彭羨門、曹升六、李畊客、陳其年、宋牧仲、丁飛濤、沈南渟、徐電發諸公，率皆雅正，上宗南宋，然風氣初開，音律不無小乖，詞意微帶豪豔，不脱草堂前明習染。」（《續編》三）

陳廷焯《雲韶集》

實庵詞風韻之高，不減南宋諸賢，詞至是一變旨道矣。（卷十四）

陳廷焯《白雨齋詞話》

曹升六《珂雪詞》，在國初諸老中，最爲大雅，才力不逮朱、陳，而取徑較正。國朝不乏詞家，《四庫》獨收珂雪，良有以也。

升六詞，余最愛其《掃花游・春雪》一篇，如云：「一夜梅花，暗落西窗似雨。飄摇去，試問逐風，歸到何處？」又云：「擁斷關山，知有離人獨苦。漫凝佇。聽寒城、數聲譙鼓。」綿雅幽細，斟酌於美成、梅溪、碧山、公謹而出之者。

「萬馬齊喑蒲牢吼」，此迦陵題《珂雪詞》語，然直似先生自品其詞，吾恐升六尚謙讓未遑也。（卷三）

詞有表裏俱佳，文質適中者……有文過於質者，李後主、牛松卿、晏元獻、歐陽永叔、晏小山、柳耆卿、陳子高、高竹屋、周草窗、汪叔耕、李易安、張仲舉、曹珂雪、陳其年、朱竹垞、厲太鴻、過湘雲、史位存、趙璞函、蔣鹿潭是也。（卷八）

文廷式《雲起軒詞自序》

自朱竹垞以玉田爲宗，所選《詞綜》意旨枯寂，後人繼之，尤爲冗漫，以二窗爲祖禰，視辛、劉若仇讎，家法若斯，庸非巨謬。二百年來，不爲籠絆者蓋亦僅矣。曹珂雪有俊爽之致，蔣鹿潭有沉深之思，成容若學《陽春》之作而筆意稍輕，張皋文具子瞻之心而才思未逮，然皆斐然有作者之意，非志不離於方罫者也。（《雲起軒詞》）

張德瀛《詞徵》

愚謂本朝詞亦有三變：國初朱、陳角立，有曹實庵、成容若、顧梁汾、梁棠村、李秋錦諸人以羽翼之，盡祛有明積弊，此一變也。樊榭崛起，約情斂體，世稱大宗，此二變也。茗柯開山採銅，創常州一派，又得惲子居、李申耆諸人以衍其緒，此三變也。（卷六）

王伯沆《清詞四家録》

《珂雪詞》結響甚高，賦物不滯，通幅無一怨語，自以詠古諸作爲第一，其餘他作，亦筆勢森秀，真國初一作家也。

蔡嵩雲《柯亭詞論》

清詞派別，可分三期。浙西派與陽羨派同時。浙西派倡自朱竹垞，曹升六、徐電發等繼之，崇尚姜、張，以雅正爲歸。陽羨派倡自陳迦陵，吴薗次、萬紅友等繼之，效法蘇、辛，惟才氣是尚，此第一期也。常州派倡自張臯文，董晉卿、周介存等繼之，振北宋名家之緒，以立意爲本，以叶律爲末，此第二期也。第三期詞派，創自王半塘，葉遐庵戲呼爲桂派，予亦姑以桂派名之。和之者有鄭叔問、況蕙風、朱彊村等，本張臯文「意内言外」之旨，參以淩次仲、戈順卿「審音持律」之説，而益發揮光大之。此派最晚出，以立意爲體，故詞格頗高；以守律爲用，故詞法頗嚴。今世詞學正宗，惟有此派。

吴梅《詞學通論》

浙派喜詠物，徵故實，爲後人操戈之地在此。升六固不居此例，然如「龍涎香」、「白蓮」、「蓴」、「蟬」等篇，嘉道以後，詞家率喜學步，而所作未必工也。余故謂律不可不細，詠物題可不作。至於借守律之嚴，恕臨文之拙，吾不願士夫效之。清初諸老，惟珂雪最爲大雅。才力雖不逮朱、陳，而取徑則正大也。其詞大抵風華掩映，寄託遥深，古調之中，緯以新意，蓋其天分於此事獨近耳。至詠物諸作，爲陳迦陵推挹者，吾甚無取也。

沈軼劉《繁霜榭詞札》

清代初期之詞，在並時諸大家之外，能本其所處之特定環境，相與消長，陶冶出各自不同之作品，變成一代有影響之流派者，有不能忽略之三曹詞。三曹者，首爲曹溶，二爲曹爾堪，三爲曹貞吉。

貞吉詞氣雄渾，不爲靡曼，雖間雜綿麗，仍不離本色。其經意之作，可方駕陳維崧，工力實勝同時曹爾堪。其放者如東坡而能純，約者比迦陵而能斂，早在人口。

三曹消長，曹溶所處環境最難危，季世造良材，成就亦最大。曹貞吉筆仗與處境逐漸接近平世，發揮亦較利，筆墨縱横，瞻顧隨意，才思頗近迦陵，足與諸大家分庭抗禮，平視曹溶。曹爾堪學有偏嗜，境亦適中，宜居第三。

龍榆生《中國韻文史》

曹貞吉《珂雪詞》，洗盡綺羅薌澤之習，慷慨悲涼，爲稼軒嫡系。王煒又稱其「珠圓玉潤，迷離哀怨，於纏綿款至中，自具瀟灑出塵之致；絢爛極而平澹生，不事雕鎪，俱成妙詣」（《珂雪詞序》）。貞吉與士禎皆山東人，而士禎之軟媚，不似北人性格，以視貞吉之雄渾蒼涼，有遜色矣。

龍榆生《近三百年名家詞選》

曹貞吉，字升六，號實庵，山東安邱人。明崇禎七年（一六三四）生。清康熙三年（一六六四）進士，官禮部郎中。詩格遒練，宋犖極推許之。著有《珂雪詩詞集》。其論詞謂：「離而得合，乃爲大家。若優孟衣冠，天壤間只生古人已足，何用有我？」故其詞寧爲創，不爲述，寧失之粗豪，不甘爲描寫。（石蓮庵本《珂雪詞話》）

朱孝臧題其詞集云：「留客住，絶調鷓鴣篇。脱盡詞流薌澤習，相高秋氣對南山。騣度衍波前。」（《彊村語業》卷三）其魄力固在王士禎之上也。

朱庸齋《分春館詞話》

曹貞吉《珂雪詞》好用重筆，雄奇磊落，氣勢甚勁，藝術風格略傍稼軒，然無劉改之輩奔肆叫囂之習，雍容大雅，不作富豔纖弱之語。曹詞往往弔古傷今，眷懷故國，然集中所附清初諸大老評語，則標榜過甚，讀者宜慎之。（卷三）

圖書在版編目(CIP)數據

珂雪詞箋注/(清)曹貞吉著;段曉華箋注.—上海:華東師範大學出版社,2017
(清代名家詞選刊)
ISBN 978-7-5675-7225-6

Ⅰ.①珂… Ⅱ.①曹…②段… Ⅲ.①詞(文學)—作品集—中國—清代 Ⅳ.①I222.849

中國版本圖書館CIP資料核字(2017)第321830號

清代名家詞選刊

珂雪詞箋注

原 著 者 [清]曹貞吉
箋 注 者 段曉華
策劃編輯 龐 堅
責任編輯 時潤民
封面題簽 陳社旻
裝幀設計 盧曉紅

出版發行 華東師範大學出版社
社　　址 上海市中山北路3663號 郵編200062
網　　址 www.ecnupress.com.cn
電　　話 021-60821666 行政傳真 021-62572105
客服電話 021-62865537 門市(郵購)電話 021-62869887
地　　址 上海市中山北路3663號華東師範大學校内先鋒路口
網　　店 http://hdsdcbs.tmall.com

印 刷 者 浙江临安曙光印务有限公司
開　　本 850×1168 32開
印　　張 13.375
字　　數 295千字
版　　次 2018年6月第1版
印　　次 2018年6月第1次
書　　號 ISBN 978-7-5675-7225-6/I·1838
定　　價 66.00元

出 版 人 王 焰

ISBN 978-7-5675-7225-6
9 787567 572256 >
定价：66.00元
www.ecnupress.com.cn